JN096072

死神の棋譜

奥泉光

新潮社

目次

死神の棋譜

第一章　名人戦の夜

1

　その「図式」を私が見たのは、二〇一一年の五月、第六九期将棋名人戦七番勝負、第四局一日目の夜のことであった。

　名人は羽生善治《はぶよしはる》三冠、これに七勝二敗でA級順位戦を抜けた森内俊之《もりうちとしゆき》九段が挑戦するシリーズは、ここまで三局いずれも挑戦者が勝利して、名人が角番に追いつめられた第四局は、青森県弘前《ひろさき》市の「藤田記念庭園」で行われた。その日の夜刻、非常勤で働く神保町《じんぼうちょう》の編集プロダクションで仕事をしていた私が千駄ヶ谷《せんだや》の将棋会館へ向かったのは、書きつつある原稿のために古い棋譜を参照しようと思ったからで、三階で必要な資料をコピーしていると、先輩物書きの天谷《あまや》氏が事務室へ入ってきて、北沢くん、君もいたの？　と声をかけてきた。

　ファックスしたゲラがちゃんと届いているか、『将棋界』編集部に確認にきたという天谷氏は、ちょうどよかった、このあと飲みに行こうと私を誘い、どうやら飲み仲間を捜して会館まできた様子だった。翌日の名人戦二日目は大盤解説会があって人の出入りは激しくなるが、一日目のこの夜、人影疎《まば》らな会館の廊下やホールは蛍光灯の光に冷たく満たされていた。ほかに誰かいるかもしれないとなって、二人で四階まで上がり、対局控え室になった「桂の間」を覗くと、はたして数人の棋士らがまだ居残っていた。

　対局が深夜に及ぶ順位戦のときなどは、この時刻、盤を囲んでの検討が賑やかに続くのだけれど、名人戦の裏でいくつか組まれた対局はすべて終わっていた。にもかかわらず棋士が三人と奨《しょう》励《れい》会員が二人、まだ部屋にいたのは、格別珍しいことではないけれど、練習将棋をするでもなく雑談を交わすでもなく、五人が五人ともじっと盤や紙片に眼を落としているのが妙だった。

戸を開けて部屋の風景を目にした瞬間、私は異常な感覚に襲われて立ち竦《すく》んだ。というのは蛍光灯の白光を浴びた人々がどれも死んだ人間に思えたからだ。私はうっと呻《うめ》いて眼をつむり、すると瞼《まぶた》の裏の闇がぐらぐら回転する。貧血だ、こりゃまずいと、そろりと畳に腰を下ろせば、頭にちろり血が流れて、どうにか気分はもとへ復した。

私は生来血圧が低く、学校の朝礼で倒れては保健室へ運ばれた口だ。大人になって貧血症は治ったものの、このところまた調子がおかしいのは、連夜の不摂生が原因なんだろうが、それとはべつに、電車の乗客や道行く人々が死人の列に見えてしまうことがときにあって、これは三月一一日の地震から二月余り、いまなお騒然たる瘴気《しょうき》が私のなかに残存しているせいだとも考えられた。

規模の大小はともかく、自然災害はいつの時代にだってある。自分に直接の被害がなかったという意味では、過去の地震や異国の災害と変らないと考えることもできるわけだけれど、やはり同時代の同胞が多く犠牲になったからなのか、TVで津波の映像を見たときからはじまった不安とも興奮ともつかぬ神経の震えは、自分でも驚くほどしつこく、それこそ余震のように軀《からだ》の奥で消えずに続いていた。

将棋なんかしている場合か。神経の震えを、たとえばそんなふうに言葉にして吐き出すこともできた。実際、棋士を含め、プロ将棋界周辺にある人間で、心の内奥に響くその声を聞かぬ者はなかっただろう。しかしこんなときだからこそなすべき事柄に集中すべきだとの決意、というほどでもない粛然たる気分のなか、人々は日々の業務に立ち戻ったわけで、私もまたそうだったのだけれど、しかしなおしばらくは心のざわつきが消えず、夜の遅い時間に将棋会館にいたりすると、長く連続した横揺れに軋《きし》んだ柱や壁の、眼に見えぬ亀裂から昏《くら》い影のごときものが湧出して、廊下や天井の暗がりに蟠《わだかま》るように思えてならず——いや、いま思えば、あの日、私の前に姿を現した「図式」こそが、湧出する昏い影の凝固物だったのだ、と断じてあながち的外れではないだろう。

ここにいう「図式」とは、将棋図式、すなわち詰将棋のことである。名人戦の夜、将棋会館「桂の間」で数人の棋士と奨励会員らが睨んでいたのは、ひとつの詰将棋、のちに数々の謎を呼ぶことになる、魔の、と形容詞を付すにふさわしい将棋図式だったのである。

2

「魔の」とは、しかし、なんて月並みで、古色を免《まぬが》れぬ文句だろう。たしかにこれくらい手垢のついた言葉も珍しいわけで、恥ずかし気もなくよく使うよと、自分でも思うのだけれど、ほかにうまい言葉が見つからなかったので、この報告（とさしあたって呼ぼうと思う）を読んでくださる人は、私があえて採用した用語の適切さを認めてくれるだろうと確信する。では、どのような意味で「図式」が魔的なのかといえば——いや、まずは急がずに、順を追って語っていこう。

ところで、この夜、五人の人間がひとつの詰将棋に魅入られたように取り組んでいたこと自体、その魔力を証しするものでは、しかしない。なぜなら将棋指しという人種は、詰将棋を見かければ必ず解こうとする性質があるからだ。卵を含めたプロ棋士の練習方法はそれぞれだが、詰将棋を必須のトレーニングとして日々の鍛錬に加えていない棋士はない。しかも棋士はほぼ例外なく度はずれた負けず嫌いだから、将棋指しが集った場で、誰かが「これ、解けますかね」などといって詰将棋を持ち出したりすれば、全員が熱心に解こうとする。将棋指しを黙らせるには、ちょっと難しい詰将棋を持ち出せばいい。

私も奨励会在籍時代には、詰将棋はさんざん解いた。かつて米長《よねなが》邦雄永世棋聖が「この二百題を全問解いたら必ず四段になれる」と説いた、江戸時代詰将棋の傑作、伊藤看寿『将棋図巧』および伊藤宗看『将棋無双』にも取り組んだ。羽生名人も奨励会時代に解いたと聞いては、どうしたってやらないわけにはいかぬわけで、やってみれば、なるほど難問揃い、同じひとつの問題を一週間、寝ても覚めても考え続けたこともあった。結局は、奨励会で思うように勝ち星をあげられぬ焦燥のなか、いたずらに難しい詰将棋を解く時間があったら最新形の棋譜を研究したほうがよいと、どうしても考えてしまい、全問を解くには至らなかった。

自分が四段に、つまりプロになれなかったのはそのせいだと、数ある後悔の種のひとつとして思うことはあった。『図巧』『無双』は棋力向上に直接益しはしないが、集中力や将棋への情熱の鍛えになると、多くの一流棋士が証言するところからして、自分には将棋への情熱が足りなかったと思うからだ。振り返ってみれば、高校を卒業して大学進学を選択したあたりで、情熱の減衰は、自分ではわからなかったが、あったんだろうと思う。背水の陣を敷かずに学歴の保険をかけることと自体、弱気の証拠とみなされても仕方がなく、実際、保険をかけておいたことは、いまとなってはよい判断だといえた。どちらにしても、大学へ進みながらプロになった棋士——奨励会同期の片上大輔六段をはじめ、中村太地《たいち》五段や糸谷《いとだに》哲郎五段のような人も現にいるわけで、要するところ自分には才能がなかったのだと、三〇歳を越えてようやく思えるようになった。運も才能のうちとすればだ、と付けてしまうあたりが、私の達観しきれていないところではあるのだけれど。

どちらにしても、奨励会を退会して、学生時代からやっていたアルバイトの延長のような形で小さな編集プロダクションで働く傍ら、将棋関連の物書き仕事をはじめて、『図巧』も『無双』も全然やったことがないという新四段に会う機会が増えれば、米長永世棋聖の教えに従わなかったことがプロ資格に手が届かなかった原因ではなかったのだと、あの頃、図面に並ぶ駒たちが恒星のごとくに放っていた暗い熱を遠くに思いながら、少し寂しく納得するのだった。

ところで、詰将棋には三手詰め、五手詰めの初歩的なものから、数百手に及ぶ長編まであるが、手数が長ければ難しいとは必ずしもいえない。十数手詰めでも難解なものはいくらもある。私と天谷氏が「桂の間」に足を踏み入れた時点で、人々はしばらく考えていた印象があって、とすれば、これはなかなかの難問らしいと推察された。奨励会員のひとりが盤に並べた駒の配置を私は背後から覗いた。

なるほど、ちょっと見では、摑《つか》みどころが判然としない。聞けば、昼に夏尾《なつお》三段が持ち込んで、昼食休憩中に何人かが考えたが解けず、どうにも癪にさわるとばかりに、対局と感想戦が終わったあと、残った人間がこうして図面と睨めっこしているのは、将棋指しというのはほんとうにバカだと、鹿島七段から自嘲混じりの返事があった。

私ももちろん嫌いではないし、じつはけっこう自信がある。詰将棋解答選手権にも何度か参戦していて、三位入賞こそないものの、毎回まずまずの成績を収めている。南口二段がコピーをくれたので、畳に腰を据えた私は図式を眺めた。数分考えたところで、筋が見えた気がして、いけそうだと思って読んだところが、捕まりそうな玉はするり網を抜けて、最後のところで詰まない。これ、不詰めなんじゃないかな、との声が鹿島七段からあがって、賛同する声も聞こえたが、誰もそれほど自信があるようではない。なるほど簡単じゃないなと確認して、いったん諦めた私が、「これはどこから取ってきたの？」と訊いたのは、コピーされた図面の様子が少々不思議だったからだ。

盤の罫線も駒の文字も手書きのようだが、字体が独特である。駒の表記法は、「歩兵」「玉将」「金将」「角行《かくぎょう》」と一般的だが、筆で墨書きされたらしいくねるような字体は、古い棋書から抽《ひ》いた印象だ。そう思って見れば、全体に点々と広がる染みや汚れの跡がコピーにも写っている。

「夏尾さんが拾ってきたんですよ」南口二段が盤から眼を離さずに教えてくれた。

「拾ったって、どこで拾ったの？」

おかしないい草に笑って問うと、鳩森《はとのもり》神社らしいと返事があった。夏尾裕樹《ゆうき》は私と同期の元奨励会員で、だから彼を夏尾三段と呼ぶのは正しくない。年は私より三つ下、五年前に年齢制限で退会したが、その後もプロ棋士への夢を諦めず、各種のアマチュア棋戦に出場して頑張っているのは、数年前、一度奨励会を退会になりながら編入試験を受けて合格した瀬川晶司氏の登場をきっかけに、正式なプロ編入制度ができたことがあるだろう。現実的には、アマチュア棋戦で圧倒的な成績を収めてプロ棋戦への参加資格を得、プロ棋士相手に「いいとこどりで一〇勝以上、勝率六割五分以上」の成績を収めるのは、まず無理と考えるのがふつうだが、希望はたしかに希望であって、夏尾は希望になお縋《すが》る者のひとりだ。奨励会を馘首《くび》になってしばらくは、将棋の駒など触りたくもないとなるのがふつうだが、悪怯《わるび》れるところなく将棋会館に現れては現役奨励会員を相手に勉強したりしている夏尾は、元来明るい性格だから、奨励会を離れてなお後輩たちから人気がある。

その夏尾が、昼に将棋会館へ千駄ケ谷駅からくる途中、近くの鳩森神社へ寄ったところ、六角形の将棋堂の戸に弓矢が刺さっているのに気がついた。矢には畳んだ和紙が結んであり、外して見たところ、詰将棋の図式だった。誰かの悪戯《いたずら》なんだろうが、将棋堂に詰将棋となれば、これは将棋界への挑戦状以外の何物でもないと思い、会館へ持ち込んだのだと夏尾は笑いながら話していたという。

千駄ヶ谷将棋会館の至近にある鳩森八幡神社は将棋界と縁が深く、境内の将棋堂は一九八六年、当時の将棋連盟会長、大山康晴十五世名人が奉納した欅《けやき》の大駒を納めるべく建立された。毎年正月には棋士や関係者が参集して祈願祭が行われる。

「弓矢に手紙って、なんかすごいね」私がいうと、

「矢文ってやつだよね。いまどき矢文って、時代劇なのかよって話だけどね」と鹿島七段が笑い、

「敵はなかなか烈しいみたいだから、ここは将棋界の智慧を集結して戦うしかないかもな」と中岡八段が冗談めかして、読み筋を口にしはじめたのを遮《さえぎ》るように、

「オリジナルはどこにあるの？」と天谷氏が質問した。「図式のオリジナルは」

妙にするどく切迫した声に驚いて見れば、もともと色の黒い天谷氏の顔は固く強張り、煮染めた茄子のごとき色に変じている。ぎょっとなって、どうかしましたか？　と声をかけると、ごまかすような笑いを顔に貼付けた先輩物書きは、いや、なんでもないんだけどね、といってから、今度は平静な調子に変えて、それでも芯に緊迫した鉄線の張られた声で、図式のオリジナルの所在を再度訊ねた。

夏尾さんが持ち帰ったとの返事を得た天谷氏は、中空に眼を遣《や》ったまま何度か頷いて、夏尾くんの連絡先を知らないかと訊き、南口二段が携帯がわかると応じると、ちょっと電話をしてみてくれないかと頼んだ。

「夏尾くんの家はどこ？」

「早稲田の方だったと思います。実家は新潟だったかな」携帯電話をいじりながら答えた二段は、繋《つな》がりませんねとまもなく報告した。

「なにかあるの？」天谷氏のただならぬ様子を不審に思ったらしい中岡八段の問いを、いや、べつにたいしたことじゃないんですけどね、と不器用にはぐらかした天谷氏は、南口二段から夏尾の番号を教えてもらい、自分の携帯電話に登録した。それからまた問うた。

「図式の裏に何か書いてなかったかな？　メッセージみたいなのが」

「そういえばなんか書いてあったみたいですね」

南口二段は答えて、しかしオリジナルを眼にしたもうひとりの三段とともに、よくは見なかったと返答をした。頷いた天谷氏が携帯電話をいじり出したのは、教えられた番号に電話をしているらしく、しかしやはり返事はないようだった。

その夜、天谷氏は夏尾への連絡を何度か試みた。しかし返事はなかった。というより、先に述べてしまえば、この日を境に、夏尾は私たちの前から姿を消してしまったのである。

3

「じつは、あの図式をオレが見るのは、二度目なんだよ」

天谷氏が話しはじめたのは、千駄ヶ谷から新宿へ出て、一軒目の中華屋のあと、当然のように足を向けた三丁目の酒場で飲みはじめたときだった。

結局、中岡八段も鹿島七段も帰宅して、飲みに出たのは私と天谷氏の二人だけだったが、中華屋でも、移動途中でも、天谷氏がときおり携帯電話を出していたのは、夏尾から返信がきていいないか、確認しているからのようであった。どうして夏尾のことがそんなに気になるのか、私は質問すべきであったけれど、「桂の間」で図式のオリジナルはどこにあるのかと訊いた瞬間露出した、尋常ならざる切迫感は、天谷氏が普段あまり感情を露わにしない人柄なだけに強い印象を残して、そのことが質問をしにくくした。

西口の中華屋では、酒は生麦酒《ビール》だけにして、天津飯や餃子の定食をそれぞれ腹に入れながら、羽生名人の封じ手予想（ふたりとも1四歩を予想し、これはあたった）にはじまり、奇人ぶりで有名な某棋士の新たな奇行の噂、先月あった将棋連盟理事選挙、二人がともに趣味にしている競馬――オークスやダービーの予想など、無難な話題で会話は進んでいたが、天谷氏の心がここにない印象は拭えなかった。

大ガードを潜って三丁目まで歩き、いきつけのバー、というよりスナックと呼ぶべき店に入って、いつもならカウンター席に座るのだけれど、奥の洞窟ふうになった空間にふたつ置かれた卓のひとつに、ほかに客はないのに天谷氏は席をとった。焼酎の瓶や氷を出しながら、また碁なの？　と初老のママが訊いてきたのは、そこで私たちがときどき碁を打つのを知っているからだが、いや、ちょっと密談をね、と冗談めかした天谷氏が棚の碁盤を取り出す様子はなく、どうやら「話」をするつもりらしいと私は察し、それぞれの飲み物を作って軽くグラスを合わせたところで、さっきの図式のことなんですが、とあらためて質問したのである。

「年号が昭和から平成にかわった年だから、一九八九年か。二〇年以上昔の話になるんだが」と氷入り焼酎を口へ運んだ天谷氏は続けた。「昭和天皇の崩御が一月で、翌月の二月、奨励会の例会があった日だ」

天谷氏は私と同じく、プロ棋士を目指しながら、夢を果たせなかった組だ。私たちの年齢制限が二六歳だったのに対して、天谷氏の世代は三一歳だったから、挫折の痛みはより大きかったと推察される。

「八九年というと、つまりあれですよね」と口を開いた私がいい淀んだのは、天谷氏が奨励会を退会したのがその年だと聞いていたからである。「昭和とともにオレの将棋指し人生は終わった」とは、酩酊した天谷氏がときおり口にする文句だった。

「そう。おれが退会した年だ」と天谷氏は恬然《てんぜん》と応じた。

三段リーグは当時もいまも、半年間のリーグ戦をひとりが一八局指して戦い、成績上位の二名が四段へ昇段、つまりプロ棋士となる。だから前期後期あわせて年間四人しかプロになれない。ある作家が、芥川賞直木賞もちょうど前期後期二人ずつだから、同じくらいの門の狭さだ、いや、芥川賞直木賞は二人同時受賞もあるから、将棋の方がよほど大変だとどこかに書いていたのを読んだことがある。

三段リーグは、いまとは少し違う形だが、一九五〇年代の半ばにはじまった。途中、七四年から八六年までは消えていて、その間は、三段までと同じく時期を区切らず好成績を残せば四段になれたので、タイトル常連棋士である谷川浩司、羽生善治、森内俊之、佐藤康光といった人たちは三段リーグを体験していない。天谷敬太郎が三段になったのが七九年だから、彼は奨励会最後の二年間だけ三段リーグに在籍した計算になる。

天谷は一九八八年度後期、人生最後のリーグ戦に臨んだ。例会では会員は日に二局指す。最終日を一一勝五敗で迎えた天谷は、残り二局に勝てば、自力で、つまりライバルたちの成績に係わりなく昇段できる状況下、一局目を不戦勝、しかし二局目に敗れて昇段を逃した、との話は私も聞いていた。

　このとき不戦敗した三段は、天谷と同門で、やはり最終日に昇段の目があった。ところが当日、対局場に姿を見せなかった。同門同士で争うのが嫌で、先輩に勝ちを譲るべく休んだとすれば、あまりにも甘く、とても勝負師には向かないわけで、実際、三段はまだ若かったが、そのまま奨励会をやめていった。一方、勝ちを譲られた天谷は、逆に動揺したのか、午後の二局目に敗れた――と、この物語は棋界ではそこそこ有名で、しかし本人の口から聞くのは私もはじめてだった。年齢制限ぎりぎりのリーグ戦で、摑みかけていたプロ棋士への切符を取り落とす。近い体験をした私のような人間でなくても、あのときはどうだったんです？　と気軽に問えるようなことではない。

「二月半ば過ぎの、ラス前だったんだが、例会のあった日、オレは千駄ヶ谷から将棋会館へ向かっていた。最初にあれを見つけたのは十河《とごう》だった。十河というのは、同門の後輩なんだが、十河が見つけたんだな」

　三月の最終日に天谷三段に不戦勝をもたらした同門三段の名前が十河であることも私は知っていた。

「なにを、見つけたんです？」聴き手の間《あい》の手を受けて、焼酎グラスを口へ運んだ天谷氏はいった。

「矢文だよ。夏尾くんが見つけたっていうのとたぶん同じやつだ」

4

　三段リーグの一期は、例会が九日あり、一日に二局ずつ指すから、ひとりが指すのは一八局である。天谷敬太郎が最後に参加した一九八八年度後期の三段リーグは、八八年の十月から八九年の三月まで行われた。

彼が矢文を見た二月の例会は「ラス前」、つまり九回ある例会の八回目で、ここまで天谷は一勝三敗、過去のリーグ戦では早々に昇段を諦めざるをえない展開ばかりだったから、今期こそはの意気込みがあったのはいうまでも——いや、意気込みなどという気力の燃料はもうとっくに使い果たしていた。二二歳で三段にあがって九年、およそ精神に活性を与えるべき感情は消耗し尽くしていた。人生最後になるだろうリーグ戦は、小学生時代にルールを覚えてのめりこみ、中学二年で奨励会に六級で入って将棋漬けの日々を送ってきた自分の青春、結果は思わしくないにしても、それなりに充実していたと、いくぶん無理気味ではあるが思うほかない青春を鎮魂するくらいのつもりで参加していたのだけれど、それがかえってよかったのか、とうてい勝ち目がないと思えた強敵にも勝利し、ここまで望外の成績が残せていた。

好調の流れを意識する天谷は烈しい後悔に苛まれていた。というのは、六勝一二敗で終わった前期、勝ち星をもうひとつかふたつ重ねていれば、今期の順位が全然違っていたからだ。リーグは同星となった場合、順位で上の者が優先されるのが規則だ。だから順位ひとつの差が星ひとつの差に匹敵することもままある。前期の後半、昇段の目のない天谷は気力を欠いたままずるずると黒星を重ねた。それが悔まれてならなかった。

三段リーグが青天の霹靂《へきれき》のごとくにはじまったのが二年前。それまでの七年間、いずれはあがれるのではないかという、甘い見通しのなか、ぐずぐずと時間が垂れ流された。時期を区切らずに「九連勝」ないし「いいとこどりで一三勝四敗」の昇段条件は、いつでも手が届きそうに思えて、しかし、あと一勝の堰《せき》が越えられぬあいだに、年下の後輩たちは軽々と堰を泳ぎ越えていった。谷川、島、高橋、南、中村、塚田、森下、阿部、中田、羽生、村山、佐藤、森内——。彼らは鱗を銀色に輝かせ、めざましい疾《はや》さで渓流を泳ぎ上っていった。三段リーグ制になって、プロへの関門がはなはだしく狭まったとは思わなかったけれど、実際にはじまってみれば、時間が奪われ溶け消えていく感覚には想像を超えるものがあった。

四連敗する。三段リーグ以前ならば、気を取り直せばよかった。だがリーグ戦の初っ端で四連敗してしまえば、その期の昇段はほぼ絶望となり、残りの時間は滞り、濁り、流れぬまま崩れていく。

どうして三段リーグがはじまる前にあがってしまわなかったんだろう。過去の三期、三段リーグの過酷さに圧し潰された天谷は、ひたすら後悔することに自分が時間を費やしてきたように思った。「いつでも手が届く」と感じてきた自分の甘さを、天谷は崩れゆく時間のなかで責め、逆にいえば、三段リーグがはじまった時点ですでに四段昇段は半ば諦めていたと考えざるをえなかった。それが前期のだらしない成績をもたらしたのだ！　チャンスが巡ってきたいま、そうした自分の惰弱《だじゃく》さが、およそ将棋というゲームにおいて後悔くらい有害なものはないと思いながら、烈しい後悔の火となって胸を焦がしていた。

二月の寒い朝、早めに東中野のアパートを出た天谷が、千駄ケ谷駅から歩いて鳩森八幡神社に参ったのは、べつに神頼みというわけではなく、いつもの習慣でそうしたのだった。

社殿で参拝をすませ歩き出すと、将棋堂の前の、咲きはじめた白梅の陰に十河《とごう》がいるのが発見された。おうと声をかけると、小型のリュックサックを背負った十河は手に妙なものを持っている。見れば弓矢だ。矢柄は黒く、赤い鏃《やじり》と矢羽根がついている。長さは人の腕ほどで、神社で売る破魔矢を黒と赤に塗ったような感じだ。なんだ、それ？　と訊くと、将棋堂の戸に刺さっていたと十河は答えた。戸に刺さっていた？　なるほど鏃は尖った鉄でできている。誰かが弓で射たんだろうか？　不審に思っているところへ、これが結んでありましたと、後輩三段が和紙らしい紙片を開いて見せたのは詰将棋の図式だった。覗くと、墨文字らしい妙に古くさい字が並んでいる。弓矢に結んであったんですと、報告する声を耳にしながら、将棋指しの性で詰ませようとしたが、一目で詰ませられる感じではない。詰んだかい？　と訊くと、首を横へ振った十河が弓矢をリュックに入れて歩き出したのは、集合時間が迫っていたからだ。

幹事の先生に報せた方がいいですよねと、石畳の鳩を追いながら十河が訊くのへ、誰かの悪戯《いたずら》だと思うけど、まあそれがいいかもなと、天谷が熱のない返事をしたのは疑心暗鬼にかられていたからで、というのは、ひょっとして悪戯をしたのがライバルの誰かではないかと疑ったのだ。例会日の朝、詰将棋を将棋堂に置く。鳩森神社を通る会員は多いから、誰かが手にとるに違いなく、彼がそれを会館に持ち込めば話題になるのは必然である。将棋指しならば詰将棋を必ず解こうとするが、これが容易には解けない難問である、となれば、対局への集中力を削ぐことになりはしまいか。

「それはちょっと考え過ぎなんじゃ」とそこで私は口を挟んだ。「そんなことする人、さすがにいないでしょ」

「オレもそう思う」と焼酎グラスの氷を鳴らして天谷氏は答えた。体毛の濃い体質なんだろう、朝はきれいに剃っていたはずなのに、口の周りはもう青黒くなっている。

「しかし、事実、オレは気をとられていた。図式が気になって仕方がないんだな。そのせいというわけじゃ必ずしもないんだが、午前中の一局目はポカで負けた」

午《ひる》の休憩時間、天谷はなんだか落ち着かず、とにかくもういちど図式が見たくて十河を探したが、どこかへ食事にでも出たのか、姿が見えぬうちに午後二時の定刻になって、二局目がはじまれば詰将棋どころではなかった。もう絶対に一敗もできない。人生のかかった土俵際の勝負の持ち時間は九〇分。使い切れば一分未満で指す。序盤早々不利になった天谷三段は一分将棋で粘りに粘り、曇天に一瞬陽が射すかのごとく、勝ちが見えた時間もあったけれど、二転三転の末、結局は敗れた。短い感想戦のあと、盤の前から立ちあがることができず、気がついたら、窓の冬の日はすっかり暮れて、幹事の棋士に声をかけられてようやく盤から離れた。

すべて終わった。一一勝五敗。順位からしてもう駄目だ。と思って星取り表を見たら、驚いたことにまだ首の皮が繋《つな》がっていた。ライバルたちも勝ち星を積めず、なにより前回まで一二勝二敗でトップを走っていた十河三段が二連敗したことが天谷にチャンスを与えた。

そういえば例の図式はどうしただろうと思い、十河三段から何か報告がなかったかと幹事に訊けば、なかったという。十河は誰にもいわずに図式を弓矢ごと持ち帰ったらしい。矢文が会員の誰かの悪戯だろうとの推測を天谷は十河に話し、そういうことをしそうなのは誰某《だれそれ》だとまでいっていた。それを聞いて、仲間を売るわけにはいかないといった心情からか、十河は幹事に伝えなかったのかもしれなかった。

やはりこの件は幹事に伝えた方がいいと、十河に連絡しようと天谷は考えたが、それよりなにより、あの図式をもう一度見て、できれば詰めてしまいたかった。

「変な話なんだが、オレと十河が二人とも二連敗したのは、あれを詰まさなかったからなんじゃないかって思ってしまったんだな。まったくの妄想なんだが、ちょっとわかるだろ？」

私は頷いた。どうしても負けられぬ勝負の前には、ゲン担ぎを含めいろいろなことが気になるものだ。

「しかし、オレは十河に連絡しなかった。というか、できなかった。例会の最終日がそれから二週間後だったからだ。わかるだろ？」

　再び私は頷いた。最終日を前にして、天谷三段が一一勝五敗、十河三段が一二勝四敗。三段リーグ一期目の十河三段は、天谷三段より順位は下だったはずで、だから残り二局で同星になれば天谷三段が四段にあがれる。その両者の直接対決が最終日に組まれているとするならば、これは本当にシビれる勝負だ。まして二人は同門、天谷三段が十河三段に連絡しにくかった気持ちはよくわかる。

「それから二週間。自分がどんなふうに過ごしたか、ちょっと思い出せないんだ。たぶん思い出したくないんだろうな。それでも最後の例会の日には気分はすっきりしていた」

「ところが十河三段がこなかった」

　私が口を挟むと、焼酎を口に含んだ天谷氏は黙って頷いた。不戦勝でひとつ白星を加え、しかし最終局に敗れて天谷三段は昇段を逃す。そのことには触れずに天谷氏は先を続けた。

「十河はそれきり奨励会をやめて、実家に帰っちまった」

「実家はどこなんです？」

「茨城県だ。奨励会をやめたあと、オレは茨城まで行ってみた。例の図式がどうしても気になってね」

「どうなりました？」私が入れた間《あい》の手に天谷氏はちょっと視線を中空に漂わせ、それから簡明にいった。

「図式は手に入った」

「詰ましましたか？」

「不詰めだった」

不詰めとは玉が詰まない出来損ないの詰将棋のことである。肩すかしを食った気分で、私は天谷氏に断って煙草に火をつけた。私が煙草を吸い出したのは奨励会をやめてからで、なにかにつけ状況に流されがちな自分において、それは唯一世の流れに逆行する行為だといえた。

「十河三段が奨励会をやめたのは、図式となにか関係があったんですか？」といって私はすぐに笑った。「そんなわけないか」

このときはまだ夏尾元三段の失踪は明らかになっていなかったから、私が軽い調子で間《あい》の手を入れたのは仕方がないだろう。しかし天谷氏は私の笑いには同調せぬまま、煙の向うでグラスに焼酎を注いでいった。

「それがオレが話そうと思っていることでね。つまり、ここからが本篇ということになる」

5

十河樹生《とごうみきお》は奨励会退会時に一七歳。一二歳で六級で奨励会に入り、中学卒業と同時に茨城から上京して、東京都府中市の、師匠である佐治《さじ》義昌七段の住いに近いアパートを借りて住んだ。奨励会に入る者は必ずプロ棋士の門弟となる。佐治七段はつくば市にあるセイトー機器という企業に長年稽古に出向いていて、その縁で土浦出身の十河少年を弟子にとった。佐治七段には他に弟子が三人あり、いずれも茨城出身、唯一の例外が天谷敬太郎である。神奈川県出身の天谷が弟子になったのは、工作機械メーカーに勤める父親がやはりセイトー機器と関係があったからである。弟子のなかでは天谷が最年長、十河が一番下だから、あいだに二人いるわけだけれど、二人とも初段前後でやめた。奨励会に入った人間でプロ棋士になれるのは五人にひとりくらいの割合だから、四で零は例外的に低い数字ではない。

将棋界における師匠と弟子の関係の形はさまざまである。昔は一般的だった内弟子に入っての修業はほとんどなくなった。将棋についても、師匠が弟子に直接教えないのが普通だったが、これも時代とともに変わってきて、森下卓《たく》九段が師匠の花村元司《もとじ》九段から何百局となく練習将棋を指してもらった例や、久保利明二冠が淡路仁茂《ひとしげ》九段に一九枚落ちから手ほどきを受けた例などがよく知られている。

佐治七段は放任主義だったが、十河樹生だけは可愛がり、近所に住んだこともあって、しばしば家に呼んで将棋を教えていた。

「師匠は十河に期待をかけていた。あいつは必ずA級まであがれるってね。オレにも十河の面倒をみてやってくれとよくいっていた。たしかに十河には才能があった」

だから奨励会をやめた十河には、惜しむ声が当時の幹事などからあがった。師匠はなおさらだったはずだが、そのとき佐治七段は脳溢血で入院中だった。佐治七段が倒れたのは一月末、意識が完全には戻らぬまま夏前に亡くなって、その頃には弟子は全員が奨励会を去っていたから、最高位がB級2組、タイトル戦にも優勝にも縁のなかった師匠が鬼籍に入るとともに、佐治一門はひっそりと将棋界から消えた。

例会最終日に十河が姿を見せなかったことが、もちろん天谷は気になっていた。ラストチャンスを迎えた先輩に席を譲るべく休んだ、などということは、しかしありえなかった。たしかに天谷は一四歳下の後輩の面倒をなにかにつけ見てきた。十河が中学を卒業するまでは、例会の前日にアパートに泊めたし、人見知りする十河を研究会や親睦会などにも誘った。十河が奨励会で憂いなく過ごし得たことに、天谷の力に与《あずか》るところが少しくあったことは間違いない。しかし、だからといって、勝負の場で先輩に遠慮するなどはありえなかった。将棋界で有名な米長理論というものがある。自分にとっては重要でないが、対戦相手にとっては人生が決まるような勝負こそ頑張らねばならない、そこで手を抜く者は将棋の神様から見放される――。米長永世棋聖が唱導したこの思想は、トップ棋士から奨励会員まで、棋界にあまねく行き渡っていた。まして十河には昇段の目があったのだ。

病気か、事故か。対局の二日後、用事があって連盟事務局に電話をかけた際に訊くと、十河三段からは、例会の翌日、事情があって欠席したと連絡があったと教えられた。事情がなんであるかはわからなかったが、連絡があったのなら、まずは無事だと考えられた。天谷は声を聴きたいと思ったが、十河は自宅アパートに電話を引いていなかった。携帯電話が普及していないこの時代、十河に連絡したいときは、近所に住む師匠から伝言してもらっていたのだが、独身で住まいにほかに人がいない佐治七段が入院しては、それもできなかったのである。

四月に三段リーグの新期がはじまって、十河がそのまま退会したと聞いた天谷は府中のアパートまで行ってみた。が、すでに引っ越したあとで、おそらく実家へ戻ったのだろうが、師匠が入院中とはいえ、なんの挨拶もない十河に天谷は腹がたった。なにか一言いってやろうと思ったものの、十河の実家の連絡先を知らなかったし、そもそも人のことに構っている余裕は、人生の岐路に立つ天谷にはなかった。

天谷が土浦の十河の実家を訪れたのは、同じ年の夏、プロ棋士の夢を断たれたあとの長い放心の時間を経て、次の夢に向かって身をむくり起こした時期だった。奨励会時代、天谷は後には趣味となった囲碁にも競馬にもゴルフにも手を出しておらず、当時、趣味らしい趣味といえるのはミステリ小説だけだった。パチンコは日常的にやっていたが、これは趣味というよりほとんど仕事で、月に二〇万円ばかりを稼いで暮らしを支えていた。ミステリは十代の頃に松本清張からはいって、アガサ・クリスティー、エラリー・クイーン、ディクスン・カーといった英米の翻訳ミステリをハヤカワや創元の文庫で次々と読破した。ミステリを自分で書いたらどうだろう。その思いが生まれたのは、綾辻行人や法月《のりづき》綸太郎ら、当時活躍が目立ちはじめた新本格派と呼ばれる若い作家たちに刺激を受けたせいもあった。

天谷は厚木市の実家へ戻り、宅配の弁当店でアルバイトをしながら文章教室に通い、小説を書き出した。パチンコ通いはすっぱりやめた。自分を変えるには、朝から晩まで煙と喧噪《けんそう》のなかで銀玉の動きを追う、あの時間からは逃れねばならぬと考え、実際にパチンコから離れてみれば、どうして奨励会時代にそうしなかったのだろう、どうしてあの時間を将棋の勉強にあてなかったのだろうと、いまさらながら苦い後悔の胆汁がこみあげたが、いや、それはできなかったのだ、奨励会暮らしとパチンコはいうならばひとつのものだったと、はっきりと思い返されて、むしろ自分はパチンコを日々するために奨励会にいたような気さえした。

父親はすでに亡くなり、姉も結婚して家を出ていたから、実家に長男が暮らすのは、独り暮らしを不安がる母親にとっても都合がよく、家賃の負担なく家計に少額を入れればすむのは天谷にもありがたかった。一年半後にグリコ・森永事件を材にしたミステリ小説を書き上げ、大手出版社の新人賞に応募したところ、最終選考には残らなかったものの、将棋好きの編集者が天谷の経歴に目をとめて連絡をよこし、それが縁で雑誌に将棋コラムを書く仕事をもらい、将棋観戦記など書くようになるのは後の話である。

天谷が土浦へ行こうと考えたのは、多磨霊園近くの斎場で行われた師匠の葬儀で耳にした話がきっかけだった。将棋指しという人種は義理堅く、だから思いのほか多くの弔問客のあった通夜の席で、鮨をつまみ、麦酒《ビール》を飲みながら、故人の思い出を語る最中、入院中の佐治七段の面倒を見ていた姉という人が、十河樹生が病院まで見舞にきたと話したのである。

それは三月中のことで、佐治七段は脳溢血の後遺症で言語に障害があり、意識も怪しかったが、彼女が病室へ入っていくと、丸椅子に座った若い男が寝台《ベッド》に向かってしきりに話していた。病人が話を聞ける状態にあるとは思えなかったが、それでも佐治七段は眼をひらいて頷いてはいた。見舞客は弟子の十河という者だと名乗り、まもなく帰っていったが、そのとき彼が妙な物を手にしているのが眼についた。長細い黒い棒――と見えたのは弓矢だった。持ち帰ったところからして、見舞の品というわけではなく、そもそも見舞に弓矢は変である。あるいは破魔矢のごとき、病魔を打ち払うまじないの品なのかとも思ったが、なんだかよくわからなかった。弟子の若者が帰ったあと、病人が手にした紙片を凝《じ》っと見つめているので、なんだろうと思えば、詰将棋の図面だった。師匠の回復を願い、弟子が詰将棋を持ってきてくれたのだろうと思ったと述懐して、佐治七段の姉は手巾《ハンカチ》で涙を拭った。

「弓矢の羽根は赤くありませんでしたか?」

天谷が訊くと、たしかにそうだったと答えがあって、師匠が眺めていた詰将棋の紙片は和紙ではなかったかと次に訊けば、普通の紙だったと思うと佐治七段の姉は答えた。弓矢は例のものに間違いなく、とすれば、十河が師匠に渡した詰将棋は、矢に結んであった図式以外ではありえず、和紙でないのはコピーだからだろう。どうしてそれを十河が病床の師匠のもとへ運んだのかはわからぬが、退会について師匠に報告だけはしていたのだなと思っていたら、十河が病院を訪れた日付が例会最終日の前日だったと判明して、不可解の念は募《つの》った。

プロ入りをかけた対局を明日に控えて、十河はどんなつもりで矢と図式を師匠に見せにきたのか。おそらく師匠はまともに受け答えはできなかっただろうが、十河は師匠になにを期待してそんな真似をしたのか。

「師匠が見ていた詰将棋はありますか？」

天谷が訊くと、佐治七段の姉は、どこかにあるかもしれないが、ちょっとわからないと応じて、できたら探しておいてほしいと頼んだ天谷が縺《もつ》れる惑いの糸を手繰っていると、同じ卓についていた梁田《やなだ》浩和八段が、その弓矢を知っているのかと天谷に訊いてきた。

「いや、なにか、そんな話を聞いた気がしたものですから」と天谷が狼狽してごまかしたのは、将棋堂に刺さった矢を十河が見つけた件をいまさら口には出しにくかったからである。

「和紙っていうのは、つまり矢文ということじゃないの」佐治七段とは同門で年齢も近い梁田八段はいった。「十河三段が佐治に見せた図式は矢に結んであったんじゃないかな」

図星をつかれて天谷の軀は固くなった。さあ、どうですかねと、かろうじてはぐらかすと、梁田八段は顎に伸ばした灰色の山羊鬚《やぎひげ》をいじって少考したのち再び口を開いた。

「というかね、黒塗りの矢文の図式ってのに、ちょっと思い出したことがあるんだな」

「なんです？」

「棋道会《きどうかい》っていうのを聞いたことないかな？　別名、魔道会《まどうかい》」

魔道会——。聞いた気もしたが、天谷が知らないと答えると、酒好き話好きの八段は続けた。

「これはぼくの師匠から聞いた話なんだが、大正から昭和のはじめ頃にそんな団体があったらしいんだな。その時代は、将棋の団体や派閥が乱立していろいろあったみたいなんだが、棋道会ってのは、異端というか、ちょっと怪し気な団体だったらしくてね」

「それと弓矢がなんか関係あるんですか？」興味を惹かれたらしい同席の山木《やまき》四段が問うたのへ、ベテラン八段は答えた。

「棋道会は他の団体に挑戦状を送りつけたりしたみたいなんだけど、そのとき使ったのが、赤い羽根のついた黒い矢に紙を結んだ矢文だったたっていうんだな」

得体の知れぬ緊迫感に神経を圧せられながら、天谷は梁田八段の話に耳を傾けることを余儀なくされた。

6

将棋界は江戸時代、幕府公認の下、禄を食《は》む伊藤家、大橋家、大橋分家の三家元によって統括運営されていた。明治維新を迎えて家元制度はなくなり、しかしなおしばらく旧三家の威信は残存したものの、明治末年頃には完全に消えて、将棋が大衆人気を博するとともに、さまざまな派閥団体が乱立して互いに覇を競う時代に突入した。ことに新聞が将棋を部数獲得の重要な武器とするようになった結果、新聞社同士の烈しい競争の渦に巻かれた棋士たちの離散集合が繰り返された。有名な阪田三吉が東京の棋士たちと角逐《かくちく》したのがこの時代である。

大正時代を通じて群雄割拠の状態は続いたが、のちに十三世名人になった関根金次郎が「東京将棋連盟」を設立するなど、次第に小派閥は統合される方向へ進んで、ついに昭和一〇年、関根名人が終身の名人襲位を廃し、一期ごとの実力名人制の導入を英断して、多少の紆余曲折はありながらも、現在の将棋連盟に至る道筋ができあがっていったわけであるが、話は大正一二年、関東大震災からまもない頃のことだ。

震災の余燼《よじん》いまだ消えぬなか、東京在住の棋士らのもとに黒い矢柄に赤い羽根の矢文が投げ込まれる事件が起こった。文は詰将棋の図式で、裏には「詰まし得た者は棋道会へ馳せ参ぜよ」と書かれていた。

棋道会とは何か。というならば、北海道に本拠を持つ団体で、通信技術がまだまだ未発達だったこの時代、中央では実態はほとんど知られず、それでも炭鉱や金山の人足請負いの極道組織と組んで賭け将棋の興行をしたり、将棋で負けた人夫からカネを巻き上げたりしているという、当地を訪れた棋士の証言があったりして、賭け将棋で稼ぐ棋士が多かったこの時代にあっても、質《たち》のよからぬ集団だとの評判だった。またこれとはべつに、棋道会は磐城澄人《いわきすみと》という、北海道在住の子爵の後援を得ていて、この磐城は金剛龍神教なる新興宗教の創始者であり、棋道会は金剛龍神教と深い係わりがあるともいわれていた。

金剛龍神教は、のちの昭和十年代、いまの天皇家は龍神の火炎に焼かれる運命にあると予言した廉《かど》で、不敬罪に問われた磐城が捕まるとともに、邪教とされて解散を余儀なくされたが、磐城が「御先読み」と称する予言を実践するに際して、将棋の盤駒を使っていた事実が明らかにされ、棋道会が魔道会と呼ばれたのはこのときである。

「魔道会って、なんかすごいすね。漫画っぽいていうか」山木四段が茶化し気味にいうのを横目に、

「その団体が図式の矢文を投げ込んだっていうことですか？　羽根の赤い黒い矢で」天谷が確認すると、梁田八段は頷いて、するとまた山木四段が横から口を挟んだ。

「投げ込むって、矢はふつう射るんじゃないかな」

「それじゃ危ないだろう。というか、そんな本格的な弓矢じゃなかったんじゃないかな」

「しかし矢文っていうのもすごいけど、詰ましたらこいなんてのは、ずいぶんと上からですよね」と若い四段がいうのへ梁田八段はまた頷いた。

「そうなんだけど、しかもその詰将棋っていうのが、ぜんぶ不詰めだったんだな」

「不詰め？　それじゃ、しょうがないじゃないですか」

「そうなんだけどね。ところがだ」

当時有望と見られていた若手棋士が何人か、北海道へ向かい、棋道会に合流したから、ちょっとした事件になった。心配した親族や師匠が戻るよう説得に出向いたが、彼らは棋道会で修業を積みたいと口々にいって、頑に首をたてに振らなかった。

「なんか魅力があったんですかね？」

「たぶん宗教がらみなんだと思うよ」と梁田八段は応じた。

「ここで修業すれば、将棋の真理に至れるとかなんとかね。磐城っていう人物にはカリスマ性があったんじゃないかな。いまだっておかしな宗教に引っかかる人はいるだろ」といった梁田八段がさらに続けて、磐城は魔道将棋というものを発明して、魔道将棋名人を自称していたらしいというと、

「出た！　魔道将棋」と山木四段がまた飛び出した。「いよいよ漫画的展開だ」

「本当の名前は違うと思うけどね。魔道将棋っていうのは周りがつけた渾名なんだと思うよ。自分で魔道とはふつういわないでしょ。なにしろ普通の将棋は贋物で、こっちが本物の将棋だって主張していたらしいからね」

「どんな将棋なんです？」

「よく知らない」

「でも、もしかして、当時の有望な若手がハマっちゃう面白さがあったのかもしれませんね」

そうかもねと、現在の「有望な若手」である四段の言葉を軽く受け流した梁田八段は、しかし、それからまもなくなんだが、と先を続けた。

磐城が不敬罪で起訴され有罪となる。金剛龍神教は解散、それとともに棋道会も自然に消滅したと思われた。やがて戦争の時代になり、世間は将棋どころではなくなった。棋道会どころかプロ棋士の団体そのものが消えてなくなった。しかし敗戦後、根の消えていなかった将棋界は、焼跡の灰燼《かいじん》のなかから芽を吹き、初代実力制名人、木村義雄の辣腕の下で復興し、新聞棋戦も再開されて、そこへ軍隊帰りの升田幸三、大山康晴ら若手実力者が登場するに及んでプロ棋界は隆盛に向かう。

金剛龍神教が解散させられてから棋道会の噂は聞こえなかったが、終戦の年、空襲の焼跡に硝煙がまだ煙る頃、木村名人をはじめ有力棋士のところへ、黒い矢柄に赤い羽根のついた弓矢が投げ込まれ、これには例によって不詰めの図式が結ばれていた。

「またも魔道会からの挑戦ですか?」と山木四段が嬉しそうに問うた。ウーロン茶を飲みながら鮨をつまむ若手四段はひとなつこい性格で、どこにいても場を明るくする。梁田八段は麦酒《ビール》の硝子盃《コップ》を口へ運んで応じた。

「その頃にはもう棋道会はなくなっていると思われていたんだけど」

残党がいるのかもしれないと、木村名人が人を介して探偵を雇い調べさせたところ、矢文を投げ込んだ犯人はわからずじまいだったが、棋道会がすでに存在しない事実が最終的に確認されて、結局は誰かの悪戯だろうということで決着した。

「その後も何度か似たような矢文が投げ込まれたりすることがあったみたいなんだけど、もう誰も相手にしなかった。しかしだ。これはぼくの師匠から聞いたんだが、というか、いまいった話は全体に師匠から聞いた話なんだけどね。そういえば、佐治も一緒に話を聞いて、興味を持ったみたいで、師匠にいろいろと訊いて、自分でも調べたりしていたな」といった梁田八段はしばし黙って白菊に飾られた祭壇に眼を向けた。それからまた口を開いた。

「それで、師匠がいうにはだ、何人かおかしくなったのが出たっていうんだな」

「おかしい、というのは？」山木四段の問いに麦酒《ビール》の瓶を摑んで自分の硝子盃《コップ》に注いだベテラン八段は答えた。

「例の不詰めの詰将棋を詰ましたやつがいたっていうんだな」

「だって不詰めなんでしょう？」

「そうなんだが、詰めたっていうんだな」

「変じゃないですか」

「だから、おかしいんだよ。しかし、師匠も矢文の図式を見たことがあるらしいんだけど、不詰めだとわかっていても、なんだか詰ませそうな感じがするらしい」

「じつは不詰めじゃなかったりして」山木四段がまたも嬉しそうにいうのへ、梁田八段はわからんと鼻を鳴らして応じた。

「しかし木村名人が不詰めだっていったわけだからね」

「大名人のお墨付きだ」

「木村名人だけじゃないよ。塚田、大山、升田なんて人たちも不詰めだと認めた」

「大山先生まで！」と山木四段が驚声を発したのは、彼が大山十五世名人に尊崇の念を抱いているからである。山木四段は大山康晴全集を繰り返し並べて勉強していると日頃から口にしていた。平成元年のこのとき、六六歳の大山康晴はまだ現役で、癌と闘いながらなおA級に在籍し、それどころか翌年には南芳一《よしかず》棋王に挑戦する。この日も「大山康晴」の名板のついた生花が祭壇の中央近くに置かれていた。

「そう師匠はいってたね。それで問題はだ」と梁田八段は続けた。「詰めたっていった人間がみんなおかしくなったってことだ」

「おかしいとは？」

「よくわからんが、ノイローゼになったり、遠くへ旅に出たり、みたいなことなんじゃないかな」

「でも、そういう人は、将棋に関係なく、よくいますよ」

「ぼくも師匠にはそういったんだ」

「すると師匠は？」

「不詰め図式に魅入られた人間は、みんな将棋界から去っていったっていうんだな。才能に見切りをつけてならわかるけど、なかには将来を嘱望された若手もいたっていうからね」

「なるほど。つまりは魔道会の呪いってことですね」

笑いの滲《にじ》む冗談口から飛び出た若い四段の言葉は、喪服に埋まる斎場のホールに漂い、天谷の皮膚ににじわりしみ込んだ。

7

天谷が土浦へ向かったのは、八月の初頭、都心の気温が三〇度を大幅に越えた暑熱の日だった。十河《とごう》が奨励会をやめた原因が将棋堂で見つけた矢文だと、天谷は決めつけたのではなかった。しかし、あれの存在を知っているのが、自分と十河の二人だけであることが神経を圧迫して、とにかく一度は会って話す必要があると思えた。「将来を嘱望された若手」のひとりであった十河がどうしてプロ棋士の道から逸れたのか、それだけは知って納得しないことには心の濁りが消えそうになかった。加えて師匠の葬儀に十河が顔を見せなかったことも気がかりだった。かつての弟子二人は顔を見せて、葬儀はよく行く将棋道場の席主から教えてもらったというので、ひょっとして十河には連絡が回らなかったのかもしれなかった。たしかに連絡をするとすれば自分のほかにはなく、やや後ろめたい気持ちも生じた。せめて一緒に墓参りをしようと天谷はいいたいと思った。

奨励会をやめて――というか、追い出されて、との感覚は長らく消えずにいて、だからしばらくは千駄ヶ谷はもちろん、新宿へ出て総武線に乗っただけで気分が悪くなったものだが、この頃には気持ちの整理はついていて、久しぶりに将棋会館を訪れた天谷は、十河からは「一身上の都合」としか報告がなかった事実をあらためて確認したうえで、入会書類に記載された十河の実家の連絡先を事務局で教えて貰った。

まずは電話をかけると、留守番応答になったので、連絡を請う旨を録音して一日待ったが、返事がなく、また何度かかけて、やはり同じアナウンスになるので、次に葉書を書いて投函したが、それだったら行ってみた方が早いと思い直し、その日のうちに常磐線に乗った。普通電車を土浦駅で下りたのは午後の三時過ぎ、夏の太陽が街路を火鍋に変えて、駅舎を出ると潮とも煤煙ともつかぬ臭いのある熱風が吹きつけた。案内所で訊いて、一五分ばかりバスに乗ってから歩けば、常磐自動車道の高架の陰になった、寺の墓地と板金工場に挟まれた、蟬声が一段とやかましい一区画の、古めかしい黒瓦の屋根の並ぶなかに「十河」の表札のある家が見つかった。

黒瓦を載せた平屋はなかなか大きく、しかし門柱から覗いた庭は荒れ果て、枝木も雑草も伸び放題に伸び、瓢簞《ひょうたん》形の池は石炭汁のごとき黒藻に埋まって、葉が畸形に矮縮《わいしゅく》した梅の木に、錆《さび》自転車を縛りつけるようにして蔓草が絡みついている。膝丈の草に埋もれた敷石を踏んで、玄関脇の呼び鈴を何度か鳴らすと、足音とともに玄関戸の磨硝子《すり》に影が立ったので、樹生くんと奨励会で一緒だった天谷という者だと名乗ると、戸が開かれて、髪の汚いアロハシャツの男が不機嫌な顔を覗かせた。

あとでわかったのだけれど、これは十河の兄で、詳しい事情は知らぬが、家にはこの兄と祖父の二人が住み、そこへ次男の樹生が戻ってきていたのだった。樹生はいまいないとの返事なので、樹生くんはここに住んでいるのかと訊けば、昆布の揺れる海中でたくさんの蛸が踊り回る絵柄のシャツを着た男は頷いた。いつ帰るだろうかと訊けば、わからないと返事があって、そもそも弟が何をしているか自分は知らない、自分にいわれても困ると、短パンから出た臑毛《すねげ》をそよがせた男が迷惑そうに頭を振って戸を閉めようとしたとき、ぶおおおおうと海獣の雄叫びのごとき声が廊下の奥から聞こえて、ぎょっとなった天谷に、家のじいさんだよと、アロハシャツが顔を歪めていい、病気で寝てるんだけどね、声だけはでけえんだよなと、いよいよ顔を歪めたのは笑い、それも羞恥の笑いだと、天谷は理解した。

うるせえよ、いまいくよ！　廊下に叫んだ男が対話を遮断する気配に、天谷は咄嗟《とっさ》に、樹生くんに貸した詰将棋の本があるのだが、それをできれば返して欲しいと嘘をつき、するとアロハシャツは、それなら勝手に探しなよと、詰まらなそうにいって、下駄箱の上にあった鍵束を指差して、裏の離れが樹生の部屋、鍵は一番小さいの、といったなり廊下の奥に消えた。

いわれたとおり家の裏手へ回ると、雑草に埋もれた板壁の小屋があって、これがどうやら「離れ」のようだった。鍵穴に鍵を差して回し、引き戸に手をかけると、立て付けが悪くがたつきはしたものの、戸は開いて、狭い混凝土《コンクリート》の三和土《たたき》に続くのは八畳ほどの畳部屋だ。正面と右手に厚地の遮蔽幕《カーテン》がかかっているせいで部屋は暗い。靴を脱いで上がり、戸口脇のスイッチを押すと、天井の蛍光灯がジンと音をたてて点った、とたんに眼に飛び込んで来たのは、左手の壁に刺さった矢だ。

黒い矢柄に赤い鏃《やじり》と羽根――。壁に沿って置かれた寝台《ベッド》の上方、板壁に突き立てられているのは、二月に将棋堂に出現した矢に違いなかった。天谷は手を触れずに観察した。黒い漆塗りの矢柄についた二枚の赤い羽根も、先端の鉄の鏃も細工がしっかりして、素人がちょっとした悪戯で作ったものとは思えない。弓矢にしては短いが、赤く塗られた鏃は尖って、ダーツのように投げれば板壁には突き刺さるだろう。

風の通らぬ部屋は猛烈に蒸し暑かった。エアコンはあって、リモコンも寝台《ベッド》の枕元に見つかったが、スイッチを入れるのは憚《はばか》られた。壁の矢から漂う異様な邪気に圧せられながら、天谷は部屋をあらためて見た。

遮蔽幕《カーテン》のかかった正面の窓前に学習机、横の書棚には子供向けの本や漫画が整理よく詰めこまれて、中学を卒業するまでの十河がこの部屋を与えられ、家を出てそのままになっていたところへ部屋の主が帰ってきたことは、見覚えのあるダウンジャケットが長押《なげし》から吊られていることからしても明らかだった。戸口の脇に段ボール箱が積まれているのは、引っ越し荷物がそのままになっているらしく、蓋の開いた箱を覗くと、府中のアパートの木箱に並んでいた将棋の本が詰め込まれていた。

将棋盤が畳に出ていた。十河が所有する盤は、祖父から贈られたという厚さ四寸の脚つき、柾《まさ》目《め》ではないが榧《かや》材の高級品で、駒が安物の彫り駒なのがまるでそぐわないと、天谷はよくからかったものだ。駒は箱から出されて盤と駒台に乱雑に散らばっていた。駒に触れてみると、うすく埃が載って、これは盤も同様で、長いあいだ放置されているらしいと観察したとき、天谷は異様なことに気がついた。将棋盤の一部分に穴があるのだ。

穴は二カ所、符号でいえば「5一」「5九」、最初に駒を並べたとき両軍の王が据わる枡、そこが刃物で抉《えぐ》ったように、深さ三センチほどが掘られている。と、思ってみれば、机の足下に彫刻刀が転がり、盤の周りに木の削り屑が散っていた。彫刻刀を手にとってみると、柄に染みがついているのは血らしく、将棋盤にも黒く凝固した血痕らしいものが点々とあるのは、掘削作業中に誤って指を傷つけたものと推測された。

将棋盤に穴を穿《うが》つ――。

サウナ並みの暑熱のなかで天谷は背筋を冷気に撫ぜられた。血で汚れ、穴の掘られた将棋盤は、まるで馴染みのない、畸形の獣のようにそこに踞《うずくま》っていた。

8

「将棋盤に穴をあけるって、とても正気じゃない感じですね」

私は二二年前に天谷氏が感じたのと同じ薄気味悪さに背中を押されて言葉を吐いた。将棋盤をとくに神聖視する感覚は自分にはないけれど、脚付きの榧《かや》の盤に刃物で穴を穿つなどは考えられない。天谷氏は頷いて、喉を潤すように焼酎ロックを口へ運んだ。

午後の一一時を過ぎ、いつのまにか常連客で埋まった店のカウンター席に、しかし知り合いの顔はなく、こちらに声をかけてくる者はない。それでも賑やかな話し声に乗って、初夏の気が奥の「洞窟」にまで流れ込んでくる。ママが出してくれた苺を口へ運んでから私は口を開いた。

「十河三段は、おかしくなっちゃったんですかね」

天谷氏がまた黙って頷くのへ私は言葉を加えた。

「しかし、どうして穴なんか？」

「それにはいちおう理由はあったんだな」

「どんな？」

訊きながら私が氷を加えたグラスを摑んで、しかしすぐに卓へ置いた天谷氏は、背広の内ポケットから、先刻の、夏尾が鳩森神社で見つけたという図式のコピーを取り出し、卓上の笠洋灯《ランプ》に翳《かざ》すようにして眺めた。それからいった。

「これだとはっきりしないんだが」といった天谷氏は紙を差し出して、図式の「５一」と「５九」の枡目に影のようなものがあると見えないかと問うた。いわれて手にとれば、たしかにその二つの枡目には、他の汚れとは明らかに違う、灰色の影が滲《にじ》むと見える。

「なんなんですかね？」

私の問いに直接は答えずに天谷氏はいった。

「十河の部屋にあったコピーには、もうちょっとはっきり写っていた。透かしか、薄い墨で書いた感じかな」

「コピーって、図式の？」

「そうだ」

「部屋にあったんですか？」

「そうだ」と同じ調子で答えた天谷氏は続けて、部屋の主の留守中にあまりかき回すようなことはできないと思いながら、離れ屋の書棚や机周りを調べたのだと告白した。

「いいわけをするようだけど、埃の積もり方とか、全体の感じから、十河が長らく部屋に戻っていないことは明らかだった。あとでお兄さんという人に訊いたら、だいぶ前から姿を見てないっていうんだな」

「それで探っていたら、コピーが見つかった？」

「机の引き出しにあった。師匠に持っていったのを含めて、何枚かコピーしたんだろうな」

「これと同じやつですか？」私がいったん卓に置いた図式の紙をまた手にとると、同じやつだと応じて天谷氏はすぐに訂正をいれた。

「同じというのは、図面の絵柄というか、レイアウトというか、そういうのが同じという意味で、詰将棋の問題自体は違う」

「『無双』の何番と何番みたいな？」

「そういうことだろうね」

「詰ましましたか？」

「不詰めだった」といった天谷氏は、手帳に引き写した図式を知り合いの棋士にものちに見せたが、結論は同じだったと報告した。なるほどと頷いた私は質問した。

「それで『５一』『５九』の染みはなんだったんです？」

氷を鳴らしてグラスを口へ運び、一呼吸置いて天谷氏はいった。

「字だ」

「字、ですか」

「イワという字だ」

「イワ？　岩石の岩ですか？」

違うといった天谷氏は、ポケットからペンを出して、コースターに文字を記した。

磐——。

「そのイワですか。どういう意味なんですかね」

「オレもわからなかったんだが、しかし、すぐに磐城という名前を思い出した。磐城の磐。梁田八段の話に出てきた、棋道会を後援していた昔の華族の名前だ」

「宗教やって不敬罪で捕まった人ですね」

私は手にしたコピー紙をあらためて笠洋灯《ランプ》の下で調べた。「５一」「５九」の染みは、なるほど「磐」の字だと思えばそう見えなくもない。一種のロゴ印みたいなものかと考えていると、

「それより問題は、十河の行方だ。十河はどこへ行ったのか」

天谷氏は焼酎を飲み干し、私が新たにオンザロックスを作るとちょうど瓶が空いたので、新規の一本をママに頼んだ。天谷氏ほどではないが、私も酒は飲む方で、しかし私が炭酸割り焼酎を一杯飲むあいだに五、六杯を空にする今夜の天谷氏のペースは異様に速い。

「じつをいうとだ」天谷氏が続けた。「オレは十河が奨励会をやめたことについては、べつの原因を考えていたんだな」

「棋道会じゃなくて？」

「そう。つまり十河は当時、恋をしていた」

9

十河《とごう》の恋の相手は、十河の住むアパートの近所にある中華屋の娘で、服飾の専門学校に通いながら店を手伝う彼女は常連客の十河と親しくなり、二人が一緒に映画を観に行ったと天谷が知ったのは正月すぎだった。

娘の顔は天谷も知っていた。佐治七段が府中市の公民館で開いている将棋教室を天谷は十河と

一緒に手伝い、その際に中華屋へも何度か食事に行ったからだ。注文を聞いたり料理を運んだり、ジーンズにスニーカー履きできびきびと動き回る姿は潑剌として、なかなか可愛い娘だなと天谷も好感を持っていた。一方で、体型こそ中肉中背だけれど、いびつな坊主頭で、にきび跡の残る顔に青黴《あおかび》みたいな薄髭を生やした十河は、自分のことは棚に上げていうなら、女性に好かれる人間とはとうてい思えなかった。服装も、お洒落からほど遠いどころか、季節を問わず学生風の黒ズボンを穿き、やはり学生が着るような襟の汚れた白ワイシャツを着た姿は、苦学生という、いまではあまり聞かれない言葉を連想させた。

実際、家からの仕送りがほとんどなく、将棋対局の記録係以外の仕事をしない十河は貧しかった。実家の経済事情からして、アパート暮らしなどはとても無理なところを、佐治七段の援助で東京で暮らすことが可能になっていたとは、師匠がはっきり明かすことはなかったけれど、ほぼ間違いないこととして天谷は事情を察していた。見かねた天谷はシャツやトレーナー、ジャンパーなどのお古を十河にやり、十河はこれを喜んで着た。

将棋指しに学歴はいらない。との考え方はむかしは一般的だったが、高校へ通うのが当然となる風潮のなか、十河は将棋一筋、高校へは行かず、趣味らしい趣味もなく、そんな人間が同世代の女性と恋愛をするなどは想像の埒外にあった。

だから天谷は、師匠の佐治七段からそのことを教えられ、心配していると告げられたときには、笑って本気にしなかった。こと恋愛方面となると級位者レベルに違いない師匠は取り越し苦労をしているに違いなかった。将棋指しを目指す限り、四段にならなければ一人前ではないのであって、奨励会に在籍する人間以上に修業中の言葉が相応《ふさわ》しい存在は世の中になく、修業中の身に恋愛ほど相応しからざるものはないのだ。もちろん恋心を抱くこと自体は若い男子には自然である。

天谷にも覚えはあった。いまだ心を疼かせる遠い思いはあった。しかしすべては晴れて四段になってからのことだと、感情を押さえつけるのが当然で、抑圧された精力はあますところなく将棋の勉強に注がれるべきなのであった。それは三十歳を越えるまで「修業」に人生を費やした天谷にとって、あらためて言葉にするまでもない、身に備わる自明の感覚だった。

ところが、からかい半分に問うた天谷に、結婚しようと思っていると十河が真剣な面持ちで答えたから仰天した。もちろんいますぐにではなく、四段になってのことだというので、それはそうだろうが、もう約束をしたのかと問えば、それはまだだが、一度デートをしてもらったから、次はしっかりと告白をして「寄せ」たいという。やめておいた方がいいと天谷はいった。なぜかと問う十河に、「馬鹿だな、相手にされるわけがないだろう」と応じると、珍しく後輩三段は怒りを露わにした。それが一月なかばの出来事で、その後は三段リーグが煮詰まりつつあることもあって、例の矢文を将棋堂で見つける二月の朝まで天谷は十河とは会わず、したがって彼の「恋愛」の進捗ぶりについて聞く機会はなかったが、ひとつだけはっきりしているのは、かりに十河が結婚を申し込んだ場合、一笑に付されるだろうことであった。これは根拠をあげるまでもない、水が低きへ流れるごとき必然であった。天谷は中華屋の娘が大学生らしい腰の小さな男と腕を組んで歩くのを新宿駅で見かけたことがあった。十河の「寄せ」は万にひとつも成功する可能性はなく、彼はなにか根本的な勘違いをしているに違いなかった。

「つまり天谷さんは、十河三段が例会最終日にこなかったことを、失恋が原因じゃないかと考えたわけですね。ふられて絶望したあげく、奨励会もやめてしまった、と」

「まあそうだね。十河は、よくいえば純粋というか、思い込みの激しいところがあった。十河は居飛車《いびしゃ》一本槍だったんだが、対振《ふ》り飛車には、イビ穴や左美濃《ひだりみの》には絶対にしないで、必ず急戦で戦ってた。そこを狙い撃ちにされることも多くて、少し作戦を考えたらどうかと師匠が助言したんだが、それが棋理に適うはずだと譲らなかった。しかし、それで成績はよかったんだから、たいしたものだった。そういうところは、オレも尊敬、というか、認めてたな」

「香落《きょう》ちでも居飛車《きょうしゃ》で？」と私が訊いたのは、奨励会では段級に二つ差がある場合、上手《うわて》、つまり上位者が香車を落として指すのだけれど、振り飛車にすることで上手が香落ちの弱点をカヴァーするのが常識だからだ。

「最初はそうだった。でも、不利だと思ったんだろうね、そのうちさすがに飛車を振っていた。当時は珍しかった中飛車だな。最初からそうしていたら、もっとはやく三段にあがっていたと思う」と応じた先輩物書きは、十河には独特の感覚があって、別格の才能だと周りからも認められていたとあらためて述懐した。

「なるほど。で、実際はどうだったんです？」

「十河の実力のこと？」

「じゃなくて、恋愛のほうです」

土浦を訪れてまもなく、天谷は府中へ行く機会があった。佐治七段の姉から弟の家の片付けを手伝ってほしいと連絡を貰ったのである。佐治七段の住居は、狭い庭のついた木造平屋で、引き払った荷物はほとんど売るか捨ててしまうしかないのだけれど、遺品で欲しいものがあれば、ともいわれていた。午過ぎに、すでに土地は売却されて取り壊しを待つだけの家を訪れて、師匠愛用の盤と駒、色紙や写真の類を持参した鞄に入れ、廃品業者が残った品々を査定するのを佐治七段の姉と見届けてから、夕刻、食事ついでに中華屋へ行くと、具合よく娘は店にいて、さほど客が混んでいなかったお陰で話を聞くことを得た。

十河はやはり娘に結婚を申し込んでいた。はじめは冗談だと思い、しかしどうやら本気だと知れば、一度映画に一緒に行っただけで結婚とは、あまりに非常識だと思ったと、娘はいまさらながらの呆れ顔でいった。もちろん無理だと断ったが、いますぐにではないからぜひ考えてほしいと再三いってきて、待ち伏せされるようなこともあり、困惑していたところ、姿が見えなくなってほっとしていたら、今度は手紙が届くようになったという。

「とにかく結婚なんてありえないし、もう手紙とか寄越さないようにあの人にいってください」

最近になって髪を黄色く染めたらしい娘は天谷に頼んだ。請け合った天谷が、手紙はどこから出されていたかと訊けば、はじめは茨城県の住所だったが、そのうちに北海道からになったと娘が答えるのを聞いて、天谷がはっと胸を衝かれたのは、棋道会の本拠が北海道だったと梁田八段が話していたのを思い出したからである。

得体の知れぬ切迫感に胸を圧されながら、北海道のどこだろうと質問すると、ちょっと待って下さいといって、店に続く住居から娘は葉書を二枚持ってきて天谷に示した。五月までの手紙はどれも土浦の消印で、北海道から葉書がきたのが六月はじめ、まもなくもう一枚きて、その後は手紙の類は届いていないと、天谷の質問に応じる形で娘は教えた。手紙はどれもちゃんと読まぬまま捨ててしまったが、つきまといの被害を警察に訴えたりするのに証拠があった方がいいと人にいわれて、葉書はとってあったのだともいった。

葉書は二枚とも絵葉書。六月三日の消印のある一枚目は、裏の写真が夕暮れの湖の風景で、「ウトナイ湖」とある。表面の上段に名宛が、下段にメッセージが下手糞《へたくそ》な四角い字で書かれている。内容は、いま自分は北海道にいる、事情があってしばらく帰れないので、少しのあいだ会えないかもしれないが、すぐにまた連絡をするので心配しないで欲しいという内容である。

二枚目は消印はかすれて判読できなかったが、届いたのは最初の葉書から一週間くらいしてからだったと中華屋の娘は教えた。二枚目も「ウトナイ湖」の写真で、こちらは水に浮かぶ白鳥が大きく写っている。メッセージは、ようやく当地で落ち着くことができたので、こちらに一度きてもらえないだろうか、自分には支えが必要なので、できたら一緒に暮らしてほしい、それが無理ならば一年待って欲しい、一年後にはかならず本物の棋士になるので迎えに行く、というものので、たしかにこれは一度だけ映画を観に行った人間が書くには、あまりにも身勝手というか、非常識であった。

十河を異常者と決めつける娘の態度に天谷はやや憤りを覚えていたが、これを読めば中華屋の金髪娘はむしろ寛容だとさえ思えてきた。「本物の棋士になる」とはいかなる意味か、不可解であったが、しかしなにより重大なのは、二枚目の葉書に住所が書いてあったことである。

北海道空知《そらち》郡雉別《きじべつ》町萱野《ちょうかやの》一一四――。

本物の棋士になる――。眼に突き刺さって離れぬ文字の並びに脅かされながら、天谷は葉書の住所を手帳に引き写した。

10

天谷が北海道へ向かったのは、九月初頭の週日であった。

雉別町は北海道のほぼ中央、夕張山地西側の、夕張市や岩見沢市に近い山地にあるらしかったが、北海道を知らぬ天谷にはどんなところなのかまるで見当がつかなかった。十河のいる場所と棋道会にはなにかしらの繋がりがあるのか？　いまならインターネットを駆使するところだけれど、それがない当時、国会図書館で調べたところ、棋道会の情報は得られなかったものの、磐城澄人および金剛龍神教についてはやや詳しく知ることができた。

磐城家は京都で代々神職を務める家柄だった。明治維新後に男爵の爵位を得た澄人の父、磐城善道《よしみち》は明治政府の官吏となり、開拓使に勤めて北海道開拓に携わった。磐城家と北海道の縁はそこからである。磐城澄人は慶応二年生れ、ドイツ留学の後、軍人となり、日清戦争で功を挙げて子爵へ陞爵《しょうしゃく》した。磐城澄人は退役後、北海道で採掘事業をはじめ成功を収める傍ら、大本教《おおもと》に入信、幹部信者として活動したが、大正時代の中頃、真冬の大雪山にて霊感を得、これを磐城家の故地である丹後の龍神信仰に結びつけて、自ら金剛龍神教の開祖となった。金剛龍神教は岩見沢に近い姥谷《うばたに》に本拠を置き、次第に信者を増やしたが、昭和一三年、磐城澄人は天皇家の滅亡を公言した廉《かど》で不敬罪に問われて逮捕起訴され、勾留から一時保釈された際に自殺した。金剛龍神教は解散を命じられ、磐城家も戦争が終わる頃には没落した——。

天谷が利用できた資料には、棋道会はもちろん、将棋のことも載っていなかったが、金剛龍神教の本拠があったという「姥谷」を調べると、これは十河の住所の「雉別町」のなかに地名があった。となれば、十河がそこを目当てに北海道へ向かった可能性は高いと考えるのは自然——いや、自然という言葉を使うにはあまりにも不可解に過ぎたのだが。

姥谷にはかつて鉱山町があったという。夕張岳、芦別岳の西側に広がる山地の深い谷間に、金、銀、銅、マンガン等の鉱脈が発見され、磐城澄人が出資者を募って立ち上げた採掘会社が開発をはじめ、後に事業は財閥系の住永鉱業株式会社の手に渡って規模が拡大、昭和十年代には、鉱山関係者とその家族、三千人近くが住んでいたという。トロッコ軌道が敷設され、小中学校や映画館や郵便局が建てられ、太平洋戦争直前頃には企業城下町の賑わいをみせていたが、戦後は衰微して、定住者の数が減少の一途を辿ったあげく、昭和四四年に閉山した——とは、国会図書館で閲覧した『岩見沢市史』に付随した「空知郡地誌略述」に記事があった。

磐城澄人がどうして事業を手放したのか、あるいは手放したあとどうしていたのか、そのあたりはわからなかったが、姥谷で金剛龍神教をはじめたのはたしかなようで、とすれば、梁田八段の話に出てきた棋道会——極道組織と組んで賭け将棋で人夫からカネを巻き上げていたという団体の本拠もそこにあったと考えてよさそうだった。

姥谷はいまは無住の地になっていると記事にはあった。とすれば、十河がそこへ行く理由はないと思える。が、棋道会の遺跡のごときものがあるのかもしれず、近隣になにか名残があるのかもしれなかった。あとから思えば、十河の葉書の住所宛に手紙を書くか電報を打つのが先決であったが、調べた事柄のもたらした興奮が心を逸《はや》らせた。とにかく現地へ行ってみよう。天谷は心に決めた。

北海道まで出向く暇は、あった。病院で事務員をする母親が一定の収入を得ているおかげで、最低限の金額を稼げばいい天谷に時間だけは十分にあった。旅費も貧乏旅行なら賄《まかな》えるくらいは手元にあって、だからといって弟弟子のために時間と労力を使ういわれはないともいえたが、奨励会の合宿などを除けば、天谷は旅行というものをほとんどしたことがなく、ゆっくり旅をしてみたいとの望みを以前から抱いていた。加えて、磐城澄人や金剛龍神教等を調べるうちに、これを構想しつつあるミステリ小説にとりこむのも面白いと思えてきて、ならば「取材旅行」も悪くないと考えた。「国会図書館で調べもの」もそうであったが、「取材旅行」の言葉に天谷は憧れがあったのである。

調べてみたところ、十河の絵葉書に書かれた住所へ行くには、東京から苫小牧《とまこまい》までフェリーに乗るのが安価とわかった。東京港を夜の一一時半に出航する船は、翌々日の朝五時半に苫小牧に着く。苫小牧からは青春18きっぷを使って鉄路を岩見沢まで向かう。それが一番カネがかからない。近所の図書館で旅行ガイドをあれこれ見るうち、十河が中華屋の娘に出した絵葉書の写真、「ウトナイ湖」が苫小牧にあることを知った天谷は、おそらく十河もまたこの同じルートを辿って目的地へ向かったのだろうと推測した。

盛夏と変わらぬ残暑のなか、場合によっては野宿する覚悟で、父親の遺品の寝袋をリュックサックに入れた天谷は、東京港から苫小牧行きのフェリーボートに乗り込んだ。二等船室の、絨毯敷き平土間の居心地は悪くなく、船中では、食堂でカレーなど食べて腹を満たしつつ、寝ころがってミステリを読んだり、デッキに出て海を眺めたりして過ごし、船中二度目の夜を越えた早朝、苫小牧に上陸した。時刻表によれば、苫小牧から岩見沢まではJR室蘭本線で一時間半ほど。時間がありそうだったので、港から駅まで歩いたついでに少し散策をすることにした。とくにあてはなかったが、フェリーターミナルで貰った観光地図を見たら、ウトナイ湖の名前が目に入った。距離は少々あったが、はじめての一人旅の高揚のまま、天谷はウトナイ湖まで歩いてみることにした。

十河の出した絵葉書の「ウトナイ湖」。絵葉書はどこでも買える。苫小牧の名所絵葉書はフェリーボートの売店でも売っていた。おそらく十河はフェリーのなかで絵葉書を買ったのだろう。とすれば、彼がウトナイ湖まで行った可能性はない——。だからなんだということもないが、松本清張の小説に出てくる素人探偵の気分を味わいつつ湖畔をぶらぶらして、開いていた喫茶店でモーニングセットを頼み、船で買った絵葉書とペンをリュックから取り出したものの、出す宛がひとつもないことに思い当たってまた仕舞った。出すとすれば母親か姉だったが、そんなことをしたら気味悪がられる、くらいならまだいいが、奨励会退会に絶望して自殺するのではないかなどと思われたらいやだ。

そのとき天谷は、旅行に来た自分が葉書を書くとしたら、死んだ師匠と十河くらいしかいない事実に気づいて愕然《がくぜん》となった。戦友とも呼ぶべき年齢の近い元奨励会員がいないわけではなかったが、退会から半年、こちらから連絡して親しく交わるようなことはまだできそうになかった。将棋指しを目指して十数年、奨励会員間の、同志でもあり敵でもある、最高の理解者でありながら競争相手でもある、濃密きわまりない時間を共有した者同士の関係にどっぷり浸かってきた天谷は、そこから離れたところでは希薄な人間関係しか持ち得ていない事実にあらためて気づかされたのだった。

天谷はうら淋しい気持ちになり、しかしこれはむしろひとり旅の旅情を高めるのに益した。ウトナイ湖に近い沼《ぬま》ノ端《はた》の駅から列車に乗って、ミズナラの森と長い条里《じょうり》の畑が交替し、馬や牛の群れる草原が蒼い山稜にまで広がり続く北の大地の景色を眺めたときも、駅で買った蟹の駅弁を食べたときも、午後三時前に岩見沢駅に降り立ったときも、蕭々《しょうしょう》たる旅情はなお心を占領していて、しかし旅の悦びはそこまでだった。

岩見沢にて、棋道会の影が眼前を過《よぎ》るや、彫刻刀で抉られた将棋盤を見たときと同じ不安と恐怖の闇中へと、天谷はたちまちにして突き落とされたのである。

11

それにしても天谷がつくづく自分が旅慣れない者だと痛感したのは、岩見沢の駅で雉別町方面のバスの便を調べたところ、一日に三本しかないバスの最終便がちょうど出てしまったのを知ったときだ。「雉別町萱野」を地図で見れば、とても歩ける距離ではなく、タクシーでは金額が論外である。午後早くに着けば大丈夫だろうと考えたのが甘かった。とはいえ急ぐ旅でもない。十河の滞在先を訪れるという目的はあったけれど、約束があるわけではないから、今日行って会えるとは限らない。葉書の住所にはもういないのではないかという、なぜともない予感を天谷は抱いてもいた。

明日のバスの第一便は七時二〇分。今日はどこかへ泊まるしかない。最悪駅舎のベンチで寝ればいいが、安宿でもあればと思い、街をうろついていたら、裏通りの路地奥に「いこい囲碁将棋センター」の看板が眼に付いた。硝子戸を覗いてみると、こぢんまりした道場で、子供の頃に通った町田の道場に似ていて懐かしかった。

異邦でふいに知り合いに出会ったような気持ちになり、戸を引いて入っていくと、奥の畳になったところで年寄り二人が碁盤を挟み、入って右手の机で新聞を広げる毛糸の正ちゃん帽の年寄りが席主らしく、はじめてだよね、旅行者の人？　と声をかけてきた。

板壁に下がる名前と段級位の書かれた木札と、火の入っていない煙突ストーブを眺めつつ、そうだと応じると、いまだと自分が相手できるが、碁と将棋、どっちだろうと訊かれて、はじめは宿の情報を訊くだけのつもりだったものを、それじゃ、碁をお願いします、初心者ですが、と答えたのは、宿を含め話を聞くには、たいした額ではない席料を支払ってしたほうがいいだろうと考えたからで、この判断は正解だった。

将棋を指す気にはなれなかった。囲碁はほとんどやったことがなかったけれど、ルールくらいは知っていたし、人が打つのを横から見たことは何度かあったから、全然打てないのではなかった。脚が悪いからこっちでいいかなという席主と椅子机に向かい合い、六子《ろくし》を置いて打ちはじめながら、まずは宿について訊くと、何軒かを教えてくれ、それから棋道会のことを知らないかと質問してみた。

「棋道会って、姥谷にあったっていうやつだろう？」

老眼鏡を鼻からずらし、上目遣いで天谷の顔を眺めた席主が応じたところをみると、やはり地元では知られているらしい。そうだと頷いて問いを重ねると、姥谷は鉱山で栄えた、映画館もあるような町だったと席主は話し出した。昔は函館本線の駅まで狭軌道の鉄路が敷かれて、人の行き来も盛んだったが、鉄路は昭和四十年代には廃止され、閉山になってからは無住の地となっていると席主は教えた。

「姥谷はむかし、将棋谷と呼ばれていたんだね」

「将棋谷、ですか？」

「そう。将棋が盛んだったんだろうね」と応じた席主は、北海道でもこのあたりは積雪が多く、ことに姥谷近辺は雪が深くて、冬場はトロッコ列車も走らず、十一月半ばから三月一杯まで、姥谷は外界から閉ざされてしまうのだと話した。

「ほとんど一冬籠って過ごすんだな。娯楽の少ない時代だからね。冬場は将棋くらいしかすることがなかったんじゃないの」

「賭け将棋とかしてたんですかね？」

「むかしはどこでもそうだよ。プロの団体がいまみたいに整備されてないからね。いまはあれだよ、年に四人しかプロになれないんだから、厳しいよね」

天谷は顔の強張りを隠して、隅のカカリを一間《いっけん》に受けて問うた。

「そこに棋道会というのがあったって聞いたんですが？」

「あったみたいだね」定石通りに石を打ち進めながら席主は頷いた。

「道場ですか？」

「道場というか、真剣師みたいなのが集まって、団体ってほどじゃないんだろうけど、東京の将棋指しに挑戦する、なんてこともしてたみたいだね」

真剣師とは賭け将棋を生業《なりわい》とする将棋指しのことである。赤い羽根の矢文を想いながら天谷が、

「磐城澄人という人が後援していたって聞きましたが」と話を進めると、

「よく知ってるね」と席主は眼鏡の上方から驚いた眼で天谷を見た。それからまた口を開いた。

「もともと姥谷のヤマを拓《ひら》いたのは磐城家だったから、姥谷で磐城の息のかかっていない所はなかったんじゃないかな。磐城天皇というか、ちょっとした王様みたいなもんだろうね」

「磐城澄人は宗教をやってたってんですよね」

「そう。将棋教」

「将棋教？　金剛なんとかじゃないんですか？」

「正式な名前は知らないけど、みんなが将棋教って呼んだらしいよ」といった席主が、磐城澄人は狂のつく将棋好きで、宗教と将棋を結びつけて、予言や占いに将棋盤を使ったらしいと教えた内容は、梁田八段から聞いた話と変わらなかったけれど、歴代名人や江戸時代末の天才棋士、天《あま》野宗歩《のそうふ》を祭神として崇めていたと話したあたりは初耳だった。宗教をはじめた磐城澄人は鉱山の経営権を財閥企業に売却し、得た財をことごとく「将棋教」につぎ込んだという。不敬罪で逮捕された件を訊くと、よく知ってるねと席主はあらためて驚いてみせた。

「天皇陛下が、って、このあいだ亡くなった昭和天皇のことだけど、将棋好きだったって話、聞

いたことない？　だからだか知らないけれど、磐城澄人は天皇陛下に将棋を献上しようとしたんだね。だけどあっさり断られたらしい。それで恨んだんだろうね。天皇家はじき滅ぶと、やたらいいまくったっていうから、戦前だとちょっとマズいよね」

　将棋を献上とは、図式かなにかを献上するのだろうかと問うと、しかしあんた、ずいぶん固い碁を打つねえと、笑って批評したのち、席主は図式じゃないと応じた。

「磐城澄人は自分で新しい将棋を開発して、それを献上しようとしたっていうね」

「魔道将棋ですか？」

　梁田八段の話を思い出して天谷が訊くと、それは磐城が不敬罪で捕まったあと人々が呼んだ名前で、磐城の息のかかった棋道会が魔道会と呼ばれるようになったのと一緒だと席主は説明した。

「本当の名前は、龍神棋っていったかな」

「リュウジンギ？」

「そう。磐城澄人がどこだかの神様から特別に貰った将棋だっていう話でね」

「どんな将棋なんですかね」と訊いた天谷に、さあねと、白石を天元に打ちつけながら応じた席主は、その将棋は門外不出であり、奥義を教えられたのは磐城澄人に認められたごく少数の人間だけだったから、知る人はほとんどいないのだと説明した。

「たぶん中《ちゅう》将棋みたいなのじゃないの」と席主がいった中将棋とは、起源は本将棋より古いもので、「飛車」や「角行」などのほかに、「酔象《すいぞう》」とか「鳳凰《ほうおう》」とか「麒麟《きりん》」といった駒のある、本将棋とは異なるルールの将棋で、江戸時代まではけっこう指され、いまも少数の愛好者はある。

「龍神棋には魔力みたいなものがあったんですかね？　むかしの将棋指しにはハマった人がけっこういたって聞きましたが」

梁田八段の話を思い出しながら問うた天谷の言葉に、席主は脇の卓に置かれたポットに腕を伸ばし、焙じ茶を自分と天谷の茶碗に注ぎたした。

「ハマったのは宗教の方なんじゃないかな。将棋教にハマると、結果的にそうなるんじゃないの」と応じた席主は、というかね、と続けた。

「将棋教の中身は知らないんだけど、将棋指しでハマる人がいたってのは、なんかわかる気はするんだよね。つまり、将棋の真理というのかな、そんなものに到達したいって願望は、将棋指しなら、誰でも多かれ少なかれ持ってるんじゃないかと思うんだよね」

将棋の真理――。かつて天谷もそれを思ったことはある。真理は、真理である以上、一局一局の勝負を超えたところにあるのでなければならない。だが現実には、体力、気力、運不運、あるいは恐怖や不安や楽観といった心理、つまり泥臭い人間的な要素でもって勝敗が決することも多いわけで、日々勝負に明け暮れる棋士のなかで、そうした勝敗を離れたところで真理探究に専念できたらどんなにいいだろうと、思ったことのない者は少ないのではないかと席主は語った。

「タイプにもよるんだと思うんだけど、勝負師タイプじゃない、学究派っていうのかな、そういうタイプの人は、ここにこそ将棋の真理へと至る道があるのだ、なんてはっきりいわれると、頭のいい人ほど、案外よろよろっとそっちへいっちゃうんじゃないの」

なるほどと天谷は頷いた。たしかに十河には学究肌のところがあった。たいがいの者が対戦相手に応じて策戦をたてるのに対して、十河は自分の信じる棋理に殉じて将棋を指した。自分は本当は勝負なんてしたくないのだと漏らしたこともある。それは十河が二段のとき、双方入玉《にゅうぎょく》となって、そこから点数勝負の駒取り合戦が延々三百手近く続いた対局のあとのことで、神経をすり減らした徒労感が弱音を吐かせた面はあるにせよ、ぽろりと零《こぼ》れた本音に違いなかった。十河は勝負に恬淡《てんたん》としすぎている、とは、師匠がよく口にした懸念《けねん》でもあった。もっともその入玉将棋は十河が勝利して三段への昇段を決めたのだけれど。

ここに将棋の真理がある！　眼の前に力強く示されたとき、勝負の明け暮れの苦痛に耐えかねた者が思わず飛びついてしまう。なるほどありそうに思えた。が、いまは無住の地になっているという姥谷に、そんな言葉を語る者があるのだろうか？　だが、事実、矢文はきた。二月の鳩森神社に出現した。黒塗りの矢柄に赤い羽根の矢。十河の部屋の壁に刺さっていたそれを思うと、不安の蟲《むし》が背中を這い回る。もっとも弓矢が姥谷からきたものだとは限らない。というより、無住の姥谷でそんなことをする者があるはずがないわけで、しかし、どうやら十河はその場所へ吸引せられたと思えるのだ。

混迷は深まった。が、どちらにしても、姥谷へ行ってみれば少しはわかることがあるだろう。天谷が姥谷への行き方を質問すると、つと盤面から顔をあげた席主が、天谷の顔を下から覗き込むようにしていった。

「やめといたほうがいいと思うよ」

なぜかと問うた天谷に席主はいった。

「行ってもなんにもないからね。路もよくないし」

バスはないのかと問えば、あるわけがないと返事があった。バスで行ける一番近い所は萱野だが、そこからさらに自動車で三、四〇分はかかるという。自動車の速度が時速五〇キロとして、距離は約三〇キロ。歩く速度を五キロと計算して、歩けば六時間。そんな計算を天谷がしているところへ、また席主の声が聞こえた。

「あとね、あの辺はちょいと物騒だからね」

「物騒？」

「あの辺で行方知れずになったり、死んだ人がいてね。まあ事故や自殺なんだけど、龍に喰われるっていう噂もある」

「龍に、ですか？」

天谷が問い返すと、正ちゃん帽の席主は真正面から相手を見つめて、姥谷の谷奥には昔から龍が棲むという伝説があるのだと真剣な調子でいい、天谷が顔を強張らせていると、

「まあ、龍はさすがにいないよね」と席主はいきなり相好をくにっと崩して笑い、しかし、とまた真顔になる。

「でも、龍の口には近づかない方がいいよ」

龍の口とは何か？　問うた天谷に席主は説明した。龍の口とは姥谷にいくつもある坑道のひとつで、なかが縦横上下に枝分かれして、迷路のごとくなったその奥に、将棋教——金剛龍神教の「神殿」がかつてあったのだという。

「神殿には棋道奥義の書が祀られた祭壇があって、将棋盤を象《かたど》った金剛床があったって話でね」

金剛床とは何か？　問うた天谷に、よくは知らないが、宇宙のエネルギーを集めるとかなんとか、まあ西洋の魔方陣みたいなものなんじゃないかと説明した席主は、とにかく神殿は金や銀がふんだんに使われた大変に豪華なものだったらしいが、不敬罪で捕まった磐城澄人が、一時保釈で姥谷に戻った際、ダイナマイトで神殿を爆破したのだと語った。

「爆破ですか？」

それはまた烈しい。天谷が驚いて訊き返すのへ席主は、磐城本人も一緒だといったからいっそう驚いた。図書館で見た資料には自殺とだけあったが、つまり神殿もろとも自爆したということ

らしい。爆発の結果、龍の口の坑道は落盤で埋まってしまったのだと席主は続けた。

「神殿の貴金属がもったいないっていうんで、業者が龍の口を探索したんだけど、このとき、けっこう死んだらしいんだね」

「死んだっていうのは、事故で？」

「そう。坑道ってのは、縦横にどんどん掘り進んでいくから、なかは蟻の巣みたいになっているんだけど、とくに龍の口の坑道は複雑で、素人が一度入ったら最後、二度と戻ってこられないなんていわれてたらしい。それが磐城が爆破してから、絶えず小さな崩落を繰り返すようになっちゃったんだね。危ないよ。なんてったっけな、胃袋とか腸が動くやつ――そうそう、蠕動《ぜんどう》だ、蠕動。龍の胃袋が蠕動して人を呑んで消化するなんて、そんなふうな話になったみたいでね。龍の口っていうのは、それでそういわれるようになったのかもしれないね」

　蠕動して人を消化する龍の胃袋と腸。その像《イメージ》を追ううちにも、席主は先を続けて、戦時中には重金属を求める陸軍が龍の口の坑道の探索をあらためて行い、戦後になってからも欲に目のくらんだ者が入り込んだが、廃坑道で迷ったり、事故にあったりする者が後を絶たず、いまは封鎖されていると教えた。

「坑道の入口までは行けるんですか？」

　十河が姥谷へ行ったとするなら、龍の口以外には目的は考えられない。そう思案しながら問うた天谷に席主は答えた。

「行けなくはないよ。谷の一番奥、御倉《みくら》滝っていう滝が落ちてる岩の棚にあるからすぐにわかる。でも、やめといたほうがいいと思うけどね」

「なかへ入ったりはしませんよ。ちょっと見るだけです」

「というか、入れないよ。でも、あそこへはあまり近寄んないほうがいいと思うけどね。熊もでるし」

「熊がでますか」

「でる可能性はあるね。それからね」

まだなにかあるのか。なんでしょう？　恐る恐る訊いた天谷に席主は老眼鏡をかけた目を碁盤に落としていった。

「中央の黒石、あんたは生きてると思ってるかもしれないけど、ぜんぶ死んでるよ」

12

その夜は「いこい囲碁将棋センター」斜向いの旅館に泊まり、翌朝、駅前からバスに乗った。路線バスらしからぬマイクロバスに乗ったときはひとりだったが、途中から乗り降りする人がちらほらあって、しかし十河の絵葉書に書かれた住所から一番近いと教えられたバス停で降りたときには、乗客は天谷ひとりだった。

時刻は午前九時前。一時間半ばかりバスに乗った計算で、市街地を出てからは信号待ちなどほとんどないままバスは結構な速度で走ったから、ずいぶんと距離を稼いだはずで、北海道の広さに天谷はあらためて感じ入った。降りたところも、見渡す限りの草原に整然と条里をなす畑と森林がモザイクをなす台地である。ぐるりの地平線が木立に隠れるなかにあって、東側には幾重にもなった蒼い山塊が迫る。姥谷《うばたに》があるのはそちらの方角に違いなかった。

天気は良好、広い空で輝く初秋の太陽が、清涼な空気のなかに心地よく光を注ぎ、森の木々や原の草を瑞々《みずみず》しく色づかせる。目にする範囲に人の姿がないので、帰りのバスの時間をたしかめてから、舗装道路をぽくぽく歩き、先刻のバスが消えていった林に足を踏み入れれば、ミズナラの梢を透かして赤い屋根が見えた。林中に拓かれた小径の砂利を踏んでそちらへ向かい、農家の庭に出たところ、作業衣の人が飼料らしい荷物を軽トラックから下ろす作業をしている。声をかけて「萱野《かやの》一一四」の住所はどの辺だろうと訊けば、ここだと返事があった。

十河という男がこの辺に住んでいるはずなのだが、知らないだろうかと訊ねると、天谷と似たような年齢の男は、トゴウ？　と復唱したあと、ああ、たぶん知ってると思いますよ、といって母屋から帳面を持ち出し、頁を開きながら、トゴウミキオくんですよねと、フルネームを口にした。

十河はここでしばらく働いていたのだと男は教えた。ここで働く、とは、どういうことかと訊けば、男の一家は農園を経営していて、春から夏の農繁期に住み込みアルバイトを何人か雇う、そのなかに十河がいたのだという。十河が働き出したのが六月八日。農園の宿舎に寝泊まりして、八月いっぱいの約束だったのだけれど、一月ほどでやめてしまったと、ノートに目を落としつつ男は報告した。農園を去ったあとどこへ行ったかわかるだろうかと訊けば、住所となっている茨城県の家に帰ったんだろうが、アルバイトで得た資金で北海道旅行をする人もよくあるから、彼もそうかもしれないと返答があった。

十河が農園を離れたのが七月初頭。しかし茨城の実家へは、おそらく帰っていない。とすれば、どこへ行ったのか。どちらにしても、十河が北海道へ来たのには理由があるに違いなく、その理由とは、ここから遠くないはずの姥谷であるとしか考えられなかった。

十河は姥谷へ行かなかっただろうか。単直に訊いてみれば、農園は週に一日休みがあって（休まない人もあるが）、十河くんは農園の自転車で朝からどこかへ出かけていた、喫茶店や書店のある町へ行っているると思っていたが、姥谷へ行った可能性もないではない。とはいえ彼はほとんど喋らなかったので、どうだかわからないと返事があった。姥谷へは自転車なら二時間かからずに行けるとも作業衣の男は教え、行き方や現地の様子など、問われるままに話してくれた。

バス停まで戻った天谷は思案した。地図で見ると、姥谷まではおよそ二五キロ。歩けば最低五時間はかかるだろう。往復で十時間。いったんは岩見沢へ戻るしかないかと思ったものの、帰りのバスは午後の四時台までない。

どう時間を潰そうかと考えたとき、さっきの農園で自転車を借りることを思いついた。往復四時間なら、帰りのバスに十分間に合う。農園に戻って交渉すると、作業衣の男は快く応じてくれて、姥谷へ行くならこれを持っていた方がいいと、熊よけの鈴も親切に貸してくれた。リュックサックを背負った天谷はママチャリを漕いで姥谷へ向かった。

「と、ここまではよかったんだけどね」

一度切った天谷氏は焼酎の瓶を摑んで自分のグラスへ注ぎ足した。トングで摑んだ氷を入れながら、なにか問題があったんですか？　と間《あい》の手を入れた私は感嘆の声を漏らした。

「しかし、すごいですよね」

「なにが？」

「熊ですよ。熊が出るっていわれたんでしょう」

「そっちか」といって天谷氏は笑った。

「よく行きますよね」

「なんていうか、熊といわれてもピンときてなかったんだろうね。都会っ子というか、それまで将棋しかしてこなかったからな。自分が知ってる熊といったら穴熊くらいでね」

ようするに常識がなかったのだと笑う天谷氏が、奨励会《しょうれいかい》時代、「振り飛車穴熊」が得意戦法だったという話を思い出しながら、将棋しかやってなくたって熊くらいはふつう知ってますよと返してから、それで、どうなったんです？　と私は先を促した。

「問題だったのはね」語り手は焼酎を一口含んでから再開した。「坂だよ。自転車の大敵、坂道。考えりゃ姥谷は山のなかだから当然なんだけど、途中から坂がきつくて、とても漕いじゃいられなくてね」

「でも、それだったら、レンタカーを借りたらよかったんじゃないですか。まあ、しかしカネがかかるか」

「それもあるけど、その頃はまだ免許を持ってなかったからね。とにかく自転車だと、二時間じゃ全然着かない」

「でも、帰りは楽なんじゃないですか」

「そうなんだけど、やっと着いたなと思ったら、タイヤがいきなりパンク。しかも両輪」

「そいつはだいぶまずい状況ですね」

「そうとうまずいよ。でも、しょうがないから、最悪、野宿すると肚を決めた。寝袋はリュックにあったからね。食べるものも少しはあった」

「なんだかサバイバルな感じになってきましたね、それで、どうだったんです？　姥谷にはなにかあったんですか？」

「あった」と答えた天谷氏は、卓の海苔煎餅を手に取り、しかし口へは運ばぬままに続けた。「と思う」

なんだか曖昧だなと思って様子を窺えば、しばらく考え込むように沈黙してから、天谷氏はまた口を開いた。

「とにかく驚いたのはさ、むかしは大きな町だったというんだけど、全然痕跡がないんだよね。どこもかしこも草や木に覆われていて、むかしっから森だったようにしか見えないんだね。トロッコの軌道跡も、そう思って見ればかろうじてわかるくらいで、三千人の人間が住んでたなんてとても信じられない。人跡未踏とまではいかないが、とにかくただの谷というか、森としか思えない。自然の力っていうのはものすごいもんだよ。逆に、文明なんてのはじつに儚《はかな》いもんだ」

あらためて驚異を目の当たりにしたとでもいうように、天谷氏は大袈裟に感嘆してみせた。

姥谷に廃墟でない人工物はひとつだけあって、これは谷の口にあるプレハブの倉庫様の建物で、「桐原土木興業（有）」の板看板が立っているのは、廃鉱になった鉱山の後処理施設であると、自転車を借りた農園の人からは聞いていた。建物の裏手に鉄条網の張られた四角い池があって、これは銀や銅の処理過程で出た廃液の貯蔵池で、永年管理をする必要上、週に一、二度、係員が来るという話だった。あたりに自動車が停まっていないので、人は来ていそうになかったが、窓を覗いてみた建物にやはり人気《ひとけ》はなかった。

自転車を置き、腰につけた熊よけの鈴を鳴らしながら渓流に沿って谷奥へ向かって歩いてみた。かつての姥谷の町が、夕張山地から流れ出る渓流沿いに開かれていたとたしかめられたのは、川沿いの地面に混凝土《コンクリート》の瓦礫や錆び朽ちた鉄材らしきものが埋まっていたからで、しかしどれも土と草木に覆われて、よくよく注意して見なければ、それとはわからない。映画館も学校もあった町——。その賑わいと喧噪を想像してみようとしたけれど、目に映るものといえば緑の樹木と谷を挟む黒い岩肌、聞こえるのは風音と鳥の声ばかり。人影のないただの山の中である。

「いこい囲碁将棋センター」の正ちゃん帽の席主が話した龍の口は、歩き出してまもなく視界に現れた。谷の右奥の、トドマツらしい樹林の上方に見える岩山の崖、そこに白い筋を引く滝の横の棚に穿たれた鉄扉がそれに違いなかった。下から眺めたときには、すぐそこに思えたのだけれど、歩いてみれば案外と時間がかかって、一時間ほどで滝壺の縁に立って見れば、龍の口は縦横三米《メートル》くらいあって、なるほど頑丈な鉄板で蓋がしてある。下からの高さは三、四米《メートル》、岩には赤錆びた鉄鋲《てつびょう》がいくつも打ち込まれ、足下の岩場にも跡が残って、かつては鉄材で足場が組んであったのがわかる。岩壁には、崩れかけてはいるものの、掘削《くっさく》した階段、というほどでもない足がかりもあったから、攀《よ》じ登ろうと思えばできそうである。

天谷はあらためて龍の口を観察した。見たところ鉄蓋はとても人力では開けられそうにない。どこかに隙間があるかもしれないと思い、岩に手足をかけて少し登ってみたところ、足下が危なっかしくて怖くなった。こんなところで怪我をして動けなくなったら大変だ。攀じるのは諦めて、あたりに十河が残した痕跡がないか調べてみたけれど、素人に発見できるようなものはとくにない。

十河は龍の口へ入り込んだのだろうか？　しかし、危険はともかくとして、金剛龍神教の「神殿」は五〇年前に爆破され、使われていた貴金属類もほとんど持ち出されたというから、痕跡は残っていないだろう。かりに十河が廃坑道へ入ったのだとして、何かを発見した可能性は少ない。

滝音は途切れず谷奥の樹林を満たしていた。崩落を繰り返して人を呑む龍。その像《イメージ》を思うと、滝音を貫いて獣が低く唸るような声が聞こえる気がした。天谷は急いであとへ引き返し、すると深い谷にひとりでいる孤立感が烈しく身に迫って、ひどく心細くなり、藪の奥でがさごそ音がしたりすると、熊かもしれないと思えて怖くなった。

時刻は午後三時。いまから自転車を引いて歩けば、夜の九時前には萱野まで戻れる。岩見沢行きのバスはむろんないが、農家の軒先か物置にでも寝かせてもらえばいいと算段したのは、こんな山の中で一夜を明かすなどとても無理だと思えてきたからである。深山の静けさを貫いて、地鳴りのごとき音響が湧き出る予感が膨れ上がり、谷奥から闇と区別のつかぬ何かが押し寄せ頭から呑み込まれてしまう、そんな予感がびくびく怯える神経に生じた。午後になって雲が湧いたせいか、あたりがやけに薄暗かった。

自転車を置いた平地へ戻ったのが午後の四時すぎ。山稜が迫るせいか、はやくも宵闇の気配が周囲に漂った。山の樹葉が暗鬱な色に沈みかけている。そのとき天谷は重大な事実に思い当たった。自分が灯火を持たない事実である。いまから自転車を引いて歩いた場合、途中ですっかり暮れるのは間違いない。とすれば、灯火なく闇中を歩かなければならない。来る途中の、片側が崖になった山路が思い出されれば、悪い汗が背中に流れた。いまから歩いて戻るのはとても無理だった。

野宿する覚悟が決まらぬまま、しかし寝るならプレハブ小屋の軒下しかないと思い定めて、川の水を掬って飲み、岩見沢で買ってあった青リンゴとヌガーバーを齧った。火を起こしたほうがいいように思い、薪になる木切れを集めはじめたが、肝心の燐寸《マッチ》がないことに気がついた。喫煙をしない天谷はライターも持っていない。火は諦めて、プレハブの土台石に呆然と座っていたら、いよいよ陽が沈んで、やがてあたりは自分の掌も見えぬほどの闇に沈んだ。雲のせいか空に月も星もない。文字通りの漆黒の闇だ。

ここに至って天谷は自分が窮地に陥ったことを知った。

13

夜の到来とともに、気温は急激に下がった。手探りでリュックサックから寝袋を出して潜り込み、プレハブ建物の土台の端の、混凝土《コンクリート》の縁石に横になった。そうやって闇中で身を縮ませていると、石の、板壁の逆側の縁から先が断崖絶壁になっていると思えてきた。下は深い深い谷の底だ。幻想だとわかってはいるのだけれど、眼で見て確認できないので、幻想を打ち消せぬまま、「崖」からできる限り離れ、プレハブの板壁に身を寄せて耐えるしかない。

巨大な黒い器の、中空に突き出た狭い岩棚に自分はかろうじて載っている。ドラム缶の縁に張り付いた蟻。そのような像《イメージ》がどうしても頭から離れなくなった。一度寝袋から出て、地面があることをたしかめればいいわけだけれど、伸ばした足が届かぬまま、果てしなく落ちていってしまうように思えてできない。

早く眠ってしまいたいが、眼をつむっても瞠《みひら》いても、同じ闇しか見えぬのが嫌だ。と、そのうち、闇中に、人の気配、とも限定できぬ、正体のわからぬ生き物の気配が涌いて出た。大勢の者が、ひとつひとつの岩、一本一本の樹の陰にひしめき、蠢《うごめ》き、囁き交わし、それら無数の声が折り重り絡みあい、重圧となって軀《からだ》にのしかかってくる。龍だ。龍がいると、彼らは話しているのだ。坑道の奥に潜む、腸を蠕動《ぜんどう》させて人を呑む巨龍は谷間の闇に溶け込んでとぐろを巻き、音にならぬ咆哮を放ち、餌食を求めて赤い濁り眼を光らせる。そんなものがいるはずがないと思っても、谷間で交わされる騒然とした話し声は消えない、どころか、ますます音量を増して闇中に響きこもる。映画館や学校や銭湯に群れる人間たちがいっせいに叫びだした。龍が出るぞ！　そうたしかに聞こえたと確信されるなら、うわわっと悲鳴が喉から絞り出た。こんな剝き出しの悲鳴をあげたのは物心ついてからはじめてだった。自分の喉から出たとは思えぬ野猿の叫びじみた声に脅かされて、またもうわわっと声が迸《ほとばし》り、と、それが怖くてまた声が出る。もうきりがない。

「それって」と私は驚いて声をあげた。「もうほとんど遭難じゃないですか」

「そう。ちょっとしたパニック状態だね」妙に落ち着いた感じで天谷氏は応じる。「とにかく闇のなかにいろいろなものが蠢《うごめ》いて、いろいろなことをいったり、したりしてるんだよね」

「山で遭難したりすると、幻覚を見たり、幻聴を聞いたりするっていいますけど、そういうのって本当にあるんですね」

肯定の印に小さく頷いた天谷氏は焼酎を口へ運んでからまたいった。

「原始の闇っていうけど、闇というのは本当に怖いもんだよ。体験しないとわからないと思うけどね」

「いや、わかりますよ」

「しかもさ、すごく寒いんだよね。気温は実際に低くて、でも寝袋は冬山用だから、暖かいはずなんだけど、震えがとまらなくなった」

「やっぱり闇の恐怖のせいですかね?」

「いや、違う。熱のせいだ」

「熱が出たんですか?」

「出た。インフルエンザじゃないんだろうが、ウイルス性の風邪だね。三九度くらいまであがったからね」

「三九度って、やばいじゃないですか」

「やばいよ」とまた落ち着いた調子で天谷氏は応じる。「熱はわりとすぐに下がったけど、三日くらい寝込んだかな」

「三日って、ずっと山のなかで寝てたんですか？」

まさかと応じた語り手は、翌朝、自転車を貸してくれた農園の人が軽トラックで様子を見にきてくれて、農園まで連れ戻してくれたばかりか、数日の宿を提供してくれたのだと話した。

「地獄に仏だ。しかし、けっこうやばかったですね」

ひと安心して煙草に火をつけて私がいうのへ天谷氏は頷き、

「農園の人というのは、蜂須賀《はちすか》さんという名前だったんだけど、戦国武将の蜂須賀小六と同じだね」と再開して、蜂須賀さんの農園の、アルバイトが寝泊まりする宿舎の寝台《ベッド》を提供されて、食事の世話までしてもらったのだと語った。

「田舎の人は親切ですからね」

煙草の煙が向かいへ漂わぬよう気をつけながら私がいうと、

「まったくそうなんだよね。すっかり世話になっちゃってね」とまた天谷氏は頷いたのだけれど、先刻まで言葉の端々に孕《はら》まれていた、ちょっとふざけた軽浮な調子が消えていることに私は気がついていた。顔もどこか強張って、電球の光のせいもあるのだろうが、将棋会館で見たのと同じ青黒い色に変じている。

「熱は二日で下がった」天谷氏は再開した。

三日目には寝台《ベッド》から起き上がって、世話になりっぱなしでは申し訳ないので、それから一週間、農園の手伝いをした。アルバイトはいない時期だったが、アスパラガスや椎茸用のビニールハウスを建てる作業がちょうどあって、それなりの貢献が、少なくとも主観においては、できた。

天谷より少し年下の蜂須賀さんは、次男で独身、祖父祖母、父親母親、結婚している兄とともに農業をしていた。意外だったのは彼が将棋好きだった事実である。ある日の昼食休憩のときだったか、なにかのきっかけで前期名人戦の話になった。その期は米長邦雄九段が谷川浩司名人に挑戦して敗れたのだったが、米長ファンの自分としては、今期こそはと思っていたので残念だった、四連敗ではあったものの、第一局、三局などはまったく惜しかった、ぜひ一度は米長さんに名人になって欲しいのだと蜂須賀さんは熱をこめて語り、注目の羽生善治五段がC級1組で足踏みしたのはちょっと意外だったけれど、いずれは名人になるのは疑えないだろう、などと、ずいぶんと詳しくて、たまたま入る機会のあった母屋の彼の部屋には将棋雑誌が書棚に並んでいた。

　天谷さんは将棋は指せる？　怖れていた問いが投げかけられて天谷は苦しかった。指せません、と嘘を吐《つ》くのが辛かった。けれども、ついこのあいだまで奨励会にいましたと、平静な気持ちで告白することは、将棋好きだという人に向かってすることはできず、半年経ってなお、挫折の傷が癒《い》えていない事実を天谷は知ったのだった。さすがの蜂須賀さんも奨励会の動向までは摑んでおらず、十河もいわなかったからだろう、十河が元奨励会員だとは知らない様子だった。

　一週間後、天谷は神奈川の家に戻った。農家で世話になったことを話すと、お礼をしなければ駄目だと、母親が買ってきた菓子折りに礼状を添えて送った。蜂須賀さんからは返礼の野菜が届いて、親しみのあるメッセージも添えられていたが、あとは交流が途絶えたのは、嘘を吐いたことがしこりになったせいだった。

「それはわかりますね」私は註釈を挟んだ。「将棋のことを全然知らない人ならまだいいんですが、そうじゃないと、どうしても複雑な感じになっちゃうんですよね」

　グラスを手にした天谷氏が頷くのを横目に私は続ける。

「しかし、そういうふうに分析的に話せるっていうこと自体、人生の次のステージにあがったってことで」といったとき、いや、そうかな、と天谷氏が遮《さえぎ》るように言葉を発した。

それからいった。

「違いますか？」

私が問い返すと、天谷氏はしばし橙色の灯りのある中空に視線を漂わせて思案する顔になった。

「オレは、結局、奨励会を馘首《くび》になったときと、いまだ同じステージにいるんじゃないかな」

その言葉は、地下の穴蔵に潜む獣が呻くような、ひどく暗鬱な声で発せられた。

五〇歳をいくつか出た天谷氏は、将棋関連のほかにも、ミステリの書評やルポルタージュもてがけ、まるで売れなかったと本人が笑う推理小説も何冊か出して、創作学校の講師も務めるなど、それなりに安定した収入と地位があるはずである。結婚していない天谷氏は、自分は独身貴族ならぬ独身奴隷だと自嘲するが、年に一度はラスベガスやマカオに遊びに行き、ゴルフもシングルの腕前であるあたりを見れば、少なくとも独身平民くらいな資格は十分である。プロ棋士の道を絶たれて途方に暮れていたときと同じ、ということは普通に考えてありえなかった。

私自身、奨励会をやめて八年になるが、間違いなくべつのステージに自分がいると思う。というより、奨励会はそもそも、ステージの比喩でいうなら、舞台へあがるための階段にすぎないのだ。奨励会を去ったときと同じステージにいるというのなら、つまり彼はどこのステージにもあがっていないことを意味する。「奨励会を馘首になったときと同じ」との天谷氏の言葉は、将棋会館や棋戦の会場を飄々として動き回る男の心の奥底に蟠《わだかま》る、固いしこりのようなものの手触りを伝えてきた。

そんなことないんじゃないですか。とりあえず発せられた私の言葉は、向かいに座る男の放つ昏い磁力にたちまち吸い込まれてしまうようだった。あるいは天谷氏は過去を物語るうちに、過去の時間に引き寄せられてしまったのかもしれない。そんな観察をした私はトイレットに立ち、それから空気を入れ替える感じで、結局、十河三段とは会えなかったんですねと、軽快な調子で口を開いた。

「せっかく北海道までいったっていうのに、無駄足になっちゃったわけだ」

いや、そんなことはない、熱を出したことはともかく、いろいろ面白い体験ができてよかった、初秋の北海道は美しいしね、といった返事が返ってくるのを期待した私の意図に反して、天谷氏は先刻と同じ姿勢のまま、電球の暗い光の下、焼酎のグラスを握って固着している。

「その後、十河三段はどうなったんですか。十河三段は茨城に戻ったんでしょう？」

質問に天谷氏は顔をこちらに向けたけれど、その眼が私を捉えていない事実に気づいてぎょっとなった。視線は私の軀を貫き越えてはるか遠方にさまようと思えた。物思いに気をとられてこちらの言葉が聞こえなかったのかと思い、それで十河三段はどうなりました？　と私は問いを繰り返した。天谷氏は私から顔を逸らして答えた。

「知らない」

知らない？――　なるほどそれはありうることだ。北海道から戻った天谷氏は、それこそ人生の次のステージに向けて、具体的には物書きへの道を模索すべく活動をはじめたはずで、奨励会をやめた弟弟子になどかまっている余裕はなかったとは推測できる。

まあ、それはそういうものなのかもしれませんね。私が口にしたおざなりな言葉に被せるようにして向かいの男が声を発した。

シカシ、オレハ、十河ニ会ッタ。

え、なんです？　訊き返すと、男からまた声が漏れた。

オレハ、アノ夜、十河ニ会ッタ。

14

あの夜、十河に会った——。

あの夜とは、どの夜なのか？　私の問いかけに、そこに人がいるのにはじめて気づいたとでもいうように、天谷氏は驚いた顔で私を見た。いきなり飛び込んできたその目は、濁った白目の沼に眸《ひとみ》が縮み埋もれてしまったかのようで、正視できぬものの印象に弾かれて視線を外せば、カウンター席の客らはいつのまにか帰って、ママもどこへ行ったものか姿がない。先刻まで届いていた、向かいの店から流れこむ音楽も途絶えていた。

いまや薄暗い穴蔵に二人の男が向かい合っていた。それこそ自分らは龍の口に迷いこんでしまったのではあるまいか。私はわざとらしく考え、なんて陳腐きわまる想像だろうと、笑い飛ばそうとしたところが、かえってそぞろ肝を冷やす不安感に捉えられたとき、正面に座す縮み目の男が口を開いた。

「姥谷で寝た夜だ。あの夜、オレは十河に会った。決して忘れていたわけじゃないんだが。しかし、思い出す機会がいままでなかった。べつに思い出す必要もなかったしな」

その声は自分の犯した罪を弁明するようでも、開き直ってふて腐れるようでもある。

「しかし、あの図式を見て、思い出した。というか、忘れていたわけじゃないから、思い出すというのは変だな。つまり、オレはずっとそのことを思っていたんだが、ちゃんと思わないようにしていたんだろうな」

「思うって、何を、です？」

妙に混乱した相手の理屈に、不穏の気が喉元へ押し寄せるのを覚えながら私が訊くと、ふいに穴蔵の男はかくりと首を折るように深く俯《うつむ》く姿勢になった。急激に酒の酔いが回って潰れたのかと疑ったとき、また声が聞こえた。

「オレは、十河に会った。会って話を聞いた」

「聞いたって、どんなふうに?」

火をつけぬまま口にくわえていた煙草を捨てて私は訊き、すると暗がりに俯く男は直接には応えず、なにかを諦めたかのように首を一、二度振ると、

「十河は無口な男だ」と再び物語る口調ではじめた。

十河は無口な人間である。十河から話をすることはめったになく、話しかけられた場合でも、「はい」とか「うん」とか、かろうじて頷きを返すことしかしない。奨励会の仲間内で、喋らない十河は「オブジェくん」と渾名をつけられていた。天谷が食事に連れていっても、黙々と飯を口へ運ぶだけで、しかし天谷も喋るほうではなかったから、気詰まりでもなく、兄弟弟子は二人で大人しい獣のように飯を食った。

それでも天谷は十河がまれに、堰が切れたようにの比喩そのままに、饒舌になるのを知っていた。それはもちろん将棋についてかたる場合だ。将棋とはなにか。将棋の本質とはなにか。将棋の真理はどこにあるか。まやかしでもごまかしでもない正しい将棋の戦法とはいかなるものか。そのような話題になると、十河は、いくぶん吃りがちではあるものの、いや、吃りがちであるからこそ熱のこもる調子で際限なくかたるのだった。その論説はどこか奇矯《ききょう》ではあったけれど、かたり手が日頃考え抜いた、決して借り物ではない、自身の経験に裏打ちされた思考の厚みを感じさせるものであるのは間違いなかった。十河は学校へは行っていなかったけれど、読書は好きで、

難しい哲学や歴史の本を読み、得られた知識はことごとく将棋について考えるために費やされるのだった。

将棋、将棋、将棋！　十河はそれだけを語った。将棋の話ばかりするなよ、人間はもっと幅がないとだめだぜ、将棋だって強くならないぜと、天谷は嘲《あざけ》るようにいなしながら、弟弟子の思考の重量と言葉の力に密かな恐れを抱いている事実は否定できなかった。

そのときも十河は、吃音の滞《とどこお》るリズムに熱をこめてかたり、闇のなかで姿が見えぬせいか、声はなおいっそうの力感とともに届いてきた。喋っているのは疑いなく十河なのに、闇そのものが、凝《こご》り集められた闇そのものが命を得てかたり出したような感覚に天谷は捉えられ、言葉は全身の毛穴から侵入してくるように思えた。

「ちょっと待ってください」と私はあわてて言葉を差し挟んだ。「つまり、天谷さんが姥谷とかいうところで寝てたら、十河三段が現れたっていうんですか？」

「そうだ」と応えた語り手は一拍置いてからつけた。「と思う」

「夜中にですか？」

「時間はわからんが、たぶんそうなんだろう」

それは、つまるところ、夢だ。高熱に浮かされた脳に浮かんだ幻影である。と、そう考えるのがどうみても合理的であったけれど、かたり手の、痛みを堪《こら》えながら己の内奥を掘削するかのごとき言葉にまつわる不気味な熱力が、それ以上の註釈や感想を加える気力を私から奪った。

あの弓矢の図式のことでしょう？

「十河はいきなりそんなふうに話し出した。普段オレと会っているときと全然変わらない、喫茶店で話してでもいるような感じで話し出した。アパートの部屋や飯屋で話すのと変わらない感じで話し出した」

鳩森神社で自分が見つけた図式。あれはふつうに考えると、どうみても不詰めなんです。ところが、じつは詰むんですよ。

「十河はそういった。矢文の図式のことを知るためにオレがここへきたんだろうと、あたまから信じ込んでいるような感じでね。オレは、どうして奨励会をやめたんだと尋ねようとした」

「十河三段はなんて？」

「訊けなかった。訊くタイミングがなかった。十河はオレに訊く暇を与えなかった。一方的に喋り続けた。それは将棋をかたるときの十河のスタイルだったんだが」

天谷さんも図式を見たでしょう？　あの図式には驚くべき秘密があったんですよ。でも、その秘密に近づくには、一見は不詰めと見える詰将棋を解かなければならない。不詰めを詰まさなければならない。そんなことは無理だと思えますよね。まったくの矛盾に思えますからね。ところがです。これがなんと詰むんです。自分は詰み手順を発見したんですよ！

「そんなふうにして十河は話し出した」

15

すごく簡単な話なんですよ。詰み自体はごく単純なんです。筋はわりと見えやすくて、でも最後、「５九」に駒の「効き」がないのでどうしても詰まない。逆に、「５九」に「効き」があれば詰むんです。誰でもそれには気がつくはずです。ひょっとして作者は「５九」に駒を「効かせる」のを忘れたんじゃないかと、思う人も多いんじゃないかと思います。その考え方自体は間違っていない。面白いのは、それじゃあ「５九」に「効き」が生じるよう駒を加えて、詰将棋を完成しようと思っても、これができないんですね。どの駒をどこに置いても余詰めが生じたりして、うまくいかない。

とにかくどっちにしても不詰めは不詰めなんです。自分は時間をかけて検討したんですが、結論は変わりようがなかった。ふつうならそれでおしまいです。なのに気になって仕方がないんですね。どういうわけだか、詰められる気がしちゃうんです。なにか見落としがあるような気がしちゃう。それでまた図式をつらつら眺めていたら、「5九」の枡目にうっすらと字があることに気がついた。汚れか染みにしか思えなかったんだけれど、よくよく見ればたしかに文字で、「磐」と読める。イワの難しい字です、同じ字は「5一」にもありました。そう知ったとき、不思議な直感が湧いて出た。つまり、この図式は「磐」の「効き」で詰むのである、と。

あたりまえのことですが、ある地点に駒の「効き」が生じるには、そこに駒があったんじゃ駄目なわけで、つまり「磐」は「5一」「5九」に置かれているんじゃない。じゃあどこにあるんだといえば、つまり枡目の下にあったんです！　縦でも横でもない。もちろん斜めでもない。下です。真下です。おかしな話なんですが、「5一」「5九」の真下に「磐」はあって、そこから「5一」「5九」に「効き」が生じているんです。「磐」の印刷が薄いのは下にあるからだ、そう思えてきた。

もちろん将棋に「磐」なんていう駒はない。そもそも盤の下なんてものがあるわけがない。つまり、これは本将棋とはべつの将棋である。と、そう考えたときです。自分は九かける九の枡目の下、というか奥に、無限に広がる将棋の世界を見た気がしたんです！

それと同時に「磐」の字の意味に直感が働いた。天谷さんは『古事記』とか読みます？　ぼくはむかし読んだんです。子供向けの本ですけどね。そこに天岩戸というのが出てくる。スサノヲの乱暴に呆れたアマテラスが天岩戸に隠れるっていう話です。アマテラスは太陽の神様だから、世界が暗くなって困った神様たちがいろいろやって岩戸をどかすんですが、イワをどかすという連想が浮かんだとき、「５一」「５九」の下にあるイワの向こう側に世界があって、イワをどかせばそこへ行けるんじゃないか、と、そう思えてきた。直感というのは、つまりこれです。「磐」の向うにアマテラスみたいな神様がいる。光り輝く神様がいる。米長先生が将棋の神様は女神だと、どこかでいっていたと思うんですけど、それはきっとアマテラスのことなんです。アマテラスが隠れた岩戸の奥に、アマテラスが支配するべつの将棋が広がっている。そういうふうに思えてきた。

一度そうなったら、それが知りたくてたまらなくなった。たぶんこのとき自分はすでに、そこに本当の、本物の将棋があることを理解していたんだと思う。ある局面を見て、指し手を具体的に読まなくても詰みがあると直感できるでしょう？　それと同じです。「磐」の字を見て、盤上でそれの持つ意味が把握できた瞬間に、自分が知るのとは違う、本当の、本物の将棋が存在することが直感できたんです。だとしたら、それを知りたいと思うのは当然でしょう？　なんとか「磐」をどけたい。「磐」は、こちら側の将棋から、本当の、本物の将棋に通じる道を塞ぐ、つまりイワなんです。岩戸なんです。それさえどかせば、奥の空間へ駒は進んでいける。九かける九枡の盤の底に、その奥に、宏大な将棋の宇宙が広がっている。逆に、自分がいままで知ってた将棋は、ほんの表層にすぎないというか、海面に突き出た岩礁みたいなものにすぎないんです！「磐」をどかす手筋が必ずあるはずだと思った自分は、将棋盤の「５一」「５九」のところを掘ってみたりもしました。掘った奥になにかあると思えたから。そんなことをした人はいままでいないでしょうね。馬鹿げていますからね。馬鹿げてはいるけれど、しかし実際に掘っている最中、なにかが見えた気がする瞬間もあった。でも、はっきりとは摑めない。「磐」の奥にある真の将棋の姿を一目でいいから見てみたい。ほんの少しでいいから触れてみたい。どうにも抑えられない烈しい熱望に駆られました。

ヒントは、しかし、ありました。図式の紙の裏に、詰ました者は棋道会へ来いと書いてあったんです。とはいえ、棋道会というのがなんだかわからない。それで師匠に訊きにいったんです。師匠は入院していて、話はあまりできない様子だったんですが、図式と弓矢を見せて質問したら、そのときだけ急に目が覚めたみたいになって、いろいろ教えてくれた。師匠は自分の師匠から棋道会のことを聞いたんだそうです。姥谷のことも、棋道会が龍神棋という将棋をやる団体だってことも師匠が教えてくれた。そう、そうなんですよ。「磐」の奥にある、究極の真理に通じる、本当の、本物の将棋の名前は、龍神棋というんです！

「磐」の奥にいたのは、神は神でも龍神だったんです。天谷さんは心理学者のユングっていう人を知ってますか？　自分はちょっと関心があって読んだんですけど、龍というのは蛇と同じで、宇宙が創造される前から存在する、宇宙の根本にある神だと、ユングはいってるんです。光と闇ということでいうと、龍は闇の象徴で、だから天岩戸の奥の闇にいたのは龍なんです。そこへ太陽の女神であるアマテラスがきた。天岩戸の奥で光と闇が出会った。光と闇は結び合った。わかりやすくいうと性交した。『古事記』には書かれてないんですけど、ユング的に考えたら、それは絶対に間違いないことだと思います。闇と光が結び合ってたくさんのものが創造された。そのなかに将棋、つまり龍神棋があったんです！

龍神棋とは、宇宙の創造のときに生み出された真の将棋なのである。それはいまも龍の姿で岩戸の奥の闇に隠されている。アマテラスは岩戸の外へ行っちゃいましたからね。龍神棋は龍の姿でいまも闇に棲んでいるんです。ふつうの将棋はもちろん、チェスだとか、チャンギだとか、将棋の親戚はどれも光のなかにあるけれど、じつのところ龍神棋の淡い影にすぎない。龍の髭の先っぽか、鱗の一枚にすぎない。龍神棋の無限に広がる宇宙へのほんの入口にすぎないんです！

師匠は、棋道会なんてものはむかしの話、もうとっくになくなっているというんですが、それは違うと、自分はそのときにはすでに知っていた。矢文の図式が自分のところへきた。それが棋道会がまだ活動している動かぬ証拠です。自分は棋道会から招待をうけたことを確信した。自分が矢文をみつけたのはたしかに偶然かもしれない。でも、あの図式を詰ましたことは、自分に資格があることの証拠なんです。なんの資格かといえば、棋道会へ参加する資格です。あの図式は試験問題なんです。「磐」の「効き」で詰むというだけじゃなく、「磐」の奥に広がる無限の世界を見通すことができる人間だけが、棋道会に参加する資格を得られる。師匠もいっていたんですが、過去にも棋道会の図式を手にした人間はけっこういたらしい。でも、たいがいは詰ませられないで終わった。師匠も、むかし、奨励会時代に仲間と見たことがあったそうです。そのときは不詰めという平凡な結論になって、誰も相手にしなかったらしい。師匠はそういうんですが、自分が思うには、本当は詰めた人もいたんですよ。詰めた人はそのことを秘密にしたから、師匠たちが知らなかっただけの話で。師匠は簡単に不詰めで片付けてしまった。申し訳ないけれど、そのへんがB2どまりだった師匠の限界なんです。残念だけど仕方がない。でも、自分は師匠とは違う。こういういい方はなんですが、選ばれた人間だけが棋道会への入会を許されるんです。名人になれるのが選ばれた棋士だけであるのと同じで。そう、名人ということでいうと、名人になるには龍神棋を学ぶのが早道なんですよ。というか、龍神棋で一定レベル指せるようになれば、名人なんてのは屁でもない。事実、歴代の名人や名人級の棋士は全員、密かに龍神棋に学んでいるんです。知らなかったでしょう？　でも本当のことです。彼らはそれを秘密にしているんです。というより、教えたくても、そもそも才能のない人には伝えられないんですよ。

ここへきたということは、天谷さんも棋道会と龍神棋について知りたいと思ったからでしょう？　自分は棋道会で修業をはじめています。そこはもちろん奨励会なんかとは全然レベルが違う。A級だってたいしたことはない。なにしろ天野宗歩《そうふ》や歴代の名人級の棋士が学んだ場なのですからね。得られる喜びも違う。そこでは、指すことが、そのまま真理探究なんです。一手一手考え指すことが、そのまま真理への道程なんです。ほんとうに素晴らしい場所なんですよ。

龍の口へはもう行きましたか？　鉄の蓋がかかってたでしょう？　あそこの蓋は、じつはちょっと隙間があって入れるんです。でも、なかにはそれこそイワがあって、邪魔をしていて進めない。ところが図式を詰めた人間なら、まさしく「磐」をどかす手筋を使って、なかへ入っていけるんです。妙な話だと思うかもしれませんが本当です。あの図式を詰めた人間ならば、自然とそこへ行けるんです。自分が案内してもいいですが、それでは意味がない。なぜなら天谷さんが「磐」の図式をちゃんと詰めてないと、どっちみちそこへは行けないから。自力で突破するしかない。将棋で助言が禁止なのと同じです。全部自分でやるしかないんです。対局中は誰にも助けてもらえない。それは将棋指しなら誰でも知っていることでしょう？

天谷さんが「磐」の図式を詰められたら、とはつまり、「磐」の奥の世界を見通すことができたらという意味ですが、もしそうなれば、「磐」は龍の口に限らず、あらゆるところにあることに気がつくと思いますよ。いってみれば、将棋のあるところ必ず「磐」がある。自分はいまやどんな将棋――龍神棋でないふつうの将棋を見ても、「５一」「５九」の底に「磐」があるのが見えています。沼の底から浮かんでくる大亀の影みたいに。駒並べがされた状態なら、玉《ぎょく》と王の真下にそれが潜んでいるのがはっきり見える。見えるのはむろん「磐」だけじゃなくて、「磐」の奥に広がる闇の宇宙、龍神棋の宇宙が見えているんです。将棋を指している人は誰でも、「磐」をどかす手筋さえ知れば、わざわざ北海道までこなくたって、龍神棋の世界に入って行くことができるんです。それには、しかし、才能がいる。努力だけではどうにもならない才能がいる。生まれながらの才能が決定的だということも将棋指しなら誰だって知っていることですよね？

天谷さん、これは率直にいうしかないからいうんですが、あなたにそれだけの才能がありますか？「磐」の奥へ進み入るだけの才能と情熱がありますか？

第二章　地下神殿の対局

16

　第六九期名人戦七番勝負は、挑戦者の森内俊之九段が開幕から三連勝、勢いのまま名人奪取となるかと思われたところ、そこから羽生善治名人が逆に三連勝して、星は三勝三敗。決着は第七局に持ち越された。決着局の対局場は甲府の「常磐ホテル」。一九五四年の大山康晴対升田幸三の王将戦以来、数々の名勝負がくりひろげられてきた老舗旅館である。

　将棋誌の観戦記者をつとめた私は、広い日本庭園の、離れ家にしつらえられた対局場に出入りして、ごく間近から勝負の一部始終を見とどける特権を得た。将棋は振り駒で森内九段の先手ではじまり、横歩取りの戦型に進んで二日目、両者持ち時間をほぼ使い切った午後九時一七分、羽生名人が投了を告げて挑戦者の勝利に終わった。

　この日は夏至で、それでも七時半を過ぎる頃には暮れた。夕食休憩の後から盤側に貼り付いていた私は、その時刻、小用に立ったついでに庭園に出てみた。玄関から離れ家を回り込んで池の端に立てば、対局場の和室が宵闇に浮かぶのが見えた。生垣の奥の硝子戸のなか、燦《さん》とした光の溢れる畳に鮮やかな色彩の和服がふたつ、盤を挟み対峙していた。私にはそれが異様に美しいものに思えて、ああ、これは上澄みなのだなと考えた。名人戦の晴れ舞台に立てるのはほんの一握りの棋士にすぎない。多くの棋士は命を削る戦いを日々繰り返しながら、その多くは人に知られることも、記憶されることもない。なるほど棋譜は残る。だがそれも将棋会館の倉庫に、あるいはデータベースの電子の地層に埋もれていくだけだ。名人戦の舞台が美しいのは、ときに泥沼になぞらえられる、烈しい消耗を強いる将棋というゲーム、それを生業《なりわい》とする者たちの日々の闘いの、最も純度の高いエッセンス、まさに上澄みであるからなのだ。

少年たちは誰も、未来の名人を夢見て、奨励会の門を潜る。が、いうまでもなく、ほとんどの者の夢は破れる。蹉跌《さてつ》を集めた堆《うずたか》い山の頂点に名人戦の舞台はある。私もまた山峰を支える土台の一部でかつてあった。名人戦が戦われつつある離れ家が宝石のように美しく輝くのは、庭園を押し包む闇が濃いからでもあるのだ。と、そんなことを考えた私は、闇の場所で起こりつつあるひとつの出来事を思わぬわけにはいかなかった。

夏尾《なつお》裕樹《ゆうき》が失踪したらしいとの話を聞いたのは、二週間ほど前、名人戦第六局前後のことであったから、六月の初旬である。夏尾は名人戦第四局の一日目、例の矢文の図式を持ち込んだあの日以来、将棋会館に姿を見せていなかった。とはいえ直ちに心配されたわけではなく、そうそう将棋ばかりしていられないんだろうと人々は噂した。大学は中退したものの、工学系の学部にいた夏尾は西葛西《にしかさい》にある電子機器の会社で働いていて、いまはアルバイトだが、常勤で働かないかと上司からいわれていると話していたという。将棋からいったん離れることは夏尾のためにもいいことだと、夏尾の師匠の梁田《やなだ》九段もいっていたらしい。中退でも理系はやはりツブシがきくのだなと、私はうらやましく思ったりした。

ところが六月のはじめ、夏尾の実家から連盟に問い合わせがあった。裕樹と連絡がとれなくなった、アパートに帰っておらず、アルバイト先にも顔を出していない、そちらでなにかわかることはないだろうかとのことだったという。師匠の梁田九段をはじめ、夏尾と仲のよい棋士や奨励会員が心当たりを捜してみたが行方は摑《つか》めなかった。

私に、心当たりは、あった。とは、いうまでもなく例の図式である。夏尾が鳩森《はとのもり》八幡神社で見つけたという矢文だ。二二年前、同じものを手にした十河《とごう》樹生《みきお》三段が失踪したのと軌を一にして夏尾は消えたのではあるまいか。と、そう考えたわけだが、根拠ということになると、天谷《あまや》氏から聞いた話でしかないことにも思い至った。五月の新宿の夜に耳にした物語について、かつがれたとまでは思わなかったけれど、かなりの部分が虚構ではないかと私は疑っていた。なにしろ天谷氏は作家でもあるのだ。

あの夜は、午前二時頃、タクシーを拾って、幡《はた》ヶ谷《や》の自宅へ帰ったのだけれど、新宿で店を出たあたりからの記憶がなく、どんなふうに天谷氏と別れたのかも覚えていなかった。私が将棋ライターの仕事を本格的にはじめたのは三年前、ときおり会館で姿を見かけるくらいだった天谷氏と交流を持ったのもその頃からで、何度か食事をしたり、飲みながら囲碁を打ったりはしたものの、人柄を深く知るほどの密な付き合いがあったわけではなく、比較的長い時間にわたって言葉を交わしたのは、先日の新宿がはじめてだったといってよい。だから天谷氏がどこまで本気であの話をしたのか、私には判定できないところがあったのである。

天谷氏とは、あれから一、二度短く立ち話をした程度で、話の真偽をたしかめる時間はなかった。夏尾の失踪の話が伝わったとき、私はまっさきに天谷氏に連絡を取ろうとした。天谷氏がこの件を気にかけているのは疑いなかった。あの夜、天谷氏はしきりに夏尾を捕まえようとしていた。その後、夏尾とは連絡がついたのか。それも訊きたかった。ところが天谷氏に電話は繋《つな》がらず、留守番サービスに連絡をくれるようメッセージを残しても返事はこなかった。

天谷氏と親しい『将棋界』の編集長に聞いたところ、天谷氏は南米へ取材旅行に出ているとのことで、電話については、電波の届かぬところにいるか、海外で携帯がうまく使えないからだろうと教えた。取材は以前にも彼が扱ったことのある、麻薬密売を追及するルポルタージュのためのもので、五〇歳を過ぎて、ひとつくらいは人に誇れる仕事を残したいと、大手出版社から発行される予定であることもあって、天谷氏は意気込んでいたという。

天谷氏の旅行は二週間の予定で、名人戦に最終局があれば、それまでには帰るつもりだといっていたと編集長は教えたが、名人戦第七局二日目になっても天谷氏とは連絡がとれなかった。二週間はあくまで予定であって、取材となれば事情が変わることもあるだろうから、帰国が延びても不思議ではない。だが、七番勝負の決着局、終盤を迎えて、前傾姿勢で盤を覗き込み読みふけるふたりの棋士の姿を庭園の闇から見つめたこのとき、夏尾に続いて天谷氏の身辺に何事かが出来《しゅったい》したのではないかと、悪い予感が身内に芽生えるのを私は感じぬわけにはいかなかったのである。

17

夏尾裕樹の師匠である梁田浩和九段に私が会ったのは、名人戦七番勝負が終わった翌週、電話で連絡をとり、梁田氏の住む柏の喫茶店で待ち合わせた。

四年前に引退した梁田九段は、現役時代から千葉県の柏で将棋教室を開いていて、私も一度取材に行ったことがあるが、なかなかの賑わいを見せているのは梁田氏の人柄に与《あずか》るところが大きい。子供や女性が多数集まって、教室が休みの水曜日、駅ビル二階の店で向かいあい、麦酒《ビール》を飲みながらしばらく雑談したのち、ところでと、私は本題に入った。

夏尾の行方がいぜん知れぬことを私は知っていたが、まずはあらためてその点を問うと、灰色の顎鬚《あごひげ》を指で引いた梁田九段は、進展はないと、憂慮を眉根に漂わせた。

夏尾の家族が捜索願を出したが、健常な成人の失踪の場合、はっきりした事件性がない限り、警察は積極的には動いてはくれないらしいと梁田九段は教えた。夏尾が失踪した日付はわかっているのだろうかと訊けば、名人戦第四局一日目の五月一七日火曜日、夏尾は昼間に将棋会館へきて、翌日は朝からアルバイト先で働いた。水、金、日に仕事の入っている夏尾は、その週の金曜日と日曜日は休みをとったが、これは事前に申し出があったもので、しかし翌週の水曜日、すなわち五月二五日は、午後から機械管理のシフトに入るはずだったのに、仕事場に現れず、それ以降も姿を見せなかった。五月一八日水曜日の夜、高田馬場の居酒屋にいたのが、夏尾が人に見られた最後になったという。

「つまり一九日から行方がわからなくなったってことだな」と梁田九段はまとめた。

「夏尾の実家からこっちへ問い合わせがきたのが六月ですよね」

「そう。実家は最初そんなに心配はしてなかったらしい。というか、心配はしてるんだけどね」と続けた九段は、夏尾の将来は心配しているのだけれど、彼がふらりと仕事をやめてしまったことについては、社会人として非常識ではあるけれど、そういうところもある息子だというふうに親は理解しているようだと加えた。カネが貯まったら旅に出たいと夏尾がいっていたこともあったらしい。

「そんなにいい加減なやつでしたかね？」

私がいうと、そうねえと顎鬚を引いて考える形になった梁田九段は、そういうところはあったかもしれないなと応じ、夏尾は師匠である自分との約束をすっぽかしたことが何度かあるのだと教えた。

「麻雀を打って夢中になって、つい時間を忘れたらしいんだが、そういうことはあったな。ギャンブルにちょっとはまりすぎかなっていう感じはあったね。しかし、将棋に対してだけは真面目だったと保証できる。ほかのことはいい加減でも、将棋に対して真剣ならいいと、こっちは思ってたからね。ちょっと古いかね」

梁田九段は目尻に皺を寄せて笑い、苦い笑いの陰には、夏尾の失踪という事態、ひいてはその遠因となったのかもしれない、夏尾がプロ棋士になれなかったことへの忸怩《じくじ》の思いがあるのを私は観察した。

将棋に対してだけは真面目——。夏尾が失踪するとしたら、やはり将棋が原因ではないのか。との思いが心を過《よぎ》ったのは、やはり天谷氏から聞いた十河三段の物語のせいだっただろう。黒い矢の矢文を受け取った夏尾は不詰めの図式を詰まし、棋道会へ参加したのではないか？　と、そこまで思考を進めれば、さすがに馬鹿馬鹿しく思えたが、奇怪な想念は心の岩陰でしきりに蠢《うごめ》いていた。

奨励会時代、私は何度か夏尾と対戦した。真剣勝負の盤を挟んで対峙した夏尾の姿を私は想った。振飛《ふりび》車党《しゃとう》の夏尾は軽快なさばきが身上で、大駒を切り飛ばしての寄せは鋭く、一方で劣勢となると徹底して粘りまくる二枚腰にも定評があった。早指しの夏尾は終盤の力が強く、逆に序盤は粗いところがあって、もっとも米長、谷川、羽生といった名棋士も若い頃はそうだったので、むしろ私や夏尾が奨励会にいた時分、序盤の研究が整備されて、力だけでは勝てない時代が到来しつつあった。私も人のことはいえないけれど、研究手順にすっぽり嵌《はま》ってしまい、力を発揮できぬまま負ける夏尾の姿を何度か見たことがある。勝負師タイプ、とは必ずしもいえぬが、少なくとも夏尾は学究派ではなかった。その意味からすると、天谷氏の物語のなかの十河三段とは重なりにくい。

私は次に棋道会のことを訊いてみた。二二年前の一九八九年、佐治七段の通夜の席で、それについて当時八段だった梁田氏から話を聞いたと、天谷氏が語っていたのを覚えていたからである。唐突な質問だからか、梁田九段が訝《いぶか》し気な顔になるのへ、棋道会は別名魔道会、戦前に北海道にあった団体だというと、ああ、棋道会ね、と応じた引退棋士が、この二〇年余りの時間、その名前を一度も念頭に浮かべる機会のなかったことを私は推察した。七〇歳を少し越えた梁田九段は、惚ける年齢ではなく、実際衰えた感じは全然ないのだけれど、私の質問に対しては、そういえばむかし師匠から聞いたことがあったなと応じる程度で、具体的なことはほとんど知らない様子だった。これは意外だったが、おそらくは天谷氏が私に語るに際して、棋道会について自分で調べた内容を梁田氏の発言として紹介した可能性はあると私は推理した。

どうしてそんなことを訊くのかと問うた梁田氏は、夏尾が鳩森神社で矢文を拾った件は知らないようだった。名人戦第四局の初日の夜、夏尾が持ち込んだ図式を眺めていた中岡八段や南口二段らも、さりげなく話を聞いた限りでは、例の図式と夏尾の失踪を結びつけて考えてはいないようだった。中岡八段はあの図式はやはり不詰めだったと報告し、パソコンの将棋ソフトにかけてたしかめたから絶対に間違いないといって笑った。

棋道会の矢文を拾ったせいで夏尾は失踪したのかもしれない。とは、あらためて言葉にしようとすると荒唐無稽の感がいなめず、梁田九段の質問には、大正昭和の棋界の歴史を少し調べているのだと私は誤魔化した。

棋道会について私は自分でも調べてみた。もっともネットでいくつか言葉を打ち込んで検索してみただけの話であるけれど、「棋道会」で引っかかったのはどれも「磐城澄人」関連で、将棋好きだった磐城が後援した将棋団体だと簡単に触れられていた。「姥谷《うばたに》」や「金剛龍神教」も出てはきたが、とおりいっぺんの解説があるだけで、それでも天谷氏から聞いた情報の信憑性はある程度裏づけられた。

棋道会に関連して梁田九段が唯一かたってくれたのは、天谷氏と十河三段の師匠だった佐治七段が若い頃、棋道会に興味を持っていたという話だった。

「佐治がぼくと同門だったのは知ってるよね。ぼくも佐治もまだ奨励会にいた頃だったんだけど、師匠から聞いた話に佐治は興味を持ったみたいでね。神田の古本屋街にいって、関連の本なんかを探したりしてね」といった梁田九段は、佐治七段は若い頃から歴史に関心があって、後年、将棋雑誌で将棋史の連載をはじめたりしたが、病に倒れて数回で終わってしまったのだと教え、

「あれは佐治には心残りだっただろうね」とかつての兄弟弟子を懐かしみ悼《いた》むふうに述懐した。

「佐治七段は学究派だったんですかね？」

「まあ、そういっていいだろうね。歴史には詳しかったね」

「資料もいろいろ集めていた？」

「集めてたね。下宿に行くと、本やらなにやらがぎっしりでね」

「佐治七段はどこに住んでいたんですか？」

「当時は大久保。ぼくは千葉で遠かったんで、よく泊めてもらってた」

「資料のなかには棋道会のものもあった？」

「あったんじゃないかな」と引退九段は応じて、しばし記憶の箱を探るようにしてからいった。

「そういわれてみると、下宿で見せられた覚えがあるな。あの当時、佐治はだいぶはまっていたからね」

棋道会の資料にはどんなものがあったか？　の問いには、覚えていないという返事だったが、

本やらなにやら段ボール箱にひとつはあったという返事に私はちょっと驚いた。そんな話は天谷氏の物語には出てこなかったからである。佐治七段が亡くなったあと、家の片付けをしたと天谷氏は話していた。そこに棋道会の資料はなかったのだろうか？　大久保から府中に越すに際して佐治七段が処分した、あるいは資料はあったのに天谷氏が気がつかなかった可能性もあるわけだが。

「ひとつだけ覚えている、っていうか、いま思い出したんだけど」と梁田九段ははじめた。「棋道会にはオリジナルの将棋があるっていう話でね」

「それって、龍神棋じゃないですか？」

「だったかな。なんか中将棋みたいなものらしいんだけど、しかしそれとも違っていて、不思議な駒がいろいろあるって話でね」

「どんな駒です？」

「忘れたな」といって梁田九段は硝子盃《コップ》の麦酒《ビール》を口へ運んだ。「ひとつだけ覚えているのは、『死神』って駒があるって話でね。佐治の話ではそれが一番印象に残ったな」

「死神、ですか？」

「そう。これは盤上のどこへでも自由に行ける駒なんだな」

「無敵ですね」

「ところがね、ほかの駒をとることができないんだね。その代わり、逆に死神をとると、とったほうが即負けになる」

「なるほど、面白いな」

「そうなんだよね。もしそんな駒があったら、王さんの守りには役立つよね。飛車や角の効きをこれで遮《さえぎ》れば、相手は絶対にとることができないわけだからね。ちょっと面白いと思って、佐治と二人でいろいろ手筋を考えた記憶がある」

自由にどこへも動けるが、駒はとれない駒。しかも絶対にとられることもない駒――。なるほど面白いかもしれないと、私は少し考えてから、ほかに何か覚えていることはないかと問いを重ねた。ないと答える梁田九段に私はさらに問うた。

「佐治さんが集めていた段ボールの資料なんですが、そのなかに弓矢はありませんでしたか？」

「弓矢？」

「全体が黒くて、鏃《やじり》と羽根が赤い弓矢なんですが」

麦酒《ビール》瓶から硝子盃《コップ》に注ごうとしていた手を中空でとめて、思案する顔になった引退棋士はいった。

「あった気がするな。いや、たしかにそんなのがあったな」

18

夏尾の失踪は、将棋会館周辺でしばらく人の口にのぼったが、七月に入る頃には噂も消えた。元奨励会員の運命について人々が関心を持ち続ける理由はないのだった。私も手伝う編集プロダクションで急に人がやめたせいで、締め切り仕事に追われ、夏尾の件について考える暇はなかった。それでも私はときおり思い出したように天谷氏に電話をかけ、あるいはメールをしてみたが、いぜん返事はなかった。

訊いてみた『将棋界』編集長は、まだ旅行から戻ってないのかな、とぼんやり応じて、日本に帰っていれば連絡があるはずだが、ひょっとしたら山奥に籠《こも》って執筆しているのかもしれないなと笑った。しかしもう一ヶ月になるのだがというと、二週間の予定は、あくまで本人がそういっていただけの話だから、少々延びるのはおかしくないと応じた編集長は、「向うでカネになる仕事を見つけたりしたのかもね」といってまた笑うので、「いい女に出会ったとか」と私も仕方なく冗談めかした。

　独身の天谷氏は一緒に暮らすような女性がある気配はなく、実家の母親も亡くなって、姉をはじめ親戚とは疎遠だと話していた。交遊関係はよく知らぬが、仕事のつながりを超えて棋界の人間と密な関係を持つふうには見えず、『将棋界』編集長とも仕事の付き合い以上ではない様子で、身の上を案ずる人間はひとりもないのかもしれなかった。そう考えると、天谷氏にまつわる孤独の影がひどく濃いものに思えてくる。一緒に呑んだとき、ノタレジヌという言葉を天谷氏は何度か使った。オレは野垂れ死ぬ覚悟はできていると天谷氏はいったが、それを口にしたときの五十男のたたずまいがリアルな重みをもって回想された。

　とにかく天谷氏からの連絡を待つしかない。そう思い定めた私は、工場のベルトコンベアーのごとくに流れくる仕事に追われるまま、連夜の酒場探訪を含め、忙しくしていたのであるが、もしそのままであれば、夏尾のことも、天谷氏のことも、私は忘れてしまっていただろう。彼らはひととき身近を通り過ぎては去っていく多くの人たち、去ったのちの運命などには関心の持ちようのない人たちと同じく扱われることになっていただろう。

　状況を変えたのは玖《く》村《むら》麻里《まり》奈《な》女流二段である。七月中旬の日曜日、渋谷の百貨店で行われた将棋祭に取材で行った際、指導対局で来ていた玖村女流二段が夏尾の件について聞きたいと声をかけてきて、しかしその日は時間がなかったので、翌日、明大前の喫茶店で会う約束をした。

　玖村女流二段とは、彼女がまだ中学生だった頃、学校の夏休み中だったと思うが、ときおり顔を出していた新宿の将棋道場で大会があった際、駒落ちで対局したことがあった。当時はアマチュア初段程度の棋力しかなかったけれど、高校を卒業して研修会へ入り、高校に続いて大学でも将棋部に所属して力をつけたらしく、ほどなくプロ入りを果たした。プロ棋士になって数年は鳴かず飛ばずだったが、一昨年あたりから目覚ましく勝ちはじめ、非公式戦ではあるが、東京女流棋士フェデレーションカップで初優勝したのに続いて、女流王位戦のリーグ入りを果たし、さらにマイナビ女子オープンで挑戦者になるなど、各棋戦で好成績を収めている。もっとも今年度に入ってからはやや不調のようで、黒星が先行してファンをやきもきさせている。

「北沢さんが、夏尾さんのことでいろいろ調べているって、師匠から聞きました」と席につくなり玖村女流二段は切り出した。

師匠とは梁田九段のことで、つまり彼女は夏尾の妹弟子ということになる。「いろいろ調べる」というほどのことはしていなかったが、柏まで出向いて話を聞いたことから、奨励会同期の私が夏尾のために動いていると梁田九段は考えたのだろう。

たいしたことはしていないと応じながら、どうして眼の前の女性が夏尾のことをそれほど気にかけるのか、兄弟子である以上の係わりがあるのかと思い、訊いてみると、同郷の遠縁だと答えが返ってきた。そういえば二人が新潟の同じ中学校の出身だという話を聞いた覚えがあった。

「このあいだ法事で実家に帰って、そのとき夏尾先輩のご両親にも会ったんですけど、ひどく心配してて。無理もないですけど。それで自分もなにかできないかなと思って」といった玖村女流二段は、自分は夏尾先輩から研究会などで三百局以上指してもらった、自分が女流プロになれたのは夏尾先輩のお陰なのだと続けた。

「だから恩義があるんです」

なるほどと頷いた私は、そういえば、玖村麻里奈二段の対局があるときには、夏尾が必ず会館にきて、控え室での検討に加わっていたのを思い出した。玖村二段と夏尾のあいだに、彼女がいう以上の親密な関係があったのかどうか、私は密かに思いを巡らせたが、たとえば二人が恋人同士であるというようなことは、いまひとつ明瞭な像《イメージ》を結ばなかった。

玖村麻里奈女流二段は、背がすらりとして顔立ちも整い、将棋ファンからは人気が高いが、性質は豪快というか、「男気」に溢れ、いわゆる男好きのするタイプではないというのが棋界での評判である。居酒屋で飲んで終電を逃すと、男性棋士に混じって平気で雑魚寝《ざこね》するなどの逸話が知られている。

「夏尾先輩の友人関係とか仕事とかは全然知らないんで、わたしなんかにできることはないと思うんですけど」と玖村女流二段は運ばれたアイスティーに口をつけていった。

「でも、わたしにはひとつだけ確信があって」

「というと？」私の間《あい》の手に女流棋士は応えた。

「夏尾さんがいなくなったことは、きっと将棋に関係があるっていうことです」

「将棋に？」

「ええ。あの人は、将棋のことしか頭になかったから」

将棋のことしか頭にない人間がプロになれずに去る。その事実の重苦しさをあらためて胃のあたりに感じた私は、そのとき妙な想念が浮かんでくるのを覚えた。夏尾は性転換をしようとしているのではないか——妙な想念とはこれである。女流棋士の待遇は男性棋士に較べてよくないが、将棋を職業にしたいと願う同等の棋力の男女がいた場合、女性の方がプロになりやすいのはたしかだ。もし夏尾が女性になって現れたら、女流プロになることは容易だろう。夏尾は性転換手術を受けに外国へ行ったのではないか、などと考えた私が、色白で髭の薄い夏尾の女装姿を想像しているところへ言葉が聞こえた。

「師匠はもちろんですけど、山木さんなんかもすごく心配してて、でも、山木さんは将棋とは関係ないんじゃないかって考えで」

山木さんというのは、天谷氏の話にも登場した、当時は四段だった山木渉《わたる》八段のことだ。梁田九段の弟子である山木八段は、つまり夏尾と玖村女流二段の同門の先輩にあたる。夏尾を可愛がっていた山木八段の心配は当然だろう。

「鳩森神社で夏尾さんが詰将棋の図式を拾ったって聞きました」玖村女流二段が続けた。「夏尾さんがいなくなるたぶん前の前の日です。北沢さんもそのとき会館にいたって聞いたんですけど」

頷いた私が、その日に夏尾に会ったわけではないと訂正するのへ、それとなにか関係があるんじゃないかと思うんですと女流棋士は言葉を被せた。天谷氏の話を聞いていた私は、もちろんこれを否定できなかった。かといって虚構の色が濃いと思える棋道会の話をする気にはなれぬまま、どうしてそう思うのかと逆に質問してみた。

「ただの勘です」と女流棋士は応じた。「でも、拾った図式にインスピレーションを感じて、なにかを思って、なにかしたとか」

具体性はまるでない。だが、彼女の「勘」は急所を押さえている印象が否定しがたくあった。じつは自分もそう思うのだと応じると、あ、やっぱり！　と頷いた玖村麻里奈は、自分は夏尾さんの行方についてできる限り調べるつもりだと宣言し、ついては北沢さんにも協力をお願いしたいと頼んできて、もちろん協力したいと私は応じたものの、天谷氏から聞いた例の話を、ジーン

ズパンツに百合の刺繍の入った白シャツをお洒落に着こなした眼の前の女性にすべきかどうか、やはりすぐには判断できぬまま、

「山木八段はなにかいってなかったの？」と私が問うたのは、佐治七段の通夜の席で、不詰めの図式が結ばれた矢文をはじめ、棋道会のあれこれを山木四段が一緒に聞いていたと天谷氏が話したのを覚えていたからである。

「なにかっていうのは？」女流棋士が訊き返すのへ私は応じた。

「だから夏尾が拾った図式のことについて」

「なにもいってませんでした」

「山木八段は夏尾が図式を拾ったことを知ってるのかな」

「知ってると思います。でも、それについてはなにもいってなかったな。というより、夏尾さんが競輪とかのギャンブルにはまっていたのが失踪と関係しているのかもって、ちょっと考えているみたいでした。競輪に最初に連れていったのが自分だったって。責任を感じてるというか」

たしかに二二年もの昔、ちょっと耳にしただけの、怪し気な将棋団体の話など、覚えていないのは当然だろう。とすると、夏尾の失踪と図式を結びつけて考えているのは、いまのところ天谷氏と私——いや、いまやそこにアーモンド形の目をきらり光らせる女流棋士が加わったわけだ。

玖村麻里奈女流二段の将棋を私は何度か見たことがある。女性棋士は攻め将棋の人が多いが、彼女も例に漏れず、形にこだわらず序盤からどんどん動いていく棋風で、これは盤外でも同様らしく、その日のうちに高田馬場の居酒屋へ二人で赴いたのは、彼女の「棋風」ゆえである。居酒屋は夏尾が最後に目撃されたという店だ。私は急ぎの原稿があったのだけれど、彼女の「急戦」ペースに巻き込まれてしまい、そういう流れになった。

明大前の喫茶店を出たのが午後の二時、店は五時にならなければ開かないだろうから、いったん別れて、私は新宿の喫茶店で仕事をし、約束の六時に間に合うよう高田馬場へ向かった。

店の名前は玖村女流二段が調べてあった。場所も定休日もすでに確認済みで、駅前の芳林堂書店で合流して、先刻と同じ刺繍入り白シャツの背中を追えば、神田川方向への路地を数分歩いたところに「心々亭」の木の看板があった。戸を引いてなかへ入ると、カウンターに十席ほどと卓席が二つだけの小さな店である。いらっしゃいと声をかけてきたのは、私と同年代の、黒Tシャツにバンダナを頭に巻いた男で、彼が亭主らしく、ほかに中年女性がひとり働いているのは、あとでわかったのであるが、バンダナ亭主の母親なのであった。

ほかに客のないカウンター席に座った私たちは、生麦酒《ビール》と「本日のおすすめ」の黒板にあった、鶏レバーの生姜煮などの肴を注文した。玖村麻里奈は「棋風」どおり、注文の品が出るのも待たずに、夏尾さんという人がここへきていたと思うんですけどと、亭主に質問をはじめた。

夏尾は三年前に「心々亭」が開店して以来の常連で、去年の春に亭主の母親が入院した際、二週間ほど夏尾から店を手伝ってもらうことがあって親しくなったという。だから五月のなかば以来ふっつり姿を見せなくなって、おかしいなと思っていたところへ、夏尾の行方を捜している人がきて、失踪を知らされた亭主は心配していたらしく、私たちが将棋関係者と知ると、逆にいろいろと訊いてきたけれど、答えられることは少なかった。

夏尾が最後に店にきたのは五月一八日で間違いないかと、あらためて玖村麻里奈が問うと、たしかであると亭主は請け合った。なぜなら、さっき名人戦が終わったよ、どっちが勝ったの、羽生さん、これで一勝三敗、羽生さんピンチなんだ、そうだけど、ひとつ返したからまだまだわからないと思うよ——といった会話が交わされたのを亭主が覚えていたからだ。夏尾は夜の一〇時過ぎにきて、一一時半頃までいたと思うと亭主は証言した。そのときどこかへ行くような話はしていなかったかと次に問えば、あ、そうだ、それなんだけどね、と呟いたバンダナ亭主は奥に声をかけて母親を呼んだ。

「オレは聞いてないんだけどね、おふくろが夏尾くんとなんか話をしたみたいでね」といった亭主は、ちょっときてくれる、ともう一度母親に声をかけ、すると盆を抱えた白い割烹着が、おまちどおさまと、生麦酒《ビール》のジョッキと突出しを卓に置くのへ、夏尾くんと話したっていってたよねと、亭主が証言を促せば、夏尾くんがどっかへ行っちゃったっていうのは本当のことなの？　と心配気に訊いた母親は、そうだとの答えを得ると、

「でも、どこかへ旅行にでも行ったんじゃないの、急に思い立って。若い人ならそういうこともあるでしょ」と気を取り直すようにいった。

「旅行するようなこと、夏尾さんがいってたんですか？」

玖村麻里奈が訊き、これに応じて母親が続いて発した言葉に、私のなかの不穏の獣がびくり軀を震わせた。

「北海道へ行ったんじゃないかしらね」

「北海道？」玖村麻里奈が訊き返した。「夏尾さんがそういってたんですか？」

「なんかそんなふうなことといってたわね。あの日は忙しかったんで、あんまり話はしなかったんだけど、北海道へ行くんだったらどこへ行くのがいいかなんて訊いてたから」と答えた母親は、自分は釧路出身で、そのことを夏尾は知っていたので、そんな質問をしたのだろうと補足した。

「北海道のどこへ行くといってましたか？」胸騒ぎを抑えられぬままに私は訊いた。

「どことはいってなかったな。春から夏の北海道はいいから、ぜひ行ったほうがいいって勧めて

おいたけどね」

「いつから行くっていってましたか？」と今度は玖村麻里奈が訊く。

「それは聞かなかったな」

「どこへ行くのがいいって教えたんですか？」

「道東のほうはいいわよって教えたわね。摩周湖とか阿寒湖とか。釧路湿原とかね。やっぱり自分の出身地だから贔屓《ひいき》しちゃうのよね」といって割烹着の女は笑った。

夏尾が北海道へ行った——。

否定しがたい直感がそのとき私のなかに生まれ、速まる鼓動のなかで直感は迅速に根を張り確信の葉を茂らせた。

夏尾は「姥谷」へ行ったのだ！

19

私が北海道へ向かったのは、八月一日の月曜日、小樽市の「グランドパーク小樽」で行われた第五二期王位戦七番勝負第三局の、新聞観戦記の仕事でだった。はじめは第二局の有馬温泉での観戦記を、といわれていたのだけれど、第三局に代えてもらったのは、仕事のあとで姥谷《うばたに》へ回ろうと考えたからである。

七月が過ぎても、夏尾の行方はいぜん不明だった。天谷氏とも連絡はついていなかった。玖村《くむら》麻里奈はときどき連絡をくれたが、夏尾の件について新たな情報はない様子だった。

王位戦は夏の列島を転戦する。七月一二、一三日にはじまった七番勝負は、広瀬章人《あきひと》王位に対し、名人位を失冠したばかりの羽生善治二冠が挑戦するシリーズで、二局目まで広瀬王位の二連勝。迎えた第三局、両対局者をはじめ関係者が小樽に入った八月一日は、午後に対局場の検分、夜にホテルの宴会場で前夜祭、そして明けた二日、九時からはじまった対局は羽生二冠の先手、後手の広瀬王位が中飛車から得意の穴熊に囲うと、対局二日目になって羽生二冠も穴熊に組んで対抗、中盤の入口で築いた優位を羽生二冠が徐々に広げて、最後は二枚の龍で敵玉に迫り、八月三日の午後六時一三分、広瀬章人王位が投了を告げて終局となった。

対局後の打ち上げを早々に引きあげ、街へ呑みに出る誘いも断ってホテルの部屋でノートパソコンを開き、終わったばかりの対局の観戦記を私が書きだしたのは、翌日からの予定を考えて、早めに原稿を仕あげておきたかったからである。

私は対局中にとったメモを頼りに、間近に接した対局のあれこれを思い起こし、まずは印象的な場面を箇条書きで記した。今回——に限らないのであるが、もっとも印象的だったのは、先刻の打ち上げでの対局者のたたずまいで、とりわけ羽生二冠の闊達なふるまいである。羽生二冠は勝ったのだから明るいのは当然ともいえるが、私が驚いたのは、一月ほど前の名人戦第七局、そのときの打ち上げと様子が全然変わらない事実であった。勝っても負けても同じ平静さのうちにたたずむ棋士とはいかなる種類のものか。むろん羽生善治のごとき天才の内面は私などに窺い知ることはできないけれど、名人位失冠が羽生二冠にとって痛手でないはずがなく、にもかかわらず、対局の直後こそ表情は硬かった（のは、極度の集中からして当然で、それは勝者も同じだ）ものの、感想戦の途中からは笑顔も見えて、棋士の戦闘服ともいうべき和服から私服に着替えて打ち上げ会場に現れたときには、すっかり寛いだ様子で関係者と談笑するのだった。

常勝の棋士は少々の負けは気にならないのである、なにしろ負けを補って余りあるほど勝っているのだから。というのは間違いだ。勝ち続けている棋士は、勝ち続けているがゆえに、むしろ負けの痛みは大きい。逆に、負けてばかりいる棋士は、惨めな気持ちにはなるだろうが、負け慣れしているがゆえに痛みは相対的に大きくない。これが真理だと思う。

将棋に負けるのは少しだけ死ぬことだ。そういった棋士がいる。この言葉に私はリアリティーを感じる。少しだけ死ぬ。それは羽生二冠とて例外ではないはずで、歴代の棋士を含め一番勝っているといって過言でない羽生二冠の、敗北の痛みは尋常ではないはずで、その「死」の影は誰より濃いと想像される。にもかかわらず羽生二冠はまるで「死」の臭いを感じさせない。過剰な明るさがかえって傷の深さを証してしまう、たとえばそのようなこともない。自然な笑みが周囲を明朗に照らすだけなのだ。

しかし、それはなぜなのか。羽生二冠はいったいどのようにして敗戦の痛みを癒し、「死」から恢復しているのだろうか？　これが私にとってなによりの謎なのであった。

翌朝、ホテルのビュッフェで朝食をとっていたとき、ポロシャツ姿の羽生二冠を見かけた。羽生二冠はひとりで、しかし孤高といったふうでは全然なく、淡々と食事をしていた。そのたたずまいにはなにひとつ余分がなく、むろん不足もなく、周囲に自然に溶け込んでいた。席が遠かったので、挨拶は失礼して、私はホテルを出た。

函館本線の小樽築港《ちっこう》駅まで歩いて電車に乗り、小樽駅で降りて駅近くのレンタカー店に向かうと、玖村麻里奈が待っていた。彼女には、王位戦のあと、夏尾の行方についてちょっとあたってみるつもりだと報せてあった。というより、私が北海道へ行くのを知って、勘よく、そういうことではないかと彼女のほうから問い合わせてきたのである。なにか心あたりがあるのかと女流二段が訊いてきたのは当然で、確証は全然ないけれど、あてがまったくないこともないと私がはぐらかしたところ、一昨日の夜になって、自分も調査に加わりたいので小樽まで行くとメールがきて、電話をして待ち合わせの約束をしたのである。

電話口の玖村麻里奈が、せっかく小樽まで行くなら、王位戦二日目の午後には着いて勉強したいところなのだが、自分の対局があるのでそうもいかない、だから着くのは夜になる、今夜は小樽駅前のビジネスホテルに泊まるというので、私は少しほっとした。二人で出かけるところを関係者に見られた場合、「憶測」を呼ぶのは間違いなく、それは避けたかったのである。とはいえ、「美人棋士」と週刊誌で紹介されたこともある女性と二人、夏の北海道をドライブすることが嬉しくないはずはなく、「下心」に類したものがまったくなかったわけではないけれど、レンタカーの助手席に座る女流棋士を「寄せる」には、手駒が足りないことも自覚していた。

小樽から岩見沢は高速道路を使えば一時間ほど。道々玖村麻里奈が私を質問攻めにしたのは当然、目的地がはっきりしている以上、そこへ行く理由があるはずで、ここまできて隠すこともできず、私は、天谷氏から聞いたとはいわずに、かつて磐城澄人という華族実業家が後援する棋道会なる団体が姥谷にあった云々《うんぬん》——と話をかいつまんで伝えた。

「つまり夏尾さんが鳩森神社で拾った弓矢が、その棋道会のものだったっていうことですか？」ひととおりの話を聞いたところで玖村麻里奈が質問した。「そこに棋道会の詰将棋が結んであったと？」

「かもしれないってことだね」と応じた私は、そこだけを切り取ってみると、まるで馬鹿馬鹿しく思えるとあらためて感じないわけにはいかなかったが、女流棋士は真剣な顔で頷いている。

夏尾の拾った図式にはおそらく、これを詰めた者は棋道会へこいと勧誘が書いてあったはずだ。

夏尾は棋道会について調べてみただろう。棋道会はネットに情報があるから、それが磐城澄人の宗教と係わりがあり、かつて鉱山で栄えた北海道の姥谷に本拠地があったことはすぐにわかる。

興味をかきたてられた夏尾は、ちょっと姥谷を訪れてみる気になったのではあるまいか——と、天谷氏の名前も十河三段の名前も出さぬままに私はかたったが、そのように話をまとめてみると、今度は案外と事実に近いようにも思えてきた。もともと夏尾は旅をしたいと考えていて、ちょうどよいきっかけだとばかりに、ふらり北海道へ向かったのではあるまいか。

「だとしても」ひとしきり話を聞いた玖村麻里奈が口をはさんだ。「三ヶ月も帰ってこないのは変ですよね」

「そのままどこかを放浪しているとかね」と私は応じ、するとその可能性があるとも思えてきた。いわゆるバックパッカー姿で異国の街角にたたずむ夏尾の姿が頭に浮かんでくる。

「でも、棋道会というのは、とっくになくなっているんですよね」

「だと思うよ」

「だとしたら図式を結んだ弓矢はどこからきたのかな？」

「それがわからないんだよね」と私は応じたものの、これについて私はある憶測をすでに抱いていた。というのは、梁田九段の話にあった、奨励会時代の佐治七段が棋道会の資料を蒐集していた事実である。段ボール箱には黒い柄に鏃《やじり》と羽根の赤い矢があったという。とすれば「磐」の図式があってもおかしくない。梁田、佐治が奨励会員だった一九六〇年代のはじめ頃、赤黒の矢が佐治七段の大久保の下宿に存在したのは間違いない。そしてそれは佐治七段の府中の家まで運ばれた可能性がある。鳩森神社に置かれた矢文はそこから持ち出されたと考えれば辻褄は合うだろう。少なくとも棋道会が消滅したいまなお矢文が存在することの説明はこれでつく。

問題は、誰がなんのためにそんなことをしたかである。矢文の持ち出しは佐治七段の府中の家に出入りしていた者なら誰でも可能だ。佐治七段の交際関係はわからぬが、少なくとも弟子たちは家に行ったことがあるはずで、彼らのうちの一人が矢文を持ち出したと考えることもできる。とすると、次なる問題は、その人物がなぜそんなことをしたかである。佐治七段が亡くなったのが一九八九年だから、この二二年間、彼は持ち出した品を保管していたことになる。そうしてそれを名人戦の第四局の初日に将棋堂の戸に刺した——。しかし、なんのために？

小樽ICから札樽《さっそん》自動車道に乗り、札幌ジャンクションで道央自動車道に乗り換えて、岩見沢ICまでは、道が混んでいないこともあって、一時間かからずに行けた。高速を降りたのが一一時過ぎ、そこからも道はよく、途中ラーメン屋で昼食をとったり、買い物をするなどしながら、畑地と草原を貫く信号の少ない道道《どうどう》を快調に進んだが、最後の四キロ米《メートル》ほどは舗装のない悪路で、片側が崖、反対側に側溝のある林道は、対向車がきたらどうしたらいいのか、ふだんほとんど運転しない私が緊張していると、顔色を察したらしい玖村麻里奈が運転を代わりましょうかと申し出てくれて、身の危険を感じた私は見栄をはらずに運転を任せた。

新潟では車で毎日大学へ通い、棋士になってからも、軽のスポーツカーを好きで乗り回しているというだけあって、玖村麻里奈は運転がうまく、難なく林道を進んでいけば、まもなく林間にひらけた平坦な敷地に出た。姥谷までの道順は調べてあったが、現地の様子まではわからなかったから、迷うのを覚悟していたのだけれど、砂利を踏んで車を進めていくと、右手にプレハブの建物が見え、「桐原土木興業（有）」とかろうじて読める看板が立つのを確認できれば、ここが目的地で間違いなかった。

濃色の樹木に四方から迫られた敷地の、ぬかるむ地面にタイヤ跡があるのは、人がきている証拠だった。しかし、いまは車はなく、レンタカーを降りて、事務所ふうになったプレハブの窓を覗けば、やはり人の気配はない。私の目は建物の土台石に吸い寄せられた。黒い苔の染みついた混凝土《コンクリート》には罅《ひび》が入って、そこから草が生えた様子はさながら古い石棺のようである。二二年前、この場所に天谷敬太郎は寝袋で横になったわけだ。と、そうあらためて思えば、灯火なくここで一晩過ごすのは、なるほどふつうの神経では大変である。蟬声がなおいっそう色を濃く黒く見せる岩山の森に、頭上から陰々とのしかかられる気分は、陽の出ている昼間でも重苦しい。

雨が降ったのか、樹々の葉は濡れて、それがどんより燃える陽に燻《いぶ》されて蒸気になり、あたりを鬱々と満たしていた。樹や草が濡れているのは、皮膚のぬめつく巨大な生き物が通り過ぎた跡だからではないか？　そんな印象が生まれるのが不快だ。この場所でなにか恐ろしいことが起こったのだ。理由なくそう直感されたとき、いますぐにここから去ったほうがよいと、耳の奥で声が聞こえ、すると周囲の事物のいちいちが禍々《まがまが》しく、不吉きわまりなく目に映って、足下から不安の瘴気《しょうき》が立ち上がるや両膝が意に反してくねりと折れ曲がった。

渓《たに》の奥で正体の知れぬ何ものかが蠢《うごめ》き、密雲のごとき姿となって湧き上りつつある。不穏の気が素肌に感じられるならば、人を呑んで、蠕動《ぜんどう》する胃腸で消化する龍の姿が、具体的な輪郭像を欠いたまま頭を占領した。そのとたん、龍がくるぞ！　と、そう叫ぶ大勢の人間たちの声が頭蓋にわんわんと響いて、それこそ飛翔する巨龍の軀に陽が遮られたかのように、ふいに目の前が昏《くら》くなった。

20

このとき私は帰るべきであった。迅速にこの不穏な気の漂う森の谷間を離れるべきであった。いや、このときもし私がひとりだったら、一目散に逃げ出していただろう。だが、男の見栄が怯《きょう》懦《だ》を上回った。プレハブの裏手を覗きに行って戻った玖村麻里奈が、石棺に座った私を見て、どうかしましたか？　と声をかけてきたとき、いや、べつになんでもと平然を装ったのは、つまりは見栄ゆえなのであった。

目の前が昏くなったのは貧血である。これはいつものことで、混凝土《コンクリート》の台に腰をかけて頭を低くし、手にしていたペットボトルの水を飲めば気分は恢復した。「龍がくる」とはいくらなんでも馬鹿馬鹿しすぎると、苦笑が浮かんだものの、下腹のあたりを這い回る不安の蟲は去らず、それでも、向うに貯水槽みたいのがありますねと、玖村麻里奈がのんびり報告するのを受けて、そちらへ歩いてみれば、なるほどプレハブから少し離れた高所に、鉄柵で囲われた二〇米《メートル》×二〇米《メートル》ほどのプールがある。鉱山の廃液の貯蔵池で、管理の必要上、ときどき管理会社の人間がきていると、天谷氏から聞いたとおりを解説したときには、私の気分はだいぶ落ち着いていた。

「こんなところに、棋道会でしたっけ、そんなのが本当にあったんですかね？」

玖村麻里奈にいわれるまでもなく、私も同じ疑念を抱いていた。レンタカーを停めた場所から谷を見る限り、三千人もの人が住む町があったとはとても信じられない。その印象は、平坦な敷地から少し降りた渓流沿いの小径《こみち》を進みはじめても変わらなかった。樹と草に埋め尽くされた森は、人跡未踏ではないにしても、人の手が入ったようには見えない。天谷氏も町があったとはとても思えなかったと話していたが、それからさらに二〇年余りの時間が経過しているわけである。

じつをいえば、小樽を出た時点では、姥谷でどうしようとの計画を私は持っていなかった。なんとなくそのあたりまで行ってみて、かるく様子を見てみよう、くらいのつもりだった。ところが道中で私の話を聞いた玖村麻里奈はもうすっかり龍の口まで行く気で、私は困惑した。先刻の不安感および貧血はべつにしても、気が進まなかったのは熊のせいだ。

熊については自動車のなかでも話した。すると玖村麻里奈はスマートフォンで熊よけについて素早く調べ、途中ホームセンターに寄って熊よけ鈴を購入したあたり、彼女の「急戦」志向は筋金入りなのであった。玖村麻里奈はナップザックや懐中電灯も買い、仕方なく私も同じものを買って、ついでに乾パンとチョコレート、および傷口消毒液や簡便な方位磁石に手を伸ばすと、登山じゃないんだからと玖村麻里奈は笑い、このあたりは「棋風」の違いがでた。仕事で着たスーツは鞄にしまい、服装こそ玖村麻里奈とおなじくシャツにジーパンの軽装ではあるけれど、足下が革靴のままなのは、指し手がときにちぐはぐになりがちな、これも私の「棋風」というほかなかった。

滝の横にあると聞いた龍の口は、歩き出してまもなく、樹の梢越しに見え隠れするようになった。ネットで調べた限りでは、「金剛龍神教」の神殿のあったという龍の口の情報はなく、つまり天谷氏から聞いた情報しかなく、新宿の夜に聞いた話の信憑性を疑う私は、姥谷でそれを見つけられるとは思っていなかったのであるが、常緑樹の陰、白い筋ひく滝の横、陽を受けた鉄蓋がぎらり光るのを見れば、誤解の余地はなかった。

川沿いの小径は、手入れがほとんどされておらず、径《みち》とは呼べぬほどに羊歯《しだ》や笹に覆われてはいるが、寒冷だからなのか、密草や藪に阻まれて進めぬほどではない。段丘になった両岸はミズナラの林で、ここに町があったとはやはりとても思えぬが、ところどころ土に埋まった鉄材や混凝土《コンクリート》の残骸があって、かろうじて痕跡は残されている。

「ここに本当にそんな大きな町があったんですかね」

熊よけ鈴を鳴らして後ろを歩く玖村麻里奈が何度目かにいったとき、足下の草叢《くさむら》に動くものの気配を感じて私はぎゃあと声をあげた。どうしましたと、玖村麻里奈が緊迫の声を出したのへは答えぬまま、私は後ずさり、すると後ろから覗いた女流棋士が、蛇ですよ、と明るい声を出した。

見れば、灰色の長いやつが草叢にするり消えていく。

「シマヘビですね。毒はないから大丈夫ですよ」玖村麻里奈がいうのへ、いや、なんだかね、なにかべつなものかと思っちゃってねと、きまり悪く弁解して歩き出すと、女流棋士がまたいった。

「北沢さん、蛇が駄目なんですか？」

「あんまり得意じゃないかな」

「でも、けっこう可愛いですよ」

「玖村さんは、蛇、好きなの？」

「わりと」とすんなり答えた女流棋士がときどき蛇カフェに行くというから驚いた。

「蛇カフェって、なにするの？」

「蛇がたくさん揃ってるんですけど、見るだけじゃなくて、触ったりもできるんです。鱗がひんやりして、気持ちよくて、けっこう癒しになるっていうか、将棋に負けたときなんかに、よく行きますね」

ひょっとして羽生二冠も負けたときには蛇カフェで癒されているのではないか、などと馬鹿なことを考えているうちにも滝の水音が聞こえてきて、二筋に分れた渓流の右の筋を選んで行けば、正面に滝が現れた。黒い岩壁の落水の横に鉄蓋のされた坑道跡。龍の口だ。

滝壺脇の岩場に立ってそこを見上げたとき、すぐにここから去らなければならないとの警告が再び私の軀を刺貫いた。立ち上る不安の冷気に脚から下腹を舐められ、すると蟬声と滝音の重なりの奥から、低くくぐもった、呻くがごとき声が聞こえた気がするのが嫌だ。複雑に入り組む廃坑道は、内部で小さな落盤が繰り返され、それが龍の蠕動に擬《ぎ》されていると、天谷氏の話にはあった。音はそれかとも思えるが、しかしいまだに落盤が続いているなんてことがあるだろうか？

それも作家・天谷敬太郎のフィクションではないのか？　などと私が考えるうちにも、玖村麻里奈女流二段は岩壁にとりついて早くも攀《よ》じる構えである。あとで聞けば、大学時代に火山学を学び、山へわけ入って崖や火口をさんざん登り降りしたというからかなわない。

鉄蓋の大きさは三米《メートル》×三米《メートル》くらい。高さは下の縁までが約四米《メートル》。かつては坑道口に構造物があったらしいことは、岩場の地面に残る土台跡からわかる。岩壁にも錆び朽ちた鋲《びょう》が残っているが、いまは蓋をされた口が中空に虚しく晒《さら》される格好だ。

岩には段が切ってあるので足がかりはありそうだが、高さはなかなかある。気をつけてよ、と声をかけると、階段になっているから大丈夫です、けっこう風化はしてますけど、と答えた女流棋士はするすると登って、鉄蓋前の、いくぶん幅のある岩棚に立って、蓋の具合を調べる様子である。すると棚の右端に動いた女流棋士が、ここからなかへ入れそうですと報告したからあわてた。岩と蓋に隙間があるらしいが、なかはまずい。いまにもするり潜り込んでしまいそうな様子に、ちょっと待ってと、私はうわずった声をあげた。玖村麻里奈には龍の口の危険をきちんと伝えていない。とにかくそこは危ないからね、と注意を与えたものの、「急戦」志向の女流棋士の「仕掛け」はとめられそうになく、やむをえず私は、ちょっと待ってて、といって岩壁に自らとりついた。

たしかに岩に段が切ってあって、革靴でもなんとかなるが、角がとれて滑るのが危ない。「棋風」どおり一歩一歩足下をたしかめつつ上がって、ようやく岩棚に立てば、滝口がちょうど目の高さにある。つまりけっこう高いわけで、下腹部がすうすうするのは避けられない。岩棚は人工的に掘削されたものらしく、それなりの幅があるから落ちる心配はないが、それでも軀は鉄扉に自然としがみつく形になる。膝がふるえがちになるのを悟られぬよう平静を装いつつ、なかなかの景色だね、などと、いわなくていい私の台詞は無視して、ここ見てくださいと、玖村麻里奈が示したのは、鉄蓋の右端、赤錆びた鉄材はそのあたりで腐食がひどく、あいた穴を木板で塞いである。しかも木板をとめた針金がまた錆び朽ちて、板がずれて奥が覗けている。懐中電灯で照らしてみると、口からしばらくは平坦な隧道《ずいどう》が続いているらしい。

なるほど隙間はあった。しかし、とても人が通れるほどではない。私がそういうと、玖村麻里奈女流二段は、こうやれば大丈夫ですよといって、木板を無理矢理動かすから驚いた。それはちょっとまずくないかな、と咎《とが》める間もなく、錆び針金がずるずると伸びはずれ、板はとれて、人が通れるほどの隙間ができあがった。これはだいぶ「無理攻め」だと思ったが、女流棋士はもうなかへ進む気満々である。そこで私はあらためて龍の口の危険についてかたった。

どうしてここが龍の口と呼ばれるのか。かつて磐城某が神殿もろとも自爆して以来、なかでは落盤が頻発して、大勢の人間が死んだのだ、いまも崩落は続いていて、つまり蠕動する龍の胃袋に呑まれるというわけで、それで名前が龍の口、だからとても入れるもんじゃない、装備もなくヘルメットも被っていない素人ならなおさらである。

私の熱弁を小さく頷きながら聞いていた玖村女流二段は、よくわかりましたと神妙に頷いた。それからいった。

「でも、ちょっと入口のあたりを覗くだけなら大丈夫ですよ」

私が絶句しているところへ言葉が継がれる。

「もし夏尾さんがここへきたんだとしたら、絶対なかへ入ったと思うんですよね。夏尾さんの棋風からして。もし北沢さんがいやなら、ここで待っていてください」

そういうと女流棋士は本当に隙間に軀をすべり入れてしまう。啞然となりながら、「待っていてください」といわれて唯々諾々では、男子の面目が立たない。男子の面目などという文句が時代錯誤なのは承知している。承知はしているが、時代錯誤はべつにしても、二人きりで女性と対する目下の状況において、年上の男としてのふるまいにはおのずと限りがある。そもそもただひたすら心配しながら外で待つというのも面白くない。

　意を決して私は玖村麻里奈に続いた。

21

　坑道は立って歩くに十分な高さがある。足下にでこぼこした筋があるのはトロッコ軌道の跡らしく、枕木の破片らしきものも残る。ただしレールは跡形もない。懐中電灯で照らせば、天井に朽ちた木組みの跡があって、岩壁にはちぎれた電線の残骸が這う。入ってすぐに左右へ分岐する辻があって、さらにそこから数米《メートル》のところに斜め右下への隧道が口を開く。なるほど坑道は複雑らしい。これはまずいぞ、とは思ったものの、入口の明かりを背後にたしかめつつ直進していけば迷う心配はなさそうである。前の玖村麻里奈もまっすぐ進んでいく。

　入口で服を引っかけ手間取ったせいで、女流棋士の背中はだいぶ前方にあった。同行者をしばらく待つという「手筋」は玖村女流二段の棋風にはないと見える。ちょっと待ってくれる、と声を出すと、岩壁に反響してものすごい。ちょうど右手に隧道が黒い口を開いて、そこからぐおおんと音がしたのは、声の反響が遅れて戻ってきたからなのだが、それが巨獣の咆哮のごとくに思えて心臓が縮みあがるのがいやだ。隧道の口に懐中電灯の光を射し入れ覗いてみれば、光は濃くたちこめる闇にたちまち吸い込まれてしまう。こいつはヤバイぞ。呟いた私が、危険だからこの辺までにしておいたほうがいいと、声をかけようとしたとき、玖村麻里奈の姿が見えないことに気がついた。

あれれれと声を出した私は、女流棋士の姿を求めて懐中電灯の光を飛ばしたが、先刻までは白い蛾のように光っていたシャツがどこにもない。光の輪が黒い岩肌を舐めるばかりである。恐慌《パニック》の暴れ馬が心の柵から飛び出そうとするのを抑えつつ、おーい、玖村さーん、いますかーと、わざとのんびりした感じで呼びかけるが、わんわんと鳴る残響が耳に届くばかりで返事がない。ばかりか、そもそも人の気配がない。先刻白シャツがあったと思《おぼ》しき辺りへ急ぎ、すると隧道がいくつにも分岐した辻に出て、黒い穴に次々と懐中電灯を差し向けてみるが、やはりどこにも姿がない。

万力で締めつけられた心臓の鼓動が切迫するのを肋骨に感じながら、玖村さん、玖村さんと、声をあげて呼び、懐中電灯の光をさんざん散らしたあと、入口を確認しようと振り返った私は、烈しい衝撃を受けた。光が見えないのだ！

私はここまで入口の漏光を絶えず確認しながら進んできた。それさえ見失わなければ迷う気遣いはない。ところが先刻まではたしかにあったはずの光がないではないか。懐中電灯で照らす辻には隧道がいくつも口を開いて、しかしどれからも光が漏れてこない。ここにおいて恐慌《パニック》の馬は破綻《はたん》の荒野を駆け出した。もはや見栄も体裁もなく、玖村さーん、玖村さーんとたて続けに大声で呼ばわっては、岩の口を次々と覗いていく。

潰滅《かいめつ》した肝からあふれ出た恐怖のガスが喉元まで押し寄せて、悲鳴となって迸《ほとばし》ろうとしたとき、ようやく隧道のひとつに白い背中が見えた。ほううううと安堵の息を長く吐いて、私はそちらへ向かい、玖村さん、とまた声をかけるが、どういうわけだか白い背中は振り向くことなく、するすると奥へ進んでいってしまう。玖村さん、ちょっと待って、と叫んで後を追うが、全然待つ様子がない。あたかも目的を持って先を急ぐ者のように、滑るがごとくに進んでいくのが不可解だ。私は追うしかないが、直進ばかりではなく、しばしば左右に折れ曲がるから、見失わないようにするだけでも懸命とならざるをえない。

思えばこの状況は奇怪きわまりないわけだが、そんな反省をする余裕のないまま後を追ううちに、隧道は高さ幅ともに積を増し加えて、すると前をいく白い人がふっとかき消えてしまう。枝道に入り込んだせいで一時的に姿が見えなくなったにすぎないと、自分に冷静さを強い、消えたと思しきあたりに急げば行き止まりだ。正面はもちろん、左右上下どこにも通路がなく、完全な袋小路である。そんな馬鹿なことがあるはずがない、どこかに必ず通路があるはずだと、岩壁を押したり叩いたりするうちに、隧道が大岩で塞がれているのだと理解が訪れて、すると棋道会の図式にあった「磐《いわ》」がふいに脳裏に浮かび上がった。

「磐」は不動ではない。動かす手筋がある。あるはずだ。「磐」の位置は将棋盤の「下」。将棋盤の「下」にある駒を、しかしどうやって動かせばいいのか？　いや、そもそも盤の「下」とは全体どういうことなのか？　まるで場違いな思念を頭に浮かべたとき、誰かが私の名前を呼んだ。呼んだ気がした。と思うまもなく、ひやり冷たい掌に手首を摑まれ、ぐいと一方へ強く引かれれば、いきなり中空へ放り出されたような感覚が生じて、あっと声をあげた次の瞬間には、私はひらけた空間のただなかにあるのだった。

宏大無辺、ということは坑道の内部である以上ありえないわけだが、そのように錯覚されてしまうくらいに広い。天井は岩の暗色と闇黒が混じりあい果てしなく高いと見える。周囲の岩壁も同様だ。それほどの積《せき》はないはずなのに、際《きわ》が闇に紛れ見極められぬせいで、どこまでも空間が続くように思えてしまう。光をあててたしかめようとしたそのとき、私は自分が懐中電灯を手にしていない事実に気がついた。「磐」を抜けたとき失くしてしまったのだ。無明の闇が支配する地下で明かりを失う。取り返しのつかぬ失策に脳髄が吹き飛ぶような衝撃をうけた私は、しかし地下洞にうすい光があることにも気がついていた。どこかに光源があるのだ。でなければあたりは漆黒に閉ざされてしまう理屈だ。

私は明かりのある方へ動いた。気づいてみると、あたりの地面には人の背丈ほどの岩が筍《たけのこ》のようにたくさん生えて、前進を阻むと見えたが、近づけば筍岩と筍岩には十分な隙間があってすり抜けるのはむずかしくない。光を目指してなお進み、ひときわ大きな岩の脇から向う側に出たとき、眼前に広がった光景に私は息を呑んだ。

そこは、すなわち、「神殿」であった。

立つ位置から見て正面に大きな二つの岩塊があって、五米《メートル》ほどの幅の通路を挟んで向かい合う、左右の岩塊それぞれに将棋の駒の形に抉《えぐ》られた龕《がん》が並ぶのは——祭壇だ。龕の数は、左側の岩に五つ、右側に四つ、合計で九つが向かい合う形で通路を挟む。右の龕は横一列だが、左側のは二層になって、上層に二つ、下層に三つが並ぶ。

一番大きいので高さ三米《メートル》ほど、上層の小さいので一・五米《メートル》くらいの龕《がん》には、御簾《みす》のごときものが垂れ掛かって内部は見えないが、なかから御簾を透かして光が漏れ出て、駒の五角形が闇にくっきり浮かんで目に映じる。地下洞をうっすら満たす光の源はこれだ。光は蠟燭《ろうそく》か洋灯《ランプ》か、幽《かす》かにゆらめき、それにつれて地面から突き出た人の背丈ほどの岩の群——無数とも思えるほどに立ち並んだ筍岩の影が濃淡を変えつつ揺れる、その様が洞窟全体を一個の巨大な生き物のごとくに見せている。

岩の「祭壇」にまず目が向いたのは、光に目が引き寄せられたせいで、しかし周囲の状況が少しく把握されれば、なにより驚異と思えたのは洞穴の床だ。床は磨かれた大理石なのか、黒々滑らかに光を滲《にじ》ませた床面がどこまでも広がるのが驚きだ。向かい合う「祭壇」のあいだの通路の床に、金銀が象嵌《ぞうがん》されて文様をなすのは金剛床というものだろう。文様の形は判然としないけれど、円と多角形を組み合わせた幾何学図形、しかしそれとはべつに、床全体に縦横の黒い線が描かれているのは、間違いない、将棋の枡目だ！

もっともふつうの将棋盤とは違い、九枡×九枡ではない。罫線は床の全面に、「祭壇」の背後にまで及んで、むしろ罫線の描かれた大理石の平原に、二つの岩塊が島のようにぽつんと置かれた形だ。枡目が馴染みの九×九でないにもかかわらず、これが将棋盤とわかるのは、枡の随所に「駒」が置かれているからだ。いや、それも通常の駒ではない。先刻から人の背丈の筍岩が並ぶと見えていたものは、じつは岩ではなく、彫像か塑像か、チェスの駒のごとき、さまざまな意匠の立像なのであった。

埴輪《はにわ》の戦士のような像がある。「金」や「銀」の字の彫られた冠を被る長衣の人がいる。床に衣を引きずる束髪の女がいる。亀甲の盾と三叉の矛《ほこ》を持つ鬼がいる。象の顔を持つ僧服がある。翼の生えた虎がいる。燃え上がる鬣《たてがみ》と蛇の尾を持つ獅子がいる。剣を帯びた鋭い嘴《くちばし》の鷲がいる。阿修羅像に似た三面の美青年がある。

武将の扮装をした人が駒の役割をする人間将棋なるイベントがあるが、同じように人の背丈の立像が居並んでいるのだ。果てしなく広がると見える枡目に散る異形の駒の群。これはむろん通常の将棋ではないわけだが、しかしなお将棋以外のものではないと直覚に訴えかけてくるものがある。無数とも思える駒たちは、祭壇の昏い光を浴びて、陰翳濃く、磨かれた大理石の「将棋盤」に立ちつくし、沈黙している。

閉ざされた地下洞にあって、将棋盤が果てしない、などということは原理上ありえない。だが、いくら目を凝らしても、異形の駒の列がどこまでも続くと見えるのが不思議だ。大理石の床を靴音を鳴らし動いてみた私は、まもなくからくりを理解した。とは、つまり、駒の像は、祭壇の近傍では人の背丈くらいなのに、そこから放射状に離れるにつれて次第に小さくなっているのだ！　罫線の描く枡目も同じ割合で縮んでいる。遠近法の錯視——。試しに一方向へ進んでみたら、駒はどんどん縮んで、胸から腰、腰から膝くらいの大きさになり、最後は親指ほどになった。「神殿」の地下洞はじつはそれほど広くないのだった。それをパノラマのごとき工夫を加えることで宏大無辺に見せているのだ。

しかし、ここは、いったいどこなのだろう？　根本の疑問が胸中に溢れ広がり、あらためて洞穴を見渡したとき、祭壇のひとつの御簾がいつのまにか引き上げられているのに気がついた。見ると、これは龕《がん》ではなく、なかに襖《ふすま》で仕切られた畳部屋がある。脚のある将棋盤が中央に置かれ、奥に記録係用の長机があるのは、間違いない、対局場だ。盤の右側の座布団にひとりの男が座って、盤を覗き込み、一心不乱に読み耽《ふけ》っている——男の横顔に見覚えがあった。顔だけではない、服装にも、盤に向かう首を折り曲げる姿勢にも覚えがあった。

由来の知れぬ切迫感に急《せ》かされるまま、私は祭壇に近づいた。壇に切られた石段を上がり、靴を脱ぐべきか、一瞬迷ったが、畳なら脱ぐのが自然だ。靴下足で畳を踏んだ私は、盤の前の空いた座布団に腰を下ろした。

盤を覗いたその時点で、すでに予感はあった。盤上には、私のよく知る局面が、生涯決して忘れることのできぬ局面があった。

22

私の奨励会での最後の対局となったのは、平成一五年度前期、一週間前に二六歳の誕生日を迎えた例会最終日の第二局。同じ日の午前中、第一局に勝って私の星は九勝八敗。四段昇段の可能性はすでに失われていたが、しかし午後の最終局は私にとって重大な意味を持っていた。というのは、これに勝てば一〇勝八敗の勝ち越しとなるからだ。年齢制限は二六歳、しかし勝ち越しを続ければ二九歳まで在籍できるとの規定が当時もいまもある。つまりこの最終局に勝てば、私の首はかろうじてもう一期繋がるのだった。

結局、最終局に負けて私は退会した。終わってさばさばした。直後はそんな気分だったと、私は記憶していたが、将棋会館を出たあと自分がどこでどうしていたか、いま思うと、記憶が曖昧だった。私は歩いた、と思う。当時は埼玉県の川越の実家に住んでいたから、まさかそこまで歩いたとは思えぬが、私は歩いた。長く、長く歩いた。そうして自室の蒲団にくるまり何時間も寝た。封印していたゲームを昼夜の別なく続けた。家の飼猫が死にかけて病院へ運んだ。自転車で新河岸《しんがし》川の河川敷へ行って缶麦酒《ビール》を飲んだ。と――そうした断片の記憶はあるのだが、全体としての自分の体感というか、あのときの自分のリアルな生存の感触が、夢のなかの出来事のようで摑み難かった。それどころか、最終局の対局相手が誰であったか、それさえ記憶はおぼろげなのだ。

だが、将棋は覚えていた。一手一手が鮮明に脳髄に刻まれていた。私の先手番で対局ははじまり、序盤は矢倉模様から後手が右四間飛車で先攻する形になり、私は受けに徹せざるをえず、中盤はずっと不利を意識して形勢を悲観していたが、粘りに徹するうち、ふと気づいてみたら、勝機が生じていた。それがいま目にする局面だ。

七六手目、先手「3一」の銀打ちに後手玉が「5二」へ逃げた局面。ここで「5四飛」と飛車で銀をとり、寄せに出れば先手の勝ちだった。そのことには対局中にも気づいていた。勝ちだ。私はそう信じた。いや、信じたかった。出し抜けに与えられた好機に私はかえって動揺しながら、読みに読んで、しかし結論は変わらなかった。どこかに陥穽があるのではないか？　見落としがあるのではないか？　疑心にかられながら、なお読んで、それでも答えは同じ。これは、勝ちだ！

奨励会の持ち時間は九〇分。使い切ると一分将棋になる。このとき私は時間を八分ほど残していた。私はトイレに立った。いったん気を鎮めるためだ。飛車を切って寄せに出れば、あとは紛れは少なく、一分将棋でも間違えずに寄せきれる自信はあった。便器の前に立っても小便はでなかった。私は洗面所で顔を洗い、手巾《ハンカチ》で拭い、鏡のなかの顔を見た。コレガ、俺ノ顔デアルカ――。不思議なものでも見るように己の顔を眺めた私はそのとき、ひとつだけいやな筋があることに気がついた。

先手「5四飛」に後手は「同歩」しかない。なぜならそれが馬とりになっているからだ、と思っていたが、しかしである。「5四飛」に「同歩」とせず、「3五」に馬を逃げる手はないか――。いやな筋とはこれだ。馬を逃げると、飛車で「8四」の銀をかすめ取って、これが「詰めろ」――受けなければ次に詰む形になる。だから逃げる手はないと思っていたが、しかしそこで後手から「7六飛」と王手する手がある。「3五」に逃げた馬は、「5三」の地点を守るばかりでなく、先手玉を直射する形になる。これは危険だ。

席に戻って、再び盤を見つめた私には、いまは働きの弱い敵の馬が、「3五」に躍り出て光り輝く姿が打ち消しがたくなった。ほどなく持ち時間は切れて一分将棋。五〇秒、五五秒……秒読みのなかで私は「5七香」と指した。敵玉頭に数を足して圧倒すると同時に、「3五」の馬筋を遮断する一石二鳥の絶好手。そうだ、いまは急ぐべきではないのだ。確実に攻めの輪を縮めて、熟柿が落つるがごとくの比喩のとおり、勝利の果実を自然に手中にすればいいのだ。先手「5七香」――駒台からつまんで置いた香車から指を離した瞬間、交差するように腕が伸びて後手が指したのは「6七歩」！

これで痺れた。この歩は「同金」ととるしかなく、そこで後手は「3五馬」。馬に玉が睨まれて、打った香車が走れないのでは万事は窮した。与えられたチャンスは一瞬だけだったのだ。

後手・5二玉までの局面

あとから詳しく調べるまでもなく、後手が「5四飛」を「同歩」ととらずに馬を逃げる手はなかったのだ。後手「3五馬」には「8四飛」。続く「7六飛」には「7七銀」が冷静な受けで、そこで「6七歩」と打たれるのが怖いようだが、ここで「5三桂成」とするのが好手で、「同玉」なら頭に歩を打って以下詰み、「同馬」なら「6七金」と歩を払ってしまえばよい。魔が差すというけれど、あれはまさしく魔が差した一瞬だった。

あのときの、魔の局面が、いま目の前にある。

私は盤の向う側にいる対局者を見た。

夏尾裕樹――。

夏尾が最終局の相手だったのか？　紺色のジャケットを着た夏尾は、つむじをこちらへ向け、盤に顔を落としている。「祭壇」の空間に設《しつら》えられた対局場に姿を見つけて石段を上り、畳を踏んで盤の前に座るあいだ、そこに夏尾がいることに私ははなはだしい違和感を覚えていたのだが、盤を挟んで対峙したとたん、あのときの時間にたちまち引き戻されて、どうしても倒さねばならぬ敵としての夏尾をそこに見出していた。

夏尾は私と同じく九勝八敗。私より三歳下の夏尾には年齢制限は迫っていないから、これは「米長理論」そのものの状況だ。自分には勝敗はどうでもよいが、相手にとって人生を決するような対局こそ全力を尽くさねばならぬ。いや、この対局の勝ち負けで来期の順位が違ってくる以上、夏尾とて死にものぐるいだ。それが証拠に、というべきか、先刻まで紅潮していた夏尾の顔はいまは熟さぬ果実のように蒼褪《あおざ》めている。

身を乗り出して盤を覗き込む夏尾は、先手からの寄せがあることに当然気づいている。必然と思える手順からいかに逃れるか、夏尾は顔を青く染め必死で考えているのだ。そう思うと、笑みがこぼれて、気配を察した夏尾が一瞬間、視線を寄越した。瞳孔が縮んだ目は、罠に捕らえられた獣のそれのようだ。迫る「死」に烈しく身をもがき抵抗する傷ついた獣。残忍な笑いを私が瞬時に押し殺したのは、いつでも自分が獣の側に落ち込みかねぬことを知るがゆえだ。ほんの少しの油断が、わずかな手順の前後が、怯懦が、慢心が、楽観が、猟師と狩られる獣の立場をたちまち逆転させてしまう。それが将棋というゲームだ。

私は夏尾を念頭から消し去り、盤面に集中した。最後の読みの確認をする――いや、確認するまでもなかった。「５四飛」以下の手順は、あらゆる枝道に至るまで、私は知り尽くしていた。

プロ棋士への夢を断たれた対局を反省しても詮ないと、わかってはいるのに、夜、寝付けぬ蒲団のなかで、独り飲む深夜の居酒屋で、車窓をぼんやり眺める昼下がりの電車のなかで、ふと気がつくと私は、「5四飛」以下の手順を読んでいるのだった。むしろこの八年近くの時間、自分はこの局面のことだけを考え続けてきたようにさえ思えた。

そのとき時間が切れた。秒読みがはじまる。三〇秒。盤面に目を据えた私は、この期に及んでなお後手「3五馬」が光って見えてしまい、不安と猜疑《さいぎ》に翳《かげ》る己の弱さを嗤《わら》った。五〇秒の声を聴いて私は「5四」の銀をつまんで駒台へ置き、同じ場所へ飛車を進めた。

とうに一分将棋になっていた夏尾は、五九秒まで読まれて「同歩」。やはり「3五馬」は無理なのだ。安堵するような気持ちで私は考える。たしかにここで後手「同歩」は仕方がない。だが、これで後手の勝ちの目はない。再び浮かんだ残酷な笑いを押し隠して「5三銀」。後手玉は「5一」に落ちるほかなく、そこで先手「7二金」。「5二」の飛車打ちが後手最強の粘りだが、この局面も自分は何万回となく読んできた。逃がすことはもう絶対にありえない。ひとつ息を吐いてから「同銀成」。夏尾はまた時間いっぱい考えて「同銀」。とったばかりの飛車を駒台からつまんで「7一飛」へ打とうとしたとき、指が震え駒を取り落としそうになり、ああっと悲鳴が喉から飛び出て、それでも恐怖に縮んだ視野のなかで、飛車はいくぶん斜めに歪んではいるものの、「7一」の枡目に置かれていた。これで後手が「6一歩」とあい駒しても、「5三桂成」で必至——受けのない形だ。

敗北は決定的だが、夏尾の痩せた軀から発散される闘志の火は消えず、奥歯をぎりぎりと噛み鳴らして、秒読みぎりぎりまで読んでいる。が、いくら考えても手はない。あるはずがない。どうして自分たちはこんなふうにして戦わなければならないのだろう？　どうして将棋を覚えたばかりの頃のように、楽しく指してはいけないのだろう？　ふいに疑問が生まれ、悲哀の水が胸にあふれだしたとき、夏尾は気迫のこもった手つきで「6一歩」と指した。あと一手だ。先手が「5三桂成」と指せばおわる。自玉に詰みのないことをさらに確認してから、私は「6五」の桂馬をつまんで裏返し、「5三」にていねいに置いた。先手「5三桂成」。

「投了」だ。

そう思って顔をあげると、夏尾の白面には微笑が浮かんでいる。見たことのない不可解な笑い。諦めでも自嘲でもない笑みの意味はなんだろう？　魂を包んだ袋が破れ、それが笑いに似た表情の歪みを生んだものか。破綻《はたん》の笑い。狂気を思った私はぎょっとなり、続いて起こるに違いない不穏な出来事に身構えたとき、時計係の五八秒の声とともに夏尾の白い手がすいと伸びて盤を掠《かす》めた。

なんだ？　と思ってみれば、駒はひとつも動いていない。とすれば時間切れだ。あるいはいまのは投了の合図だったのか？　負けましたの言葉が緊張と困憊《こんぱい》のあまり声にならなかったのか？　どちらにしても先手――私の勝ちだ。ところが時計係はそのことを告げようとしない。なお対局が継続する雰囲気なのがおかしい。どういうことだ？

二歩の反則を犯す。即座に負けとなるはずなのに、対局相手も周囲も気づかず、何事もなかったかのように対局が続いて、恐怖に捉えられながら素知らぬ顔で指し手を進める自分――そんな夢を私はよく見る。立場は逆ながら、それと同じ狼狽を覚えながら、再び盤に目を落とした私はそのとき、敵玉のすぐ横、「4一」の枡目にうっすらと滲む文字を見た。

「磐」――。

間違いない、「磐」だ。「磐」と読める。

「磐」と書かれた駒が、水底の古鏡のごとく、枡目の下に沈んでいる。私は驚愕の目を瞠《みひら》いて、命ある生き物の息遣いと熱を放つかに見える駒の文字を凝視した。

23

しかし「磐」はどこにあったのか？ どこから出現したのか？ いや、違う。それははじめから「5一」の枡目の下にあったのだ。それ以外に考えられない。そう思ったときには、私は一遍に状況を悟っていた。夏尾は「5一」の直下にあった「磐」を横へ一枡ずらしたのだ！ だが、いったいどうやって？

呆然となるうちにも、秒を読まれた私は、敵玉の小鬢《こびん》の「4二」に銀を成った。これで詰みだ。ところが夏尾は落ち着いた手つきで将棋盤へ手を伸ばすや、またも自玉をすいと撫でるような仕草をみせた。すると、魂消《たまげ》たことには、玉が「5一」の「下」に沈み込んで、水底に落ちた小石のようにそこにとどまるではないか。玉は九×九の盤の外へ、「下」へ逃げたのだ！

勝ちを逃した衝撃のなか、いや、まだ負けたわけじゃない、勝負はこれからだと、態勢を建て直せば、どうしても勝たねばならぬとの命令が電流となって全身に走った。立て膝になって一心不乱に読みふける夏尾からも同じ気迫が伝わってくる。五八秒、九秒と読まれた私は猛然と成桂を摑んで、銀をとって「5二」に据える。夏尾は盤へすいと指を沈みこませるようにして玉をさらに逃す。経験のない展開に呆然となりながら、私は「6一」に飛車を成ったが、果たしてこれは「詰めろ」になっているのか？ もしなっていないのならば、逆に後手から「詰めろ」をかけられて先手の負けだ。しかし盤の「下」の玉などという奇怪な状況下、夏尾も完璧には読めていないのだろう、まずは自玉の安全を図ることに専心する様子だ。

確信ないままに龍《りゅう》を「５一」へ進めた私は、次の手番、親指に力を込めて龍をぐいと押し込んだ。将棋盤の抵抗が指に伝わって、ああ、やはり駄目なのかと絶望しかけたとき、駒がすいいとゼリー塊にでも沈み込む感覚が生じて、龍は「５一」の「下」へ潜り込んだ。夏尾は龍の効きを逃れて玉を斜めへ逃す。私は龍で王手をかけ、すると夏尾は手駒の金を投じて効きを遮る。私は龍の働きを生かすべく銀をうち、香車も加えて「寄せ」を目指し、一方で受けに徹する夏尾は手駒の角銀を投入して防戦する。盤下の攻防から数手目、再び龍で王手したとき、夏尾は「麒麟《きりん》」と彫られた駒を引いて玉を龍の効きから遮った。

「麒麟」——しかし、「麒麟」とはなんだ？——いや、たしか古い中将棋にそんな駒があった。見れば盤には、すなわち九×九の将棋盤の奥に広がる第二の盤には、「獅子」「鳳凰」「酔像」「奔王」などの駒が散って、このあたりはどこかで見た記憶のある駒どもであったが、「老亀」「銀《ぎん》蝮《ふく》」「凶雲」「娜蹶《なけつ》」「炎蛇《えんだ》」「血蟲《けっちゅう》」などと、まるで見知らぬ奇怪な駒もたくさんある。

　だが、この時点で私は、これが何であるかを理解していた。すなわち龍神棋だ。磐城澄人が神から授かったという異形の将棋。それに違いない。将棋である以上、先手の駒もあるけれど、動かし方がわからぬのが困る。これでは勝負にならぬ。しかし諦めるわけにはいかぬ私は、少ない駒で敵玉を闇雲に追うが、夏尾は盤上の駒を使って的確に受け、手を追うごとに不敗の態勢が築かれていき、「寄せ」はしだいに難しくなる。なにしろ龍神棋の盤は果てしがないのだ！

「磐」の奥に広がる縦横の罫線は数限りがなく、盤はどこまでも無際限に広がる。これではとうてい敵玉を追いつめることはできない——いや、盤上の駒を使えば可能なのだろうが、知らぬ駒を動かして反則負けになるのを怖れた私はそれらに触れることができない。

　そのとき私は、駒が動かされるたび、巨大な釣鐘を叩くような音が洞穴に響き渡ることに気づいた。音そのものは先刻から聞こえていて、私は頭蓋の血流が耳に響くのかと思っていたが、そうではなく、音は外にあって、しかも指し手を一手進めるごとに鳴ることに気づいたのだ。なんだと思えば、神殿の床面を埋めつくした立像が、指し手に連動して動いているのだった。耳を聾《ろう》する音響は像が動く際に生じる「駒音」なのであった！

だが、そんなことに気をとられている余裕はない。この対局だけはなにがなんでも勝たなければならないのだ。負けはすなわち「死」を意味する。どんなに小さな死であれ、死は死に変わりない。死の痛み、恐怖、苦しみから逃れるには勝つしかないのだ。棘《とげ》の生えた胃袋が喉元にまで迫《せ》り上って私は烈しく咳き込んだ。絞め殺される鵞鳥《がちょう》の声を連続して漏らし、蒼白になった顔面を冷や汗で蛙の肌みたいに濡らしながら、凍える指で駒をつまみ、生きて蠢《うごめ》くと見える駒の群のなかへ放り込む。

後手玉が「磐」の奥へ潜り込んで十数手、敵玉を寄せることは難しくなった。一方の先手玉はどうかといえば、後手が受けに手駒を使ったために、すぐに寄せられる危険はない。とはいえ、九×九の盤に玉がいたままでは寄せ切られるのは時間の問題だろう。ここはいったん受けに回るべきだ。後手は地下にある第二の盤に棲む異形の駒を操ってこちらへ迫ろうとしていた。夏尾は「磐」をどかして通路の開いた「５一」の近くへ駒を集め、第一の盤に躍り込ませようと画策している。第二の盤の駒数は無数、対する九×九の盤はあまりにも狭い。広い空間へ脱出しなければ勝負にならない。

玉の早逃げ八手の得というが、この場合、無辺の盤へ逃れるのだから得は八手どころではない。私は「５九」直下の「磐」を横へずらして通路を確保し、「７九」にいた玉を「５九」まで動かした。続く後手の手番、「嫦娥《じょうが》」と彫られた見知らぬ駒が、「５一」の枡ににゅるりと出現したとき、私の玉は「5九」の「下」へ潜り込み、第二の盤へと逃れ出た。未知の駒は動かせぬが、夏尾の指し手を見て動きを察すれば指せなくはない。これではもちろん不利だ。不利だが、しかし諦めることはできない。私は「死」からあくまで逃れなければならないのだから。

　気づいてみると、私と夏尾が対峙する畳部屋は中空に浮かび上がって、涯なく広がる将棋盤を見下ろしているのだった。自分がどこに、どんなふうにして在るのか、畳に座っていることはたしかなのだが、空間の位置関係がまるで掴めない。将棋盤を前にして駒を動かしていると自覚はしていても、その将棋盤がどこにあって、どんなふうにして自分が駒を動かしているのか、それさえもうわからない。駒を動かせば立像が動く。立像は駒なのだからそれは当然だ。と思えば、あたかも自分が立像をじかに動かしているかのような感覚が生じた。私が盤に手を伸ばす。すると見えない巨大な手が中空からにゅうと伸び出て立像を動かす具合なのだ。

　私と夏尾の対峙する畳はくるくるとゆるやかに回転し、それにつれて将棋盤は高高度の航空機から眺める地表のように傾く。と見るや、私は眼下に広がると見えていた将棋盤のただなかに、それに周囲から押包まれるようにして自分があることに気がついた。将棋盤は平面から離れ、いつのまにか立体になっているのだった。二次元ではなく、三次元の、宇宙空間に星のごとく広がり浮かぶ盤と駒。そのただなかに私と夏尾は二つの天体となって浮遊する。

　そのとき夏尾が赤い唇の端を歪め笑った。笑った気がした。私が心臓を槌《つち》で一撃されたのは、それが勝利の凱歌を口ずさむ表情と思えたからだ。いよいよ寄せの筋を発見したのか？　私の恐怖に凍えた視線のなかで、不気味な笑いを浮かべたままの夏尾は、盤に落ちついて手を伸ばし、ひとつの駒を私の玉の隣へ引き寄せた。ただ捨ての手筋。もはや逃れようのない詰みの道筋に入ってしまったのか。絶望しながら、しかしやむをえず、「同玉」ととろうとしたとき、その駒がとれないことに私は気がついた。

「死神」――。駒は「死神」だ。盤上を自在に動けるが、敵の駒をとることはできない駒。梁田九段の言葉が甦った。逆にそれをとった瞬間に負けになる駒。

「死神」は玉のすぐ横に貼り付くようにしてある。気分は悪いが、それで玉をとられる心配だけはない。ならば無視してよい。それにしても自分の玉ならともかく、敵玉の傍にそれを置いていったいどんな効果があるのだろうか？　訝しく思ったとき、ずうんと重い音をたててひとつの立像が動き出し、真っすぐこちらへ向かってくるのを私は見た。瀝青《れきせい》みたいに真黒なマントを羽織り、頭から被った頭巾で貌《かお》の見えぬ像は、棘状に列鋲《れつびょう》の打たれた長靴《ちょうか》を履いた足で畳へあがってくる。材質は鉱物なのか、像には重量があって、踏み込んだ畳が凹んできしりをあげる。

「死神」だ――と即座に理解が生まれたのは、それが長柄に三日月形の刃のついた首切り鎌を手にしているからだ。畳を進んだ「死神」が背後に立った。見上げた一瞬仄見えた頭巾の陰には、深い穴のような双つの眼窩を持つ、骸骨とも牛とも蛇ともつかぬ貌がある。「死神」の姿はひどく陳腐だった。暗い貌もマントも大きな鎌も、嘲笑したくなるくらい凡俗きわまりなかった。だが、陳腐であるがゆえに恐ろしかった。恐怖に凍えた頭蓋のなかで、誰かがげらげら狂笑するのを聞いた私は、それが背後に立った意味をすでに理解していた。敗者に文字通りの死を与えるために、獄吏の役を果たすべく、それはここにいるのだ！

　見ると、夏尾はもう笑っておらず、むしろ彼こそが「死神」に深く恐怖する者のように、汗に濡れつくした顔を強張らせ、暗灰色の眼球の中央にある瞳孔を針の穴みたいに縮めている。五七秒、五八、五九――。有効手がみつからぬ私は、時間にせかされるまま、とっさに自分の「死神」に手を伸ばし、敵玉の横に据えた。相手の嫌がることをやるのが将棋の鉄則。夏尾が「死神」を怖れるなら、なおいっそうの恐怖の淵に彼を追いやらねばならない。臓腑《ぞうふ》を抉《えぐ》る重い音響とともに、もう一体の「死神」が畳にあがって夏尾の背後に立ち、いつでも振り下ろせる格好で鎌を持ち上げ静止する。もちろん私の背後の「死神」も同じ姿勢だ。

　負けたとたん、ひりひりと刃の光る鉛色の鎌は、直下の首に向かって振り落とされるのだろう。刃は鋭利で、かつ鎌には重量があるから、振る腕に力をこめずとも、首は果実を断ち切るようにするり胴から切り離されることだろう。ひやり首の肉に滑り込む、架空の刃の感触が皮膚に生じれば、凍えた首筋が逆に燃えるように熱くなった。私は冷たい汗に濡れた首筋を掌で拭いながら、喉元に突きあげる悲鳴を舌で抑えて盤面に集中する。だから、つまり、負けなければいいのだ！負けなければ、首を斬られることもなく、死からは逃れられるのだ。

　死の刃の下で対局は進む。が、龍神棋を知らぬ私の不利は否めない。私の玉は次第に追いつめられて——いるかどうか、それすらよくわからぬが、しかし劣勢は疑えない。かといって夏尾が余裕綽々《しゃくしゃく》というわけではない。彼も顔面を恐怖に歪め、うぐうぐと嗚咽《おえつ》のごとき声を手で塞いだ口から漏らしながら、ぎこちない手つきで駒を動かす。夏尾は玉から遠く離れたところの駒をしきりに操った。なんでそんな外れた場所をと、はじめは意味がわからなかったが、盤に縁がない龍神棋では、逃げ道を封鎖すべく、玉を四方八方から遠巻きにして、じりじり迫るのが手筋らしいと理解した私は、逆に敵の包囲網を食い破ることに腐心する。戦いは玉から遠い辺境でねじりあいが続いて、しかし私は次第に追いつめられていく。右手からふいに全身に蔓草を巻きつかせた「夜叉」が襲いかかってき、これをかろうじてかわせば、今度は背後から火炎のとぐろを巻く「炎蛇」が飛来して、私は棘のある鞭と鍵束を手にした「獄吏」の陰に隠れて焼かれることを避ける。すると次に燃える鬣《たてがみ》の「獅子」と髑髏《どくろ》文様の羽根を持つ「美蛾」の挟撃《きょうげき》を逃れて——と、私はいつのまにか自分自身が駒のひとつになって、盤上を逃げ回っているのだった。私は将棋を指しながら、同時に指されていた。将棋に指される。言葉はまるで意味を成さぬが、目下の状況を正しくいい当てていると思えるのが不思議だ。

　夏尾は私に迫る包囲網の外の、銀河のはるか彼方にあって、もはや姿が見えない。一方の私はじりじりと追いつめられていく。何手指したか、何百手か、何千手か、いや、何億手か、もはや時間は消えてなくなり、将棋の宇宙に私は放り出されたまま、内燃機関に変じた頭は目まぐるしく回転して火を噴き、やがて私は燃えさかる天体となって、駒たちの放つ重力に押され揉まれ、星々のあいだを飛び行く。

　永遠とも思える時間の果て、しかし、とうとうそのときはきた。確実に狭められた網のなかで私は行き場を失う。「詰み」だ。――負けました。これをいうのは人生で何度目だろう。そう思いながら、言葉を口にしようとしたとき、ふと夢から覚めたような感覚のなか、私は畳の対局場で将棋盤を覗き込んでいる自分に気がついた。

　ここは？――そうだ、千駄ヶ谷の将棋会館の対局室だ。と知ったときには、そうであるがゆえにこその恐怖の毒が神経を焼いた。日頃見慣れた畳部屋のただなかに、あまりにも場違いな、異様なものが出現していたからだ。地下墓の遺跡から発掘された偶像のような姿で、岩窟の「神殿」で見たのと同じ形で、「死神」はそこにあった。床の間の掛け軸や山水の襖を照らすのと同じ、障子窓から射し込む明かりに青黒く光る立像はあった。対局者の背後に立ち、三日月形の鎌を振り上げた地獄の刑吏は、あたりまえの顔をしてそこにあった。突発的なげらげら笑いが湧き上るのを喉元で堰き止め、投了の言葉を吐いた瞬間、鈍く光る鎌は垂直に振り下ろされた。

第三章　謎への旅程

24

私が岩見沢の道央労災病院の寝台《ベッド》で我に返ったのは八月五日の早朝、目覚めて直後は事情がつかめなかったが、病院を囲む樹林で鳴く蟬の声を聞きながら点滴を受けたその日の午後までには、医師の話を聞くなどした結果、私の身にふりかかった出来事が、明瞭な記憶は欠いたままに、とりあえず了解された。

私が倒れていたのは、龍の口を一〇米《メートル》ほど入った地点の、右へ分岐した坑道の凹み、玖村《くむら》麻《ま》里奈《りな》女流二段が発見して救急に連絡をした。深さ五〇センチほどの凹みには高濃度の二酸化炭素が溜まっていた。私の前頭部には瘤があって、転倒した際にできた傷だと推測された。そのあたりの記憶は欠落していたけれど、私が合流してこないのを不審に思った玖村女流二段が発見して、凹みから引きずり出してくれなかったら、そのまま死んでいた可能性があったと教えられてみれば、誰かが手首を摑んで強く引く、ひやりとした掌の感触だけは身体の記憶に残っていた。中毒症状は入院二日目には消えて、六日の午前中、頭部のＣＴ検査を受け、異常はないとなって、翌日には退院した。

どうして私が枝道へ逸れたのか。玖村女流二段は不思議がったが、私にも理由はわからなかった。彼女は坑道を直進して、辻になったところで私を待ちながら、隧道を懐中電灯で照らし調べていたところが、私が来ないので変に思い、戻ってみたら枝道に光が見えて、懐中電灯の横に私が倒れていた。様子を窺うべく屈みこんだ玖村女流二段は、そのとき硫黄の臭いを嗅いだ気がして、硫化水素だと思ったという。大学時代、火山学を学んだ彼女は、窪地に滞留した硫化水素中毒による死亡例が思い出されて、急いで私を凹みから引きずり出した。硫化水素は勘違いだったわけだが、中毒性のあるガスには違いなく、彼女の機敏な対応のお陰で私は助かったわけである。

しかし、どうして私は路を逸れたのか。いくら考えてもわからず、名前を呼ぶ私の声が聞こえなかったかと玖村女流二段に訊くと、たしかに聞こえたが、坑道を調べるのに気をとられて注意しなかった、というか、ほんの近くなのだからすぐに追いついてくるだろうと思って、ふと気がついたら気配が消えていたのだという。「私の見落としでした」と女流棋士は申しわけなさそうにいったが、申しわけないのはこちらの方で、自分の間抜けぶりにはもはや笑うしかなかった。

私の遭難は、姥谷《うばたに》へ急行した救急隊員が現場で応急処置を施したあと、応援を頼んだ付近のダム工事人が担架にくくりつけた私をロープで吊るし下ろすなど、なかなかの騒ぎだったらしく、そのあたり断片の記憶しかない私としては恐縮せざるをえなかったのであるが、龍の口の坑道で起こっていたべつの事件が同時に発覚したおかげで、私の遭難の影が薄くなったのは、幸い、とまでいうのはさすがに憚《はばか》られるが、助かった面はあった。

べつの事件とは何か。というならば、龍の口の坑道で夏尾《なつお》裕樹《ゆうき》の死体が発見されたのである。夏尾の死体は、私が倒れていた凹みをさらに越えて坑道を進んだ奥にある、深さ三米《メートル》の縦坑《たてこう》の底にあった。私の遭難の報を受けて駆けつけた警察官が発見したもので、所持品から身元が明らかになった遺体は病院へ運ばれ、死体検案に付された結果、死因は二酸化炭素中毒による窒息死と判明した。重たい二酸化炭素は下方に滞留する。私の倒れていた凹みよりさらに濃度の高いガスが縦坑の底には充満していた。夏尾は顔に裂傷があり、頭部と腕に打撲痕があったが、これは坑に転落した際の怪我と見られた。二酸化炭素の濃度からして、縦坑に落ちた夏尾は数分で呼吸不全を起こし、まもなく死亡したものと考えられた。

死体は死後二ヶ月あまりが経過して、夏尾が失踪した五月からほどない時期に死亡したと推定された。夏尾が徒歩で姥谷まできたとは考えにくく、しかしレンタカー等の自動車は付近に残っていなかった。とすれば誰かが夏尾を車に乗せてきたと思われ、その誰かが事情を知っている可能性が高い。現場に事件性は薄いと判断されたものの、地元警察は型通りの捜査をはじめた様子だった。

私も聴取を受けた。五日の午前中、病院を訪れてきた刑事と面会した私は、失踪した夏尾裕樹が、かつて姥谷にあったという棋道会なる将棋団体について興味を持ち、行きつけの居酒屋で北海道へ行くと話していたことから、姥谷を訪れたのではないかと考え、仕事でこちらへ来るついでがあったので足を延ばしてみたと話した。龍の口の坑道へ入ったのはなぜかの質問には、そこに「神殿」があったとの話を聞いたからだと答え、「神殿」とは何かと重ねて問われたのには、棋道会を後援した磐城澄人なる人がはじめた宗教——将棋教と異名をとる宗教団体の施設が龍の口にあったらしい云々と、知る事柄を隠さず話した。二人組刑事の、初老の方が地元出身らしく、そういえばそんな話を聞いたことがあるなと反応があったので、不審の目からは逃れ得たものの、あらためて口にしてみると、荒唐無稽の感は否めなかった。

しかし荒唐無稽というならば、龍の口で見た「神殿」は、あれほど荒唐無稽な代物はないにもかかわらず、記憶に生々しく刻まれていた。もちろん私は病院の寝台《ベッド》で目を覚まして数時間のうちに、あれらが二酸化炭素中毒で昏倒した私が見た幻影——夢であると了解していた。ことに玖村女流二段が手首を摑んで凹みから引きずり出してくれたと知ったときには、路を塞ぐ「磐《いわ》」の前で手首を摑んできた冷たい掌は、玖村女流二段のそれに違いないと思われて、身体に生じた感覚をきっかけに夢が展開をみせたのだろうと、冷静に考えることもできた。

岩室に設《しつら》えられた果てのない将棋盤と畳敷きの対局室——。考えるまでもなく、夢に決まっていた。夢以外ではありえなかった。にもかかわらず、夏尾は亡くなって数ヶ月が経過していたのだから、私と対局ができたはずはないと、わざわざ考えて否定しなければならないほど、出来事の現実感は強烈だった。少なくとも私は、夢に夏尾が現れるまでの「神殿」の有様は、あれは実際に存在したのだとの否定しがたい感触を抱いていた。私は金剛龍神教の「神殿」なるものを、話に聞いただけで、写真であれなんであれ見たことがない。しかもすでに「神殿」は存在しない。である以上、あれが現実であったことは論理的にありえない。だが論理を超えたところで、たしかにあれはあのようであったのだとの感覚が消しがたかった。異形の駒の立像が立ち並ぶ、金銀が象嵌《ぞうがん》された無辺《むへん》のパノラマ将棋盤。その像が驚くほど鮮やかに脳裏に刻まれていた。

続く夏尾との対局の場面、ゼリー状になった将棋盤の奥へ駒が潜り込んだり、指し手とともに立像が動いたり、対局場が宙空へ浮かんだり、いつのまにか自分自身が駒になっていたりする展開は、いかにも夢らしく、現実ではありえないと、わざわざ確認するまでもないはずなのに、あれは夢だ、あれは夢だったのだと、繰り返し考えざるをえなかったのは、やはり出来事の感触が身体から離れないせいであった。夢のなかで私は駒になっていた。「死神」に纏《まと》いつかれた私は「玉」であった。「玉」は強力な駒だ。ところが異形の駒どもに追い回される私には、「玉」にふさわしい力も、威厳もなく、逃げ惑ったあげく罠に嵌《はま》る惨めな鼠みたいだった。それを想うと可笑しく、しかし笑いにはならぬまま顔はむしろ強張った。

体調の悪いおりなど、私は悪夢をよく見る。しかし目覚めてしまえば、ああ、夢でよかったと、思わず呟く安堵感のなかに溶け消えていくのが常であるのに、「神殿」での対局の体験ばかりは頑固に消えぬまま私を脅かした。比喩でなく命が削られる感覚があそこにはあった。二度とあいう対局はしたくないとの思いは、夢の話だからと繰り返して念じてなお、軀《からだ》の芯を凍えさせるほどに強烈だった。

「死神」に首を斬られる。私が断ち切られる。それは命が削られるどころの話ではない、端的な死だ。もっとも首が斬られる直前に意識は暗幕に閉ざされて、だから死そのものはなお手の届かぬところにあるのだけれど、負けを悟って足掻きに足掻いたあげく、逃げ場なく追いつめられ、ついに首切り鎌が振り下ろされる瞬間の、死の到来を待つその時間は、死それ自体——がどんなものであるかわからぬが——よりも恐ろしかった。

退院した日に私は岩見沢警察署に赴き、あらためて調書をとられたうえで、新千歳空港から午後の便で東京へ戻った。仕事のある玖村女流二段は前日すでに東京へ戻っていた。私もそこからは用事がたてこんで忙しく、玖村女流二段とは入院の翌日に岩見沢の病院で短い時間話して以来、会う機会はなかった。夏の猛暑のせいもあって、仕事をこなすのに精一杯、夜、飲みに出る元気もないほど、私の体調は最悪だった。

夏尾裕樹の死については、棋道会に関心を抱いた夏尾が龍の口に興味本位で入り込み、過《あやま》って縦坑に転落した、との物語に沿って私は尋問の刑事に話をした。逆に刑事から聞いたところでは、夏尾は懐中電灯を持っていなかったという。明かりなしに坑道を進むのは無謀だが、スマートフォンについた照明機能でなんとかなる。スマートフォンは死体の傍らにあった。もちろん坑道内の電波は「圏外」である。携帯電話の不十分な光が夏尾に縦坑の存在を気づかせなかったというのは、事故の説明としては筋が通ってもいた。

しかし、じつのところ、私は事故だとは思えなかった。というより、そもそも夏尾の死が信じられなかった。いや、死体が見つかった以上、それを否定することは無意味なのであるが、そうした常識を超えたところで、私は夏尾が生きてあるとの感覚を保持し続けていた。それほどまでに「神殿」で夏尾と向かいあい、互いに「死神」に寄り添われながら対局したあの出来事の記憶は強烈だった。あのときの夏尾の表情、服装、息遣い、仕草、そのどれもが生々しく、皮膚を這い回る蛭《ひる》のように、私に貼り付いて離れなかったのである。

25

私が玖村麻里奈女流二段と話ができたのは、八月も盆を過ぎた週日だった。王位戦第五局が徳島で行われたその日、玖村女流二段から連絡を貰い、午後に新宿の喫茶店で会った。

私の遭難と夏尾の遺体発見のニュースはもちろん業界の話題となり、私と玖村女流二段が「二人で」現場へ行ったことについても、憶測を呼ぶかと思われたが、同門であり同郷でもある夏尾を心配して行方を追っていた玖村女流二段が、たまたま手近にあった「駒」を使った、というふうに解された模様で、「美人棋士」と付き合うには力不足と私が見られていた事実が確認される結果となった。

「大変だったみたいだね」「死にかけたっていうじゃない」親しい人たちは声をかけてきたが、ええと短く笑って答えるのが精一杯だったのは、やはり体調がよくないせいで、玖村女流二段にこちらから連絡しなかったのも同じ理由からだった。私は全般に活動力を失い、その点を人から指摘を受けたときには、どうも夏バテでね、と気弱に笑ってみせた。

新宿ルミネの喫茶店で会った玖村麻里奈女流二段も、卓の向かいに座るなり、北沢さん、顔色悪くないですか？　といきなりいってきた。あれ以来調子がよくなくてね、夏バテもあるのかなと答えると、私の顔を覗き込んだ女流棋士が、病院で診てもらったほうがいいんじゃないですかと、真顔で心配してきたのは苦笑で受け止めたが、運ばれたアイスコーヒーが泥水のような味しかせず、吐き気を覚えたときには、たしかにそうすべきかもしれぬと、私ははじめて真剣に考えた。

玖村女流二段は命の恩人である。聞いたところでは、彼女の実家は、幼稚園と保育園を経営する傍ら、障碍者や老人の福祉施設を運営しているとのことで、とっさの救護には知識があるらしかった。あそこにいたのが玖村女流二段でなかったら私は死んでいたかもしれない。そう思えば、感謝しても感謝しきれず、私があらためて謝辞を口にすると、こちらがちょっと無理攻めだったんですと、逆に恐縮してみせてから、

「きっと夏尾さんが北沢さんを呼んだんだと思います」といった玖村女流二段は、私が理由なく枝道へ入り込んだのは、死者が呼んだ以外に考えられないと加え、

「北沢さんが事故にあったおかげで、夏尾さんが見つかったわけですからね」と瞑目《めいもく》するように俯《うつむ》いた。

そうかもしれないねと頷きながら、「夏尾が呼んだ」の言葉に私は女流棋士が含意《がんい》させたのとは別種の響きを聴きとっていた。死者が己の在処《ありか》を報せるべく呼んだ、というのが彼女の意図だろうが、将棋を指すべく夏尾に呼ばれたのだ、と私には思えてならず、水戻しされた海藻が嵩《かさ》を増したちまち生色を帯びるように、「神殿」での対局がリアルな体感とともに甦ってくるのに戦慄を覚えていると、それで夏尾さんの事件のことなんですけれどと、女流二段は調子を変えて話し出した。

「事故と事件の両面から警察は捜査しているみたいなんですが、どうも事故っていうことになりそうです」

そういった玖村麻里奈は、北海新聞の高田《たかだ》氏から情報を得たのだと明かした。高田聡《さとし》氏は北海新聞で囲碁将棋欄を担当するベテラン記者で、棋界ではよく知られ、私も顔見知りである。玖村麻里奈はさらに、夏尾が死んだ日付が五日二一日で確定されたらしいと報告した。夏尾のスマートフォンを調べたところ、使用アプリケーションの記録から、充電が切れたのがその日付であると判明し、さらに五月一九日のフェリーボートの乗船名簿と、岩見沢のビジネスホテルの、二〇日の宿泊者名簿に夏尾裕樹の名前があったのだと教えた。

「警察はスマホの通話記録とか、当然調べたわけだよね？」と私は思いついていった。

「もちろん調べたと思います。でも、四月くらいから、夏尾さんのスマホは切れてたみたいなんです」

「切れてたって、回線が？」

「ですね。料金未納で。ときどきなってたみたいですから」

「そんなに困ってたのかな？」

「困ってたというより、ズボラっていうか、滞納してもほっとくからじゃないですか。ガスなんかもよくとめられてたみたいだし」といわれると私にも覚えはあって苦笑せざるをえない。回線が止められていたのなら、五月一七日の名人戦の夜、天谷《あまや》氏が夏尾と電話を繋《つな》ごうとして繋がらなかったのは当然である。

「それに」と玖村女流二段が続けた。「フリーのワイファイ環境があればネットには繋げますから」

「人と連絡はできると」

「ええ。でも、夏尾さんはラインとかツイッターとかはやってなかったから、どうなのかな。とにかく旅行中はスマホを人との通信には一回も使わなかったみたいです。最後にスマホを使ったのは、龍の口でカンテラ代わりに使ったとき」といって哀し気な顔になった玖村麻里奈は、ちょっとまとめますねと、気を取り直すようにして続けた。

「夏尾さんが棋道会の弓矢を見つけたのが五月一七日。高田馬場の居酒屋でおばさんと北海道の話をしたのが一八日。翌日の午後一時発のフェリーに乗って、五月二〇日の午後四時四五分に苫《とま》小牧《こまい》に着いた。そこからの足取りはわからないんですが」

チェック柄のトートバッグから手帳を出し、目を落としつつ解説する相手の言葉遣いが探偵ふうなのを可笑しく思っていると、おそらく夏尾は鉄道で岩見沢まで行き、バスを使って現場に一番近い停留所で降り、そこからは歩いたと推測されると玖村女流二段はさらに述べて、ちょうど運ばれてきたコーヒーフロートのクリームを嬉しそうに匙で掬《すく》って口へ運ぶ様子は、しかし全然探偵らしくない。

「しかし、あそこは歩くと何時間もかかるよね？」

私が疑念を表明すると、それはそうなんですけどと、女流棋士は口についたクリームを紙ナプキンで拭って応じた。

「五月二一日の午前中に、バス停の近くで、姥谷の方へ歩いている男性を見たっていう証言があったみたいです」

「ちょっと待ってくれる」と私はまた口を挟んだ。「もう一回確認するんだけど、夏尾は五月二〇日に苫小牧に着いて、岩見沢に一泊した」

頷いた女流棋士は手帳に目を落として、

「夏尾さんは駅近のビジネスホテルに泊まっています。宿泊者名簿からそれは間違いない。姥谷方向へ行くバスは午後の二時台で終わりだから」といい、一泊して翌日の朝のバスに乗ったのだと整理した。

「なるほど。でも、あそこのバス停から歩くのは大変だよね」と私が繰り返すと、しかし目撃証言がありますからと、女流棋士は疑念をあっさり切って捨てた。

「あの辺は歩く人はあまりいないから、目立ったんじゃないかな」

「しかしそれだったら、バスの運転手が覚えてるんじゃない？　降りる人はあまりいないし、地元の人間ならみんな顔見知りだろうし」

頷いた女流棋士は、だから警察はいま運転手を捜している、というのは運転手が七月にバス会社を辞めてしまい、現在は行方がわからないからだと解説した。

「警察もバスの運転手の証言を得るのに力を注いでいるみたいです。とにかく、歩いていたっていう目撃証言があったんで、事故の線が決定的になったんでしょうね。そもそも現場に事件性は薄いみたいだし」

夏尾の死因は呼吸不全。身体の傷は致命傷ではなかった。とはつまり、かりにもしこれが殺人だとすれば、犯人は被害者を縦坑に突き落として殺害したことになるが、坑の深さからして、よほど打ちどころが悪くない限り怪我ですむ。今回はたまたま二酸化炭素が溜まっていたので被害者は死んだけれど、殺人としてはたしかに半端なものがある。夏尾がうっかり坑に落ちたと見る警察の見解がまずは理に適うだろう。ちなみに駐車場のタイヤ痕は、七月に管理者が砂利を入れたために、かりに残っていたとしても死体発見時には消えていた。

玖村女流二段が整理するのを聞いた私は、龍の口で目の前の女性が木板を錆びた針金ごとばりばりと剝がした場面を想起した。

「あのとき、入口は板で閉じてあったよね。もし夏尾が一人で入ったのなら、開いたままになるんじゃないかな」

「それなんですけど、あそこを管理していた会社の人が塞いだみたいなんです」

「あとから？」

「ええ。私たちが入ったとき、ちょっと応急処置ふうになっていたでしょう？　あそこの蓋は前々から腐食して、隙間があるのはわかってたみたいなんですね」

「隙間があるのを放置していたんだ」

「みたいですね」

「だいぶ杜撰《ずさん》だな」

「そうなんですよ。夏尾さんのお父さんなんか、管理会社を訴えるっていっていて。なんでもかんでも訴えるっていうのはどうかと思いますけどね」

コーヒーをストローで啜《すす》る女流棋士につられて、全然飲みたくないアイスコーヒーに形だけ口をつけた私は、姥谷の口、樹林に拓かれた平地に建つプレハブの建物と会社名を記した看板を思った。あれはなんという社名だったか？　記憶を巡らせたとき、管理会社は桐原土木興業という名前で、岩見沢に本社がある会社ですと、手帳を覗いてタイミングよく教えた玖村女流二段は、これも北海新聞の高田さんに調べてもらったんですけどといって、脇に置いたトートバッグをまた探り出した。

どうやら玖村麻里奈は、私が「夏バテ」で青息吐息となっているあいだにも事件を追って精力的に活動していたらしい。少なくとも夏バテには縁がなさそうで、いつもの白いシャツから伸びた腕が陽焼けして、前よりかえって元気に見えるからえらいものだ。ただし将棋の方はいぜん調子があがらないようで、負けが込んでいるが、不調が顔にでないところは頼もしい。これ見て下さいと、玖村女流二段がバッグから出してきたのは新聞記事のコピーである。

「今度のことと関係があるかどうかはわからないんですけど、記事を高田さんが送ってくれたんです」とコピーに目を通す私に向かって女流棋士は解説した。

「姥谷で管理会社の社員が逮捕されたことがむかしあったっていうんですよ」女流棋士は続けた。「あそこに古い建物があったでしょう、プレハブの？　たぶんあそこなんじゃないかと思うんですけど、あそこに大麻を集めて大麻樹脂とかを作っていたっていうんですね。北海道には大麻が自生してるって話は聞いたことがあるけど、ほかにケシなんかも集めて、アヘンですか？　そんなのの精製もやって、暴力団に流していたっていう話で。アヘンはたしかヘロインとかの原料ですよね」

北海新聞の記事の見出しは「鉱山会社の社員ら麻薬製造で逮捕」。日付は欄外にあって、1991年（平成三年）5月9日（木）。大きくない記事は、玖村麻里奈女流二段が口にした内容、すなわち姥谷の鉱山管理事務所の建物内で麻薬の製造が行われていたと報じ、あへん法および大麻取締法違反容疑で三人が逮捕されたと書かれている。逮捕者のうち二人は姥谷の廃鉱を管理する桐原土木興業の社員、うち一人は未成年で、だから名前はなく、残り二人は実名が出ている。

「姥谷って、わたしたちが行ったところですよね」と玖村麻里奈がまた話し出した。「二十年も前の話だから、あまり関係ないかもしれないんですけど、管理会社は変わってないみたいだから、いい加減なのは会社の体質なのかもしれないな」

しかし私は向かいに座る女流棋士の言葉をもう聞いていなかった。記事に書かれた人物の名前に覚えがあったからだ。

蜂須賀康二《はちすかこうじ》（29歳）。

戦国武将の蜂須賀小六と同じ――。天谷氏が口にした言葉がふいに思い出された。姥谷で遭難しかかった天谷氏を助けて実家の農園に泊めた将棋好きの男。彼の苗字がたしか「蜂須賀」ではなかったか。

私はコピーのいくぶんかすれた文字を見つめた。

26

私が再び北海道へ向かったのは、九月半ば、第七局までもつれこんだ王位戦が、羽生善治二冠の王位奪取に終わった直後の水曜日だった。

王位戦第七局は、囲碁将棋の数々の名勝負が繰り広げられてきた、神奈川県は鶴巻温泉の旅館「陣屋」で行われ、私は観戦記者として対局を取材した翌日、東京港の有明埠頭から苫小牧行きのフェリーボートに乗船した。

私が仕事をしたのはしばらくぶりで、というのも、新宿の喫茶店で玖村女流二段と会った翌日から三日間、私は胃腸炎で入院し、そのあともしばらく川越の実家で療養していたからである。

あの日、幡ヶ谷《はたや》のアパートに帰った頃から、熱が出て、吐き気と下痢がとまらなくなった。病院に行った方がいいもなにも、苦しくてならず、タクシーを呼んで救急病院へ行ったら、ウイルス性の胃腸炎と診断されて、入院の寝台《ベッド》で点滴を受けた。胃腸炎はまもなく恢復したが、体調の悪さはその後も続いて、行けといわれた心療内科へ行ったら、軽い鬱だろうと診断されて薬を貰い、しばらくは仕事を休んで、というか業務がきつい編集プロダクションはやめて、実家で療養していたのである。

それでも将棋ライターの仕事だけは継続すべく、「陣屋」の仕事は引き受けた。体調は十分ではなかったけれど、顔をつないでおく必要があるからで、このあたりフリーランサーの辛いところだが、久しぶりに観戦取材をしてみれば、案外と心身は軽快で、凜とした和服姿の棋士らが対峙する対局場の潔い緊張感に、こちらの身もがぜん引き締まる感じがあって、勢いをかって北海道行きを決めた。フェリーにしたのは、夏尾と同じ道筋を辿ってみようと考えたからである。編集プロダクションをやめたおかげで時間はあった。観戦記の原稿はフェリーの船中で書くことができるとも算段した。

夏尾の事件は事故で決着していた。決め手になったのは、姥谷に一番近いバス停まで夏尾と思しき男を運んだバス運転手の証言が得られたことである。登山を趣味にする運転手は七月に退職して、しばらくヒマラヤ方面を放浪していたが、八月半ばに日本へ戻ったところで聴取を受け供述を行った。夏尾の顔写真を見せられた運転手は、たしかにこの人だったと証言した。五月二一日、夏尾裕樹は岩見沢駅前からバスに乗り、姥谷に最も近いバス停で降りた。近いといっても、そこから姥谷までは徒歩で五時間はかかるが、決して歩けぬ距離ではない。実際、バスを降りた夏尾が姥谷方向へ歩き出すのを運転手は見てもいた。

歩いた場合、その日のうちに往復して町まで戻ることはまず不可能である。五月半ばすぎ、北海道の夜は冷える。夏尾の服装は防寒に十分ではなく、所持品のリュックサックにも野宿やキャンプの準備はなかった。これらの点からして、警察は自殺の線も考えたらしかったが、遺書がないこともあり、結局のところ、旅行者の無謀な行為が引き起こした事故であるとの解釈に落ち着いた。

将棋業界周辺では、たしかに自殺ではないのだろうが、自殺に近い事故ではないかとの意見が出た。明るく振る舞いながらも、奨励会での挫折が夏尾の魂を蝕《むしば》んでいたのであり、酒毒で肝臓をやられた人がなお酒を断たず暴飲を続けて死ぬ場合と同じではないかというのである。競輪や麻雀等、ギャンブル好きの夏尾がけっこうな額の借金を抱えていたのではないかと観測する者もあって、決して破滅型というのではないけれど、夏尾裕樹には長くは生きられない人の雰囲気があったとの感想に頷く者は多かったのである。

それでもなお私は釈然としないものを感じていた。どこに納得できていないのか、自分でも判然としなかったが、模糊《もこ》とした疑念が頑固な黴《かび》のように心に貼り付き、体調が悪いのはそのせいではないかとも思えて、とことん納得しないことには鬱から脱することはできないような気がした。とにかくもういちど北海道まで行って、得心できるところまで調べてみる必要があると考えたのである。

納得というなら、しかしまずなによりなすべきは、天谷敬太郎《けいたろう》に連絡をとって、あらためて話を聞くことに違いなかった。ところが天谷氏とはいぜん連絡がとれていなかった。もっとも行方知れずというわけではなく、『将棋界』の編集長から聞いた話では、七月半ばに天谷氏から葉書がきて、いまはボリビアにいる、当地で将棋好きの日系人の家に世話になりつつ、南米の日系人社会やギャング組織のことなど、いろいろ調べていると書かれていたというから、まだしばらく日本に戻らないだろうとのことであった。現地にはシンガニという蒸留酒があって、これが安くて旨くて、すっかり気に入ってしまい、毎日のんだくれていると書かれていたと教えた編集長は、「独身フリーランサーは自由でいいよね。こっちなんか鬼嫁の監視下、焼酎を毎晩計量されているからね」と笑った。私は何度か天谷氏の携帯電話の番号を入力してみたが、向うでは使っていないのか、繋がらなかった。

　北海道は秋の観光シーズン、混雑を覚悟していたが、フェリーボートの平土間は空いていて、快適に過ごすことをえた。海はいくぶん時化《しけ》て、ノートパソコンの文字を見つめていると船酔いするのが誤算だったが、原稿の締め切りは切迫していなかったので問題はなかった。

　私は甲板へ出て海を眺めた。散発的に雨粒をふりまく雲が、ぶあつく、暗灰色の海と別なく空を渺茫《びょうぼう》として覆い、白い泡の亀裂を見せる波が、海上一面に不規則な文様を描いた。天気がよければ左舷側に本州が見えるはずだったが、陸地の影はなく、それでも靄《もや》の奥に巨大な何ものかが蠢《うごめ》く気配が絶えずあるように思えた。そういえば、このあたりは三月の地震で津波が押し寄せた海域だったはずだ。私はネットの映像で見た、巨獣の背のごとくに盛り上がる水を想い、しかし甲板から見る海の景色は、朝も午後も夕方も、灰一色に染まるばかりで変化はひとつもなかった。ときおり鷗《かもめ》が風に吹き飛ばされた紙屑のように檣《マスト》の上空を舞った。

　船が苫小牧に着いたのは夕方、桟橋に降り立つと、東北北部に停滞した前線のせいで、曇天を攪拌《かくはん》するように風が吹いて、細かな雨粒が頬にうち当たった。二十余年前に天谷敬太郎が、そしてこの五月に夏尾裕樹がここへ来た。夏尾の旅の道程を私はあらためて想った。

　夏尾は当然、姥谷の所在を事前に調べただろう。スマートフォンをいじりながら、私は夏尾の身になって考えてみる。運転免許を持たない夏尾は鉄道かバスを使うしかない。交通路線のアプリケーションを開いて調べると、鉄道とバスならば、やはり苫小牧から岩見沢までは鉄道を使い、そこからバスに乗るしかない。姥谷方面に向かうバスは岩見沢からしか出ていないからだ。ただし姥谷まで行く便はない。二二年前、天谷氏も途中までしか行けず、そこからは借りた自転車で行ったわけで、過疎化が進んだであろうこの二〇年のあいだに、バス路線が増えたとは考えにくい。しかし夏尾はそんなことは知らないわけで、とりあえずそちら方面へのバスがあるならと、岩見沢へ向かったはずだ。

　私はフェリーターミナルからタクシーに乗り、苫小牧駅へ向かった。そこから岩見沢へは室蘭本線なら乗り換えなしで行ける。ほかに千歳線を白石《しろいし》で乗り換え函館本線で行く方法もあるが、室蘭本線の岩見沢行が先にあったのでこれに乗った。

　車窓から見る景色は、樹林も畑地も野原も家々も小雨に煙り、初秋とは思えぬ寒々しさである。疎《まば》らな乗客も、肩をすくめるようにして、うつむき加減でそれぞれの席についている。窓硝子に水滴が筋を曳き、変化の少ない風景を歪めた。

　岩見沢についたのは午後の六時四五分。改札を出て、さて、どうするかな、と呟いたとき、自分はなんのためにこんなところまで来たんだろうかと、疑問がぽかり浮かんで出た。なぜ自分は夏尾の足跡を辿ったのか？　というならば、つまり、夏尾の死の真相を探るためで、事故なら事故だと納得したいと考えたのだ、と思ってみて、しかし自分が納得したいのはそれではない気がした。では、いったい何に納得したいのかと考えたとき、知らぬまに自分はあの場所に引き寄せられているのではないかと、疑念が涌いて出た。

　夢幻のうちに見たあの場所。暑熱に喘《あえ》いだ盛夏の時期、体調が最悪だった入院前後の頃も、あの場所の夢――最上級の悪夢であり、二度と見たくないと願った夢を、幸いにも夜に見ることはなかった。だが、朝、不十分な眠りから覚めたとき、烈しい消耗感が残っていて、ひょっとして夢は見たのに忘れただけなのかもしれないと思えて、というより、いまなお自分が、たとえば自分の分身が、あの岩室の奥の場所で対局を続けている感覚があることを私は認めた。異形の駒の並ぶ無辺のパノラマ将棋盤。岩塊の「祭壇」のある地下の空間。あの場所には二度と近づきたくない。少し思うだけで肝を凍えさせるような恐怖感があった。だが、であればこそ、自分はあそこに惹き寄せられているのではあるまいか？

いますぐ引き返すべきだ。耳の奥で囁く声を私は聞いた。時刻表を見ると、五分後に新千歳空港へ向かう列車がある。それに乗れば、今日のうちに東京へ戻れるだろう。そうだ、いますぐ帰ろう。

私は直ちに切符の自販機に向かった。財布から出した千円札を機械に差し込もうとしたそのとき、なにかの合図であるかのように、胸ポケットのスマートフォンがぶるるると震えた。出して見ると、メールの着信だ。差出人は「玖村麻里奈」。

《北沢さん、いまどこですか？　北海道で捜査ですよね。北海道にはどれくらいいらっしゃいます？　わたしは明日は対局ですが、夜の最終便なら新千歳空港に着けます。どこかで会うことはできますか？》

27

恋の力は偉大だとは、ときに耳にする文句であるが、これはまったくの真理であると、私が苦笑のうちに再確認したのは、玖村麻里奈女流二段からメールをもらったとたん、失いかけていた活動力がたちまち取り戻されたからである。つい先刻まで、長時間のうら寂しい船旅のせいか、脱力してしまっていたのだが、文面を見たとたん、たちまちシャキッと気が引き締まったあたり、我ながら単純といえば単純である。

明日の夜、玖村麻里奈に会える。それも二人で。と、そう思っただけで心が空気を入れたばかりのゴムボールみたいに弾んできたのだから、いい歳をして純情すぎるだろう、男子中学生でもあるまいしと、嗤《わら》われても仕方がない。所詮は高嶺の花、会ってどうなるわけでもない、と思いながらも、万に一つの「可能性」に期待してしまうのもまた仕方がないだろう。「歩」が「金」に成り、「玉」を寄せる決め手になることだってないわけではないのだ。

私は宿を決めていなかったが、すぐに返信をして、いまは岩見沢にいるが、自分も明日の夜は新千歳空港の近くに宿を取る予定なので、空港に迎えに行くと伝えた。《了解しました。二二時三五分の最終便で着きます》と棋風どおり間髪を入れぬ返信があった。

私は岩見沢駅近くのビジネスホテルに宿をとった。それから部屋でノートパソコンを開き、船中でやるはずだった観戦記を書いた。広瀬王位得意の振り飛車穴熊に対して、羽生二冠が居飛車穴熊で対抗する力の籠った将棋を、棋譜やメモを参照しながら、二人の棋士の佇《たたず》まいや気配とともに思い起こし、字数制限の拘束に抗い言葉にしていく作業に没頭して、いちおう書き終えたのは夜の九時、久しぶりに充実の仕事をした満足があって嬉しく、軽く食事に出たつもりがつい呑んでしまい、それでもあまり遅くならずにホテルへ戻って寝た。

そして翌朝、駅近くのレンタカー店で車を借りた。そうなのだ！　私は突然思い出したかのように考えた。そもそも私がここまで来たのは、玖村女流二段が見せてくれた新聞記事の「蜂須賀」に覚えがあったからなのだ。もちろん天谷氏が語った「蜂須賀」と、麻薬製造で捕まったという「蜂須賀」が同一人物とは限らない。しかし麻薬製造の行われた場所が姥谷であり、同じ場所で遭難しかかった天谷氏を「蜂須賀」が助けたのである以上、まったく無縁とも考えにくかった。何かある。将棋がある局面を迎えて、はっきりと読めてはいないものの、棋勢を引き寄せる決め手や勝ち筋があると直感するとき棋士はよくこの言葉を使う。何かある――。「蜂須賀」の新聞記事を見て以来、私は夏尾の事件に絡んでそう心で呟き続けていたのだった。

玖村麻里奈には北海道へ行くと連絡をしていなかった。しかし仕事の都合から『将棋界』編集長には伝えてあったから、彼から聞いたんだろう。盆すぎに新宿で会って以来、私が病気になったせいもあり、メールを含め玖村女流二段と話をする機会はなかったが、事故でいちおうの決着をみた夏尾の死につき、彼女も私同様疑念を抱いていると想像された。

そう考えると、新聞記事を見せられたとき、「蜂須賀」の件をいわなかったことに気が咎めた。とはいえ「蜂須賀」について話すならば、天谷氏から聞いた話をそもそもから伝えねばならず、それはしにくいと、あのときは思ったのだけれど、わざわざ北海道まで、それもいまになって足を延ばし、「捜査」をしようとの意欲を見せられては、もはや黙っているわけにはいかない、今夜会って知るすべてを話そうと私は考えた。

私は車を雉別町《きじべつちょう》へ向かって走らせた。玖村麻里奈と会うまでになにかしらの成果をあげておきたい。そう考えたのは、いい歳した大人が三日も四日もかけて「捜査」にきておきながら、なにひとつ進展がないでは格好がつかないと思ったからである。「蜂須賀」の農園の所在はわからぬが、雉別町方面の、姥谷に一番近いバス停のあたりなのは、天谷氏の話からして間違いなかった。岩見沢のバス案内所で訊ねれば、それは「萱野《かやの》」だという。いわれれば、そんな地名を天谷氏が口にしていたような気がした。

カーナビにしたがって「萱野」へ向かう道路は、八月に玖村麻里奈ときたときと同じ道道《どうどう》だった。幅広の舗装道路を車は滞りなく進み、バス停も簡単に見つかった。小舎も椅子もないバス停は、ただ「萱野」と書かれた古びた金属板が雨ざらしになるだけである。二二年前に天谷が降り、この五月には夏尾が降りて、前者はここから姥谷まで自転車を漕ぎ、後者は歩いたわけである。

近くの空地に車をとめて、濡れた草を踏んだときには、雨はあがっていた。雲が割れて、蒼い山並みを望む、畑と林の入り交じる広野に射す陽が光の筋をなすなか、人家を探して歩けば、早くも紅葉しはじめた樹林の奥にスレート屋根が見えたので、そちらへ向かえば、北海道でよく見かける、垣根も塀もない敷地に建つ家で、玄関の表札はしかし「蜂須賀」ではない。様子を窺っていると、裏手から主婦らしい人が現れて、なにか用かと訊くので、蜂須賀さんのお宅を探しているのだというと、どちらの蜂須賀さんかと問う。どうやら蜂須賀の苗字は近所に複数あるらしい。私は困惑した。麻薬製造で捕まった人の出た家ですともいいにくい。そこで農園を手広くやっている家ですというと、それならばと親切に教えてくれた。

目当ての家かどうか、確信はなかったが、教えて貰った家はすぐにわかった。しかしいまから訪れて、何をどう訊ねるべきか、家の人が麻薬製造で捕まったと思うのですが？　と、いきなり問うわけにもいくまい。それも二〇年前の話なのだ。とはいえここまできて引き返すわけにもいかず、樹林の踏み分け路を進んでいくと、赤い屋根の母屋と納屋や車庫のある農家の庭に出て、しかし出払っているのか、人の気配がない。建物はどれもひっそりして、トサカの大きな鶏が地面を突つき歩くばかりである。ごめんくださいと声を張りあげる勇気が出ぬまま、しかし半ばはほっとして、私は車まで戻った。

捜査権を持たぬ素人探偵の限界、といった話がドラマや小説などによく出てくるが、これでは素人探偵どころではない。岩見沢を出たときの勢いはたちまち萎《な》えた。ようするに、二〇年ほど前に姥谷で麻薬製造をして捕まった一味があった、そのなかに天谷氏が世話になった「蜂須賀」という男がいた。それだけの話である。深い意味があると思う方がどうかしている。夢から覚めた人のように私は考えた。

　車のエンジンをかけた私は、せっかくここまできたのだから姥谷まで行ってみようかと、一瞬間考えた。が、行ってどうなるものでもあるまいと、もときた方向へ車を走らせれば、一刻も早く遠ざかりたくて、アクセルを強く踏み込んだ。そのときになって私は、バス停近くで車を降りたときからずっと、蒼い靄《もや》に覆われた東の山並みに自分の意識が引き寄せられていたことを知ったのだった。あの群山の奥、渓流沿いの小径を進んだ滝の脇に口を開いた坑道、その奥にある夢幻の地境、闇の充満する隧道を遮《さえぎ》る「磐」の向うに広がる場所――。

　そもそも自分が「萱野」まで行こうと考えたのは、あの場所の放つ磁力に捉えられていたからではないのか？　そう思うや、顔面が強張り、鼓動が切迫した。悪い汗が腋を濡らした。交通量の少ない道路を私は法定速度を超えて車を走らせ、岩見沢の市街地に入ってほどなく見えたコンビニエンスストアの駐車場に入って、ふううと大きく息を吐いたときには、ハンドルを摑んだ手が白くなっていた。私は缶紅茶を買い、隣接する小公園のパンダの遊具に座って、平野を渡る清涼な風に頰をなぶられるうちに、北海新聞の高田聡氏に連絡をとることを思いついた。

　二〇年前の記事を探してくれた彼ならば、「蜂須賀」について何か知っていることがあるかもしれない。夏尾の事件の捜査についても詳細を教えてもらえるだろう。駄目でもともとと思いながら新聞社に電話をすると、さいわい高田氏は席にいて、手短に用件を伝えた私に、午後六時くらいまでなら社にいるので、来てもらえれば会えると応じてくれた。時間は十分だ。私は札幌へ向かった。

　ハンドルを再び握ったこの時点では、私はたいして期待をしていなかった。夏尾の件は事故で決着しているのだ。とはいえ夜まではだいぶ間があるから、何もしないでいるのは虚しく、素人探偵以下の自分にできる捜査らしいことといえば、高田氏には申し訳ないけれど、それくらいしか思いつかなかっただけの話であった。

ところがである。午後に会った高田氏は、高田氏本人がそれと気づかぬままに、事件の全体像を揺るがすに足る情報を私に与えてくれたのである。

28

北海新聞社屋は札幌大通公園の北側にある。午後の三時少し前、私は自動車を公園近くのコインパーキングに停め、一階の受付で、文化部の高田さんと約束があると呼び出しを求めた。

高田氏とは将棋関連のイベントで顔をあわせたことがあるものの、さほど親しい間柄ではない。人見知りの気味のある私は緊張して待ったが、瘦身をゆらめかせるようにしてロビーへ降りて来た記者は、やあやあ、その後元気だったかい？　と明るく挨拶してきて一遍に距離を消し去ってくれた。人柄がよく、しかも筋金入りの将棋好きである高田氏は、プロ棋士はもちろん、将棋界周辺に棲息する人間には誰彼なく好意を示すのだと、以前に聞いたことがある。

北沢くんも大変だったね、あのときは岩見沢まで見舞に行こうと思ったんだけど、出張でいけなくてねと、労《ねぎら》うふうに喋りながら、高田氏は社屋にある喫茶室に私を誘った。将棋ライターを同業者と思うせいか、高田氏はこちらを後輩扱いしてくるが、その方が私も居心地がよい。入院以来私は煙草を吸っていなかったが、喫煙スペースでいいかと高田氏が訊ねるのへ頷いて席につき、それぞれコーヒーを注文したところで、夏尾三段の件だよねと、初老の記者は切り出した。

「北沢くんは夏尾三段と同期だっけ？　彼はA級間違いなしの才能だと師匠の梁田九段も太鼓判を押していたんだけどね。なかなかあがれなくて、ちょっと遊び過ぎたのかな。惜しい才能だったよね」

早速煙草に火をつけた記者が故人を悼《いた》むふうにいうのへ、夏尾の件は事故ということになったみたいですねと水を向けると、もともと物盗りの犯行の線はなく、バスの運転手の証言が出てきたことで決定的になったと応じた高田氏は、しかし、どうして夏尾くんは姥谷なんかに行ったのかなといい、何もないところなんだけどねと加えるので、棋道会の本部があったからじゃないですかと私がいうと、記者は煙たそうに煙草をふかして応じた。

「まあ、そうなんだけど、いまは何もないからね」

「龍の口の坑道に施設があったんですよね」

「というんだけどね、どうなのかな」とちょうど運ばれたコーヒーにミルクを流し入れながら灰髪の記者は応じ、姥谷がかつて将棋谷と呼ばれるほど将棋が盛んだったのはたしかで、棋道会なる団体があって実業家の磐城澄人がこれを後援したのも事実だが、将棋教とも呼ばれた金剛龍神教の神殿が坑道の奥にあったというのは、伝説の域を出るものではなく、噂ばかりが尾ひれをつけて膨らんだ面があるのだと解説した。

「金銀をふんだんに使った豪華な神殿だったっていうんだけど、実際はどうかな。新宗教が豪華な施設を建てるのは、信者を圧倒するというか、ありがたがらせるためだよね。せっかく造っても、人に見せないんじゃ意味がないからね。何かはあったにしても、たいしたもんじゃなかったんじゃないかな。鉱山開発と株で儲けた磐城澄人が大金持ちだったのはたしかだけど、ダイヤモンドを鏤《ちりば》めた黄金の将棋盤なんてのは眉唾ものだよね。金目のものというなら、磐城澄人よりむしろ、戦時中の特務機関による隠匿《いんとく》物資のほうがまだ可能性はあるんじゃないかな」

特務機関？　――どういうことかと問うた私に、次から次と煙草を灰にしながら地方紙の記者は語った。姥谷の鉱山は磐城澄人の死後、住永鉱業の経営下におかれ、戦中は陸軍の統制下にあった。当時、住永鉱業の系列会社に大東亜通商という国策会社があって、これは満洲や東南アジアで謀略に従事した、いわゆる特務機関というやつであるが、終戦直後に大東亜通商の人間が満洲で集めた貴金属やアヘンを持ち帰り、姥谷の廃坑道に隠匿したという話がある。廃坑道とはおそらく龍の口のことだが、隠匿後に落盤があって、隠匿物資の大半が埋もれてしまったともいう。

「戦後しばらくして、掘り出されたことがあったらしいんだけど、出てきた貴金属は、だから将棋教じゃなくて、大東亜通商が隠したやつなんじゃないかと思うね」

「その会社は、いま姥谷の管理をしている会社となにか関係があるんですかね？」

「桐原土木とは関係はないんじゃないかな。まあ、なにか繋がりはあるのかもしれないけどね。どっちにしても、将棋教の豪華神殿なんてのは、お伽噺にすぎないと思うよ。しかし、夏尾くんはどうして関心を持ったのかな？」

それは棋道会の矢文を鳩森《はとのもり》神社で見つけたからだ。私が応じようとしたとき、新しい紙巻きに火をつけた目の前の記者が、本かなにかで読んだのかな、と呟くのを聞けば、彼が矢文の件を知らないのは明らかだった。玖村麻里奈も教えていないらしい。と、そう思うと、なぜだかいわない方がいいような気がしてきて、私は茶碗《カップ》を口へ運んで、そうなのかもしれませんねと返事を濁した。

「あるいは誰かに教えてもらったとか」とベテラン記者は煙を鼻から吐いていった。「それでいうと、夏尾くんは最初、苫小牧までのフェリーの切符を二枚予約してたらしいんだね」

「二枚ですか？」

「当日の午前中に電話で予約を入れて、二枚頼んだっていうんだね」

「でも、ひとりだったんですよね」

「そう。船会社によると、そのあとまた電話をかけてきて、一枚キャンセルしたっていうんだな。本当ならキャンセル料が発生するところなんだけど、車なしの当日予約で、電話もわりとすぐだったってことで免除してもらったらしい」

夏尾は最初、誰かと北海道へ行こうとしていた。意外な話の展開に思考がにわかに回転し出すのを覚えていると、一緒に行くはずだったその人物が棋道会に詳しく、夏尾三段を案内するはずだったのかもしれないと高田記者は推測を述べた。なるほど、それはありうる。私がさらに思考を巡らせているところへ記者が質問した。

「それより、北沢くんと玖村女流はどうしてあそこへ行ったの？」

「それは、あれです」と今度は私はよどみなく、棋道会に興味を持っていた夏尾が北海道へ行ったらしいと知って調べたところ、かつての棋道会の本拠地が姥谷だとわかって、そこかもしれないと思ったからだと、警察署で話したのと同じ返答をした。これは大筋では嘘ではない。

「王位戦でちょうど北海道にきてましたから」

「しかし、龍の口がよくわかったね。地元でも知っている人間はあまりいないからね」

「ちょっと聞いたことがあって」と答えをまたもはぐらかした私は、どうして自分が天谷敬太郎の名前を伏せようとするのか、我ながら不可解に思い、今度の嘘は顔に出ていただろうが、人を疑うことのない明朗な人柄の記者は気にとめず、しかしなかなかいい勘だったよ、北沢くんは優秀な新聞記者になれる、ガス中毒で死にかけたのは余計だったけどねと笑った。

「龍の口の坑道に二酸化炭素が溜まっているっていうのは、地元ではよく知られていたんですか？」と私は質問した。煙草をクリスタルの灰皿でもみ消した記者は、

「誰もが知っているわけじゃないんだろうが、龍の口に限らず、あの辺の廃鉱には有毒ガスが溜まっていて危険なんだね」と答えて、だから管理会社が管理をいまも続けているのだと加えた。

「その意味では、今回夏尾三段が事故にあって、北沢くんも死にかけたわけで、管理会社が怠慢だってことになるよね」

夏尾の父親が訴訟を考えているという話を思い出して頷いた私は、

「それで、記事を玖村さんに送っていただいた、二〇年前の姥谷の事件なんですが、麻薬の」と本題に進んだ。

あの件についての詳しい情報、ことに逮捕された人たちについての情報はないだろうかと訊くと、ベテラン記者は、あれは自分が社会部にいたときに起きた事件だったので覚えていた、夏尾の件について玖村女流の問い合わせに応じるうちに思い出し、記事をファックスで送ったのだと答えた。

「しかし二〇年も前の話だからね。夏尾くんのこととは関係ないと思うよ。ぼくもちょっと思い出しただけでね。でも、気になるなら、記録はあると思うから、あとで送ってあげるよ」

ぜひそうしていただけたらありがたいと私は礼を述べて、スマートフォンのメールアドレスを名刺に書いて渡した。

「しかし、あれだな、夏尾くんを奨励会同期の北沢くんが見つけたっていうのも、因縁というか、なにかそういうものを感じるよね」とベテラン記者は再び死者を悼むモードになっていった。

「夏尾くんは奨励会をやめたあとも、プロを目指していたっていうじゃない。本当に将棋が好きだったんだね。亡くなってからも将棋が指したくて指したくて、それで君を呼んだのかもしれないね」

夏尾が将棋を指すべく私を呼んだ。ふいに飛び出した言葉が首筋に押当てられた刃の鋭利さで私に迫ってきた。いや、刃は事実、光った。死神のふるう鎌の、ぎらり銀色に光った刃。縮んだ胃袋が石になり、肝臓から恐怖の液が滲《にじ》み出して、それを不安の獣が啜《すす》りはじめる。だが目の前の記者は私の変調には気づかぬ様子で話を続ける。

「きっと心残りだったんだろうね。夏尾くんが亡くなったのが五月二一日だろう？　前の日に札幌にきてくれれば指せたんだけどなあ。チャリティー大会はオープンだから、もと奨励会員でもオーケーだしね」

硝子盃《コップ》の水を飲んで気分を鎮めた私は、五月二〇日に何かあったのかと問い、しかし答えを聞く前に、その日札幌で、東日本大震災救援のチャリティーイベントがあったのを思い出した。三月の地震以来、将棋界は寄付金を拠出するほか、さまざまな支援企画を立ち上げていたが、「東日本大震災復興支援チャリティー将棋大会」もそのひとつで、それぞれの地元出身の棋士が新聞社の協賛を得て運営し、札幌の前に大阪、札幌のあとに横浜、名古屋で開催されている。私も五月の連休中に横浜の大会を取材した。

イベントの中身は開催地で少しずつ異なるが、人気棋士による席上対局がメインになるのは共通で、札幌ではもうひとつの目玉として、アマチュアのオープン大会が開かれたのだと高田記者は教えたが、私は『将棋界』で読んですでに知っていた。会場の都合で金曜日という週日の開催になってしまい、集客が心配されたが、まずまずの賑わいとなった大会では、棋力に応じてAからEクラスにまでわかれた早指しトーナメントが行われたと、たしか記事には書かれていた。

「県代表クラスの人たちには特Aというのを設けてたから、夏尾くんはそこに出られたんだよね。あれに出てから『姥谷』へ行けば、あんなことにはならなかったんじゃないかな」

夏尾がフェリーで苫小牧に着いたのは二〇日の夕方だから、二〇日の将棋大会にはどのみち出られなかったわけだ。ぼんやり思ったとき、私はあることに思い当たって椅子に座り直した。札幌のチャリティー将棋大会の模様を伝える記事を私は『将棋界』で読んだ。とすれば誰かが記事を書いたわけで、その誰かとは天谷敬太郎ではなかったか？　いや、間違いない。記事の末尾に「天谷」の署名があったのを覚えている。私は質問した。

「天谷さんは、大会に来ていましたか？」

「天谷さんって、ライターの天谷さん？」

「そうです」

高田氏は煙草の煙を透かし見るように視線を散らしてから答えた。

「天谷さんなら、いたよ。取材できてたね」

「その日、札幌にいた？」私のいわずもがなの問いに、ベテラン記者は煙に顔をしかめて頷いた。

「打ち上げにも出てたな。でも、それがどうしたの？」

29

北海新聞を出た私は大通公園を歩いた。

いや、歩いている意識もないまま、脚をただ交互に動かしながら、将棋の中終盤、局面の奥のまた奥へわけいるときに似た意識の集中のなか、頭は烈しく回転した。

五月二〇日に天谷敬太郎が北海道にいた——この事実の意味するところは何であるか？　考えるべき「局面」はこれだ。

札幌市北18条西にある「北海道青少年教育会館」で行われた将棋イベントは、五月二〇日金曜日の午前九時にはじまり、終了が夜の七時半。協賛新聞社の人間として運営に係わった高田記者によれば、天谷氏が会場へ現れたのはたぶん昼の一二時頃、午後からずっと取材をして、終了後、すすきのの焼き肉店で開かれた打ち上げにも付き合ったという。打ち上げの終了は午後一一時過ぎ、とすれば、天谷氏はその日は札幌に泊まったはずだ。天谷氏がとった宿を高田記者は知らなかったが、市内のビジネスホテルを利用したと考えるのが自然だろう。すなわち天谷敬太郎は夏《なつ》尾《お》裕樹《ゆうき》が死んだと目される五月二一日、北海道にいたのだ。これはいったい何を意味するのか？

五月二〇日、夜に岩見沢に着いた夏尾は、当地のホテルに泊まる。同じ夜、天谷は札幌のホテルにいた。とすれば、二人が二一日に北海道のどこかで会うのは物理的には可能だ。それには電話等で連絡をとりあう必要があるが、五月一七日の夜、将棋会館で南口二段から夏尾の携帯番号を訊いていた天谷氏の様子からして、あの時点では二人が繋がっていなかったのは間違いない。しかも夏尾のスマートフォンは料金未払いで停止していた。とはいうものの、二人が一八日以降に接触して、夏尾が天谷氏の携帯の番号を入手すれば、ホテルの電話等を使って話はできる。つまり二人が連絡を取り合い、二一日に会うことは、物理的には、あくまで物理的にはの話であるが、可能である。

天谷氏の札幌取材は、少なくとも数日前には決まっていただろう。色とりどりのパンジーが陽射しに照り輝く花壇を巡りながら、私はなおも思考を追う。である以上、天谷氏がフェリーボートで北海道へ行こうとしたはずはない。と、そのように私がわざわざ考えたのは、夏尾が一九日に一度予約してキャンセルした乗船券、それで船に乗るはずだった人物、夏尾が同行しようとした誰かが天谷敬太郎ではなかったかと直感したからだ。けれどもフェリーが苫小牧に着くのが二〇日の夕方では、札幌のチャリティー大会の取材はできない。天谷氏がフェリーで北海道へ向かおうとしたはずはない。あらためて結論した私は、いや、まてよ、と呟いて、スマートフォンを出して『将棋界』編集長に電話をかけた。

すぐに出た編集長に、いまはまだ北海道だが、原稿はもう書いたので心配いらないと、必要のない報告をしてから、札幌の将棋大会の取材を天谷氏に頼んだ経緯を訊ねた。私が横浜の取材を頼まれたときは、東日本大震災関連のチャリティー企画については極力記事にする方針の下、どこへでも編集部員を派遣する考えなのだが、校了間際で手が離せる部員がいないので、お願いしたいという話だった。札幌を天谷氏に依頼したのも似たような経緯だったのではないかと考えたのである。するとたしかに編集長は、最初は自分がいくつもりだったが、妻の出産が早まりそうになったので、天谷氏に代打を頼んだと教えた。頼んだのはいつかと、じわり滲んだ汗に顔面が冷えるのを覚えながら問うと、前の日だったと思うと返事があった。

「前の日というと、五月一九日ですか？」

これには、ちょっと待ってくれるかなと、手帳を探るらしい間があったのち、そうだねと、また返事がきた。私は質問を重ねた。

「それは一九日の何時頃ですかね？」

《時間？　時間はわからないけど、いや、午前中だね。というか九時頃だね》といった編集長は、妻を産院に連れていき、そこから電話をしたのだったと教えた。

《天谷さんは業界では珍しく朝が早いんだよね。急に北海道じゃ無理かなと思ったんだけど、なんとか引き受けてもらった》

「飛行機ですよね？」

《そう。羽田の朝の便》

「帰りはどうでしたか？」
《帰り？　帰りももちろん飛行機だよ》
「日帰りですか？」
《どうだったかな。ちょっと覚えていないな。でも、どうして？》
とくに深い理由はない、ちょっと思い出したことがあってと私が誤魔化すと、いま北海道のどこにいるのかと訊くので、札幌だと答えた私に編集長はふいに助言する調子でいった。
《早く東京へ帰ってきた方がいいんじゃないかな》
「どうしてです？　なにかありましたっけ」
相手の唐突な言葉に私が戸惑いがちに問うと、
《べつになにもないけどね》と編集長はあわてたように応じた。
《でも、なんとなくなんだけど、北沢くんは、早く帰ってきた方がいいような気がしてね。あ、でも、ちょっとそんな気がしただけだから気にしないで。じゃ、原稿待ってる》
通話は切れた。早く東京へ帰った方がいい——どういう意味だろう？　スマートフォンを仕舞うまでの短い時間、不可解の小獣が心の岩陰から顔を覗かせたけれど、しかしすぐに獣は消えて、公園の小径を歩き出した私は再び思考の渦に巻かれた。
天谷敬太郎は一九日の朝に北海道行きを『将棋界』編集長から電話で頼まれた。一方で夏尾裕樹は、一九日の午前九時に苫小牧行きフェリーボートの切符を二枚予約し、午近くになって一枚をキャンセルした。これの意味するところを考えたとき、次のような筋が見えてはこないか？
すなわち、天谷と夏尾は一九日に一緒に船で北海道へ向かう予定にしていた。それで夏尾は窓口の開く九時に予約の電話をかけた。ところが一九日の朝九時過ぎに、天谷が二〇日の札幌の取材を頼まれた。もちろん足は飛行機である。それを知らされた夏尾は切符を一枚キャンセルした——。

この筋の難点は、急な旅程の変更を天谷が夏尾に伝える手段がないことである。このとき夏尾のスマートフォンは使えず、夏尾はアパートに固定電話を引いていない。が、この難点も天谷が夏尾のアパートを直接訪れたと考えれば解決する。夏尾の住む早稲田と天谷のマンションのある高円寺はごく近い。訪れた部屋に夏尾が不在でも、手書きのメッセージを残せば用件は伝えられる。

二一日、事前の打ち合わせどおり、二人はどこかで合流し、自動車で姥谷へ向かった、というのは無理筋だろうか？　しかし、それは物理的には、あくまで物理的にではあるが、可能だ。

いつのまにか私は噴水池の辺《ほとり》に立っていた。金属の筒口から飛び出しては銀色の放物線を描いて池面に落下する水を見つめた私は、頭が冷たく燃焼するのを感じながら、立ったままスマートフォンを再び取り出した。

かりに天谷敬太郎が姥谷へ向かったとしたら、どこかで自動車を借りたはずである。それはおそらく札幌か岩見沢。しかし、どのみち車を使うのなら札幌で借りるのが自然だ。私は「日東レンタカー」を調べた。二年前に天童市で棋戦の取材をしたおり、何人かで日帰り温泉へ行くことになり、会員カードを持つ天谷氏が「日東レンタカー」で自動車を借りたのを私は覚えていた。

札幌市内にある同社の店舗は四つ。スマートフォンで順番に見て、天谷氏が車を借りたとすれば、「札幌駅北口営業所」以外にないと私は断じた。なぜなら、四つの店のうち、ここだけが「乗り捨て可」だからだ。姥谷までレンタカーで行ったとして、帰りは新千歳空港へ向かうのだから、札幌まで戻るのは「手損」である。空港で車が返せるならそれが一番いい。

私は北海新聞の高田氏に電話をかけた。出てきた高田氏に私は、「日東レンタカー札幌駅北口営業所」で五月二一日にレンタカーを借りた人間を調べることはできないかと、単刀直入に用件を伝えた。個人情報の管理がやかましくいわれる昨今、私のごとき者がいきなり訪れて教えてくれといっても無理だろう。しかし新聞記者ならなにかしら手立てがあるのではないかと考えたのである。奨励会時代の私は攻めを自重しがちで、攻めるべきときに受けに回って失敗することがままあった。しかしこのときの私には、蒼い火花を散らして動き回る思考の渦のなか、ここは攻めるべきときだとの強い気持ちが生まれていた。

私の依頼に高田氏は、そいつはどうかな、ちょっと難しいかもな、と応じて、しかし私は諦めず、そこをなんとかなりませんかと押せば、社会部の人間にいちおう聞いてみると請け合ってくれたうえで、しかし、どうしてそれを調べる必要があるのかと、当然ながら質問してきた。

《誰かがレンタカーを借りて夏尾くんを運んだ可能性はないよ。バス停から歩いたんだからね》

「いや、でも、歩いている途中でヒッチハイク的に乗ったってこともあるかなと。警察はレンタカーを調べましたかね？」

《どうかな。警察は最初から事件性は薄いと見てたみたいだからね。調べてないかもね》

「だったらぜひお願いします」

《しかし、どうしてピンポイントなわけ？》

この質問に私は窮したが、ちょっと思いついたことがありましてと返事をぼやかすと、人のよい記者はそれ以上は追及せず、姥谷の麻薬事件の情報はもうすぐ送る、しかし外には絶対に出さないようにと注意してから、何かわかったことがあったら必ず報せてくれよと、笑いの滲む言葉の調子には、犯罪捜査のプロである警察が事故で処理したものを、いまさらどうするつもりか知らないが、しょせんは将棋ライターのすること、たいしたことはできまいとの含みがあるのは明らかだった。私は丁寧に礼を述べて通話を切った。

スマートフォンが震えたのは一五分後、私は大通公園近くのラーメン屋にいた。味噌ラーメンを啜りながらメールを開けば、高田氏からだ。メッセージはなく、コピーしたPDFファイルがそのまま送られてきている。「1991・5・9　雄別町麻薬製造事件」とタイトルの付された文書である。私は食事を続けながら文字を追った。

内容は事件の概要および逮捕者たちの裁判の経過と判決、それらが簡潔に記されている。主犯格の蜂須賀《はちすか》康二《こうじ》(29)が懲役七年の求刑に対して懲役五年三ヶ月、桐原土木興業社員の増岡崇和《ますおかたかかず》(58)が、懲役五年の求刑に対して懲役三年の判決を受けたとある。だが、私の麺をすくう箸がにわかに停まったのは、もうひとり逮捕された桐原土木興業の社員、未成年で家裁に送られ保護観察処分となった人物の名前を眼にしたときだ。

——十河《とごう》樹生《みきお》。

そこには間違いなくそう書かれていた。

30

十河樹生の名前の出現は、考えてみれば、著しく異様というわけではなかった。天谷氏の話によれば、十河樹生は蜂須賀の農園で一時期働いていたわけで、そのあたりから縁が生じて、桐原土木興業に雇われたとしても不思議ではない。麻薬製造についても、先輩社員に誘われて仲間に加わったと考えられるだろう。思えば玖村麻里奈から新聞記事を見せられたとき、逮捕者に未成年者が一名あると知ったときすでに、それがかつての奨励会三段ではないかと自分が直感していたような気さえした。

逮捕時に十河樹生は一九歳。ということは現在、三九歳。羽生三冠とほぼ同じ年齢だ。もし彼がプロ棋士になっていたら、羽生世代のひとりということになっていただろう。保護観察処分というのは、罪が重くないと見なされたからだろうが、成人した十河樹生はその後どんな人生を送ったのか。名人戦の夜の新宿では、十河樹生が桐原土木で働いていたと、天谷氏は話していなかった。それは天谷氏が知らなかったからなのだろうか。それとも知っていて隠したのか？

ラーメンの残りを片付けて、カウンター席から立とうとしたとき、スマートフォンが再び震えた。見ると、これも高田氏からで、五月二一日の日東レンタカーの顧客名簿は、当初に事件性を疑った社会部の記者が調べたらしいが、当人が海外出張中なので、詳細はわからないとの内容であった。私はていねいな御礼の返信をした。

ラーメン屋を出た私は日東レンタカーの札幌駅北口営業所へ向かった。十河樹生の名前の出現が私を興奮させたのだろう、日頃の弱気と人見知りぶりには似合わぬ突貫精神が身内に芽生えていた。駄目でもともと、あたって砕けろだと、陳腐な台詞を声に出して舗道を歩けば、奨励会での最後の対局日の朝、自分が同じ文句を唱えながら千駄ケ谷駅から将棋会館まで歩いた記憶がよみがえった。

曇り空に残暑の熱がこもる朝だった。その日の二局で連勝なら、年齢制限を過ぎても勝ち越しを続ければ二九歳まで在籍できる規定からして、私はかろうじて首が繫がる状況だった。しかし最終局で負けて私は退会した。文字通りあたって砕けた。あとから思えば、次期以降、かりに三段リーグに在籍し続けたとしても、上位二人に入るなどとても無理だと、私はどこかで諦めていたのだろう。どのみちプロ＝四段になれぬのなら、これ以上苦しい思いはしたくないと考えていた節があった。わざと負けたわけではもちろんないけれど、負けるならそれでもいいとの思いが気力を削いだ面はあった。つまりあたって砕けては駄目なので、あたって砕けず、あくまで粘り抜く精神力が、なにより必要なのだった。

私は死神の鎌の下に座り続けるのが嫌だったのだ。と、いまにして思う。かりにプロになれたとしても、同じ苦痛は続いていく。それに怖じたのだ。なんとなく指してなんとなく負けた。あのときはそういうふうに感じていたけれど、じつは死神の影に自分は深く怯《おび》えていたのだ。龍の口で見たリアルな夢――鈍く光る鎌の下での夏尾との対局が私にそのことを教えたのだった。死神から逃れるには勝つしかない。だが、将棋はいつも勝てるわけではない。とするなら、将棋から離れるしかない。あのとき私がそれから逃れようとしていたそれを、夢が形象化し、教えてくれたのだと、レンタカー屋へ向かう私ははっきり理解した。

死神から較べたら、レンタカー屋の人間など怖れるに足らない。そう自分にいいきかせた私は、歩いてきた勢いのまま店の硝子戸を押した。応対したのは髪を茶色に染めたホストふうの若い男で、私は単刀直入に五月二一日の客の名簿を見せて欲しいと用件を口にし、財布に入れっぱなしになっていた編集プロダクションの名刺を出したのは、自分がジャーナリズムの世界の人間であり、取材の必要からのことなのだと明示するためであったが、『週刊文春』ならいざ知らず、名も知れぬ編プロの名刺では効果があるはずもなく、茶髪があからさまに顔を顰《しか》めたところへ、私は上衣の内ポケットから畳んだ一万円札をとり出した。

これは道々用意しておいたので、こういうことをしてもらっては困りますと、拒否の言葉が返された場合のいたたまれなさを想うと、とても自分にできるとは思えなかったのであるが、やはり十河樹生の出現の興奮が野蛮な力を私に与えたのか、札は指先の動きにしたがって合板のカウンターを滑った。男は顔を顰めたまま、それでも手品師の素早さで札をポケットに収め、すいと立って横の棚からファイルを出して置くと、背後の奥の室に通じる扉をわずかに窺う仕草をしてから、勝手に見て、と短くいい、するとそこへ老年の夫婦らしい客が入ってきて、男は応対をはじめた。

私はファイルを開いた。それは四月から六月までの申込書が綴じられたもので、五月の日付を追って紙を繰れば、二一日にはすぐに行き当たった。そしてその二枚目にめあての名前はあった。

――天谷敬太郎。

狙い筋のとおりだ。してやったりの勝利感と、愕然の思いが胸中に交錯して渦巻き、滞っていた盤上の駒たちがほぐれて働き出し、勝ち筋が見えたときと同じ興奮と緊張に、私は顔面が火照るのを覚えた。

31

「つまり北沢さんは、天谷さんがなにかしら事件に関与していると考えるわけですね」

私の話が一段落したところで玖村麻里奈は口を開いた。空港施設の灯りと重なる、窓硝子に映った女の横顔を眺めて頷く私に向かって言葉が重ねられる。

「というか、もっと簡単にいうと、天谷さんが夏尾さんを姥谷まで連れていって、そこでどうにかしたと」

「そこまではいってないけどね」

「でも、なにかがそこであったと」

「まあ、そういうことになるかな」と答えた私はもう三杯目になるハイボールに口をつけた。

玖村麻里奈が新千歳空港に着いたのが夜の一〇時半すぎ。ゲートで出迎えた私は女流棋士を自動車に乗せてホテルまで運び、そのあと最上階のバーで待ち合わせたのである。私も同じホテルに部屋をとり、チェックインは夕刻にすませてあった。ホテルは高級で、私には分不相応だったけれど、そこに予約したと玖村麻里奈からメールがあれば、自分だけ安宿というわけにもいかなかった。

窓際のソファー席に先についていた私は、メインバーの入口に現れた玖村麻里奈に合図して、向かいに座った彼女が注文したジンジャーエールが出るのを待ってから、これまでの経緯を、名人戦第四局一日目の夜、新宿で天谷氏から聞かされた話、作家・天谷敬太郎の虚構が多分に含まれているかもしれぬ話からはじめて、今日の昼間に自分が新たになした発見――河樹生、天谷敬太郎、この二つの名前の意想外な場所での発見までを一気にかたった。

玖村麻里奈はグラスにときおり口をつけながら、ほとんど言葉を挟まぬまま私の話に聞き入った。空港に出迎えたとき、玖村麻里奈は瞼が腫れぼったく、疲れた様子だった。夕刻にネットを見た段階ではまだ結果は書きこまれていなかったが、昼間の対局は負けたのだろうと私は推測した。棋士の勝ち負けは聞かずともわかる。「小さな死」は彼女から明らかに元気を奪っていた。そんなときにわざわざ北海道まで呼びつけた――のではなかったけれど、私は気の毒に思い、「成果」があってつくづくよかったと考えた。これでもし何もなかったら、彼女はただ私に会うためだけに北海道まで飛んだことになってしまっていたのだ。わが「成果」は、整理して物語ってみれば、なかなかの手柄であると自賛されて、あらためて私の頬は興奮に火照った。

はじめは生気なく、ソファーにもたれるようにしていた女流棋士は、話の途中から興味をかきたてられたらしく、次第に背筋が伸びて身を乗り出す感じになって、天谷敬太郎が五月二〇日に北海道へきていた、というあたりへ話がさしかかったときには、仄暗い間接照明のなか、アーモンド形の目が猫のそれみたいにぴかり光って、黒服の給仕にブラッディーメアリーを注文したのは調子がでてきた証拠だった。杉村女流二段は酒は飲む方だ。私の話が一段落したところで、二、三の質問を口にした女流棋士は、ちょっとまとめてみますねといって、蛇革のハンドバッグから手帳を取り出した。

「五月一九日、夏尾さんは一三時発のフェリーボートに乗ります」

二〇日の午後四時四五分、苫小牧に着いた夏尾は、そこから列車で岩見沢へ向かい、その日は駅近くのホテルに泊まる。そして翌二一日、八時三〇分発の雉別方面行きのバスに乗り、一〇時過ぎ、「萱野《かやの》」のバス停で降りた夏尾は姥谷の方へ歩き出した。

「ここまでは、バスの運転手とかの目撃証言からしてほぼ間違いありません」

一方で天谷敬太郎は、前夜から札幌にいて、朝、札幌駅北口のレンタカー店で自動車を借りる。レンタカー店の申込書では、天谷敬太郎が自動車を借りた時刻は七時三〇分。札幌から岩見沢は一時間ほどで行けるから、一〇時過ぎに「萱野」に着くことは十分にできる。

「天谷さんが歩いている夏尾先輩を車で拾えば、二人で姥谷に向かうことは可能ですね」

「物理的にはね。あくまで物理的にはだけどね」と口を挟んだ私は、二人が連絡を取り合うことは、夏尾の携帯電話の回線が停止中でも、公衆電話を使えば可能だと補足してから、

「五月一七日の夜の時点では、天谷さんと夏尾は繋がっていなかった。もし二人が繋がったとすれば、一八日にどこかで直接会ったってことになるよね」と推論を進めた。

「一八日は名人戦第四局の二日目ですよね？」

「あの日、ぼくは将棋会館の大盤解説会に行ってたけど、天谷さんの姿は見かけなかった」

「つまり、一八日、直接会った二人は棋道会の話をして、一九日から北海道にいく相談をした。フェリーでいくと」

一九日の午前中に夏尾が二名で船便の予約をする。ところが、それと同じ頃、天谷が『将棋界』編集長から翌日の札幌の将棋大会の取材を電話で依頼される。そこで天谷は、取材したあと一泊して、二一日に夏尾と合流する計画に変更する。天谷はそのことを早稲田の夏尾のアパートへ直接出向いて話し、夏尾は予約の切符を一枚キャンセルして、ひとりでフェリーボートに乗る。

「しかし、どうして岩見沢で待ち合わせなかったのかな」とそこで私は疑問を提出した。「天谷さんが自動車でくるなら、その方が味がいいわけでしょ」

「天谷さんが何時に来られるかわからなかったからじゃないかしら。だから現地で会おうくらいに決めておいた」と応じた玖村麻里奈はまた給仕に声をかけて、今度はジントニックを注文し、私もハイボールを追加した。ホテルのバーは値段が馬鹿高く、そんなに飲んでどうするんだと思うものの、夏に姥谷で遭難して以来、絶えてなかった好調を私は意識していた。酒のせいもあるのか、気が大きくなり、こうなったらボトルごと持ってこいくらいの勢いだった。懐具合は淋しいが、クレジットカードで支払えばなんとかなる、こんな夜はめったにないのだからと、私は箍《たが》を外した。私はつまみのチーズ盛り合わせも注文した。

「あるいは」と私は再開した。「二人で車に乗っているところを人に見られたくなかったのかもしれない」

「萱野」のバス停から姥谷までは一本路。バス停近くには、蜂須賀の農園をはじめいくつか家があるが、少し行けば人家はなく、行き交う車もそれほど多くはない。バス停から離れたところで、通る車がないのをたしかめつつ夏尾を拾えば、目撃される恐れは少なく、夏尾がひとりで姥谷へ向かったとの印象をつくり出せる。

「でも、天谷さんが夏尾先輩と同行したことを知られたくなかったのなら、最初にフェリーで一緒に行こうとしたのは変じゃありません？」

「たしかに」と私は頷いた。それから少考していった。「はじめはただ行くだけのつもりだったんだけど、札幌の仕事が入ったことを夏尾に報せにいったときに何かあって、そういう気になったとか」

「そういう気というのは、つまり殺害ということですね？」

いや、そこまではいってないと、私はあわてて否定した。殺害とはあまりにも物騒だ。しかし、でも、そういうことですよねと、玖村麻里奈から念を押されれば頷くしかない。天谷氏が夏尾を殺した。ふつうに考えれば、とても想像できない。しかし一方で、姥谷の奥のあの場所でなら、何が起こっても不思議ではないとも思えてくる。

「となると、問題は動機ですね」

ジントニックと一緒に出てきたカシューナッツをかりりと噛んで玖村麻里奈がいった。ふつうに考えたら動機はないとしか思えないと私がいうと、すぐに言葉が継がれた。

「あるとしたら、二〇年前の事件、それじゃないかと、北沢さんは考えるわけですね？」

「そんなにちゃんと考えたわけじゃないけどね」

「二〇年前、天谷さんの弟弟子だった十河という三段が、麻薬製造の一味に加わって捕まった」

私の返事にはかまわず、銀色のボールペンで形の良い顎をつつきながら玖村麻里奈が整理した。

「その首謀者だった人物、蜂須賀さんでしたっけ？　その人と天谷さんは知り合いだった」

「蜂須賀の農場で十河三段も天谷さんも一時期働いていた。天谷さんの話を信用すればの話だけどね」

「でも、その人たちと夏尾先輩はどう繋がるのかな？」と問うて、すみませんと、給仕を呼んだ玖村麻里奈はさらにまたジントニックを頼んだ。それから先を続けた。

「天谷さんもじつは麻薬製造に関係していたとか？」

「どうなんだろうね」と私は応じたが、天谷氏が麻薬密売組織を追うルポルタージュを書いていたことを思い出さぬわけにはいかない。というよりそのことは今日の昼間、天谷敬太郎の名前をレンタカー店に見出したときから「読み筋」に浮かんでいた。

天谷氏は十河三段とともに蜂須賀に誘われ、姥谷での麻薬製造に係わったのではあるまいか？二〇年前の新聞記事では、一味は製造した大麻樹脂を暴力団に流していたとあったが、このとき天谷氏と裏世界の人間との繋がりが生じたとしたらどうだろう。天谷敬太郎が書いたルポルタージュには、麻薬取引に係わった元暴力団組員への取材の模様もあったはずだ。

「蜂須賀たちが捕まったとき、天谷さんだけはうまく罪を逃れた。それを夏尾先輩に知られてしまった」

私と同じ読み筋を玖村麻里奈が口にしたのへ、

「しかし、二〇年も前の事件だからね」と私は疑問を付した。「とっくに時効だし、逮捕された人たちも刑期を終えているしね」

「天谷さんはいまもそれに係わっているとか」

「それって、麻薬？　しかし、それはちょっと考えにくいけどね」と私は応じたが、じつはこれも私の読み筋だったのである。

自分は独身貴族ならぬ独身奴隷だと、天谷氏が口にするのを私は何度か聞いたことがある。私はこれを聞き流していたが、一度だけ外観を見る機会のあった彼の高円寺のマンションが瀟洒《しょうしゃ》なのに、意外の感を抱いたのを覚えている。天谷氏はゴルフによく行っているようで、毎年のようにマカオやゴールドコーストのカジノにも遊びに行っている。将棋ライターのギャラがたいしたものでないことを知る私は、ほかの仕事で稼いでいるんだろうと漠然と考えていたが、あらためて思えば、羽振りがよすぎる感じがないでもない。だからといって、麻薬に手を染めていると想像するのは飛躍がすぎるだろう。しかし一方で、過去にルポルタージュを書いた天谷氏が、麻薬取引に係わった裏世界の人間と接触した経験があるのはたしかであり、さらにいうなら、ゴルフ仲間や海外カジノへ行く仲間のなかに裏世界の人間がいることを、天谷氏は仄《ほの》めかしてさえいたのだ。

「かりに天谷さんに動機があったとして」玖村女流二段がボールペンの尻の突起をカチカチ鳴らしながらはじめた。

「棋道会の矢文を夏尾さんが見つけるよう天谷さんが工作する。夏尾さんが棋道会に興味を抱くことを見越して、天谷さんが姥谷へ案内してもいいと夏尾さんにもちかける」

「棋道会の矢文は、天谷さんが佐治七段の遺品から持ち出して保管してあった」と私は話を引き受けてから、だけどと加えた。

「矢文を鳩森神社で夏尾に見つけさせるのはむずかしくないかな」

「べつに鳩森神社じゃなくてもいいんじゃないですか」玖村麻里奈は応じた。「夏尾さんが神社で見つけたって話したのは、天谷さんの話を聞いていた夏尾さんが話をおもしろくしようとしたからなんじゃないかな」

「ということは、夏尾が矢文を手にしたのは、五月一七日より前だったっていうこと？」

「そうですね。それより前に夏尾さんは天谷さんから話を聞いて、矢文も手にしていた」

「つまり二人は五月一七日より前から繋がっていた？」

「ええ。もともと二人は顔見知りだったわけだし」

それはたしかにそうだ。将棋ライター天谷敬太郎は、将棋会館に出入りする人間ならたいがいは知っている。しかし、と私はそこでまた疑問を投げかけた。

「夏尾が矢文を会館に持ち込んだ日、天谷さんは夏尾の連絡先を知らなかったけど」

あのとき天谷氏は南口二段から携帯の番号を教えてもらっていた。あれは演技だったのだろうか？

「そうなんじゃないかな」玖村麻里奈は頷いた。「夏尾さんとの関係を知られたくなかったので芝居をした」

「なるほど。でも、だとしたら、そもそも夏尾はどうして矢文を将棋会館に持ち込んだんだろう？」

「といいますと？」

「天谷さんからいろいろ聞いていた夏尾が、わざわざ矢文を将棋会館に持ってきたのなら、棋道会の話をしそうなもんだと思うけどね。棋道会って知ってます？　と質問するとか。ところが夏尾はただ弓矢と図式を見せただけで帰っちゃってる」

新たな疑問を口にしたとたん、私はべつの読み筋がにわかに頭へ浮かぶのを覚えた。夏尾に矢文を渡したのは、天谷氏以外の人物ではないか？
夏尾に矢文を与えうる人物。すなわち棋道会の矢文を所持していた可能性のある人物はもうひとりいる。十河元三段だ。かりに十河元三段がどこかで夏尾と出会ったとしたらどうだろう？　十河元三段が夏尾に棋道会のことを教え、矢文を与えたとしたら。いや、十河元三段が夏尾に教えたのが、棋道会のことだけでなく、二〇年前に天谷敬太郎が関係した姥谷の麻薬事件についても明かしたとしたらどうだろう？　そしてさらには、いま現在、天谷が係わる麻薬密売について話したとしたら。

まるで根拠のない、空想に等しい想像でありながら、私は読み筋を追うのをやめられない。夏尾が鳩森神社で見つけたといって矢文を将棋会館に持ち込んだのは、天谷氏を脅迫するためではなかったか？　鳩森神社で発見された黒い矢に結ばれた不詰めの図式。その話は当然天谷氏の耳に届くと計算できる。その場合、脅迫するまでの考えは夏尾にはなかったかもしれない。天谷氏の反応をたしかめるべく、いうならば悪戯《いたずら》に近い形で、矢文を将棋会館に持ち込んだ、そのような可能性はあるだろう。

だが、天谷氏は過敏に反応した。名人戦の夜、天谷氏が必死で夏尾に連絡をとろうとしたのは、演技でもなんでもなく、棋道会の図式を通じて夏尾のメッセージを受け取ったからなのだ。そうして翌日、天谷氏は夏尾と接触する。私が知る夏尾という男の性格からして、夏尾が天谷氏を脅迫したとはやはり考えにくい。だが、天谷氏は脅威を覚えた。麻薬の件は否定したうえで、棋道会については、私にしたのと同じ話をして、夏尾の興味をさらにかきたてた。そうして夏尾を姥谷までおびき寄せた——。

これはまったくの無理筋だろうか？　たとえば機会、動機、手段の犯罪構成三要素から考えてみれば、天谷敬太郎には夏尾裕樹を殺害する機会はあった。手段についても、龍の口の縦坑にガス溜まりがあることを、蜂須賀や桐原土木の人間から聞いて知っていた可能性はある。しかし、こと動機の点については、空想の域をでないといわざるをえない。それでも酒の酔いに勢いづかされた私は、矢文の出所が十河元三段ではないかという、相手の意表をつくに違いない仮説をそのまま口にした。向かいに座る女流棋士は目をぴかり光らせ、将棋の読み筋を確認するときのように、二度三度と形のよい顎を頷かせながら耳を傾ける。

しかし、そもそも天谷氏はどうして新宿の夜、私に向かってあのような話をしたのだろうか？ 玖村麻里奈に読み筋を披露しながら、私の頭は烈しく回転して、なおも筋の奥へ奥へと分け入るのをやめられない。あのときの天谷氏の話しぶりは、突然出現した棋道会の図式に遭って、記憶の底に埋もれていた堆積物がいっぺんに噴出したかのごとき雰囲気があった。いきなり悪夢がよみがえった。そのような印象があった。あの夜の天谷氏が夏尾に殺意を抱いていたとは思えない。とすると、いま私が追いつつある読み筋がかりに正しいとするなら、あのあと天谷氏は夏尾と接触を果たして、がぜん殺害を決意したと考えられるだろう。それがおそらく一八日。一九日の北海道行きを約束して、夏尾がフェリーボートの切符を二枚予約する——。

しかしだ。二人で船旅をしたのでは、証拠が残ってしまうのではないだろうか？ いや、天谷氏の当初の計画は、棋道会の「神殿」のあった龍の口へ二人で訪れ、夏尾がうっかり縦坑に転落したと見せかけることであったかもしれない。廃鉱で連れが坑に落ちてしまいましたと、救急に連絡しても一時間では救助はこない。その間に夏尾は確実に絶命する。暗がりのなか、自分ひとりでの救出はむずかしかった、まさか有毒ガスが溜まっているとは知らなかったのです——。

ところが一九日になって、『将棋界』編集長から札幌出張を急遽依頼され、天谷は計画を変更する。二一日の午前中、「姥谷」へ向かう道路で車で拾って現場へ向えば、夏尾が単独で龍の口へ行って事故死したとみせかけることができる。岩見沢から続く道道から外れて「姥谷」へ通じる四キロ米《メートル》ほどの林道、あそこで他の自動車と行き遭えば、不審な車があったとのちに証言される危険はあるが、林道は週に一度、管理会社の人間の車が通るだけである。道道にはそれなりに交通量があるから、歩いている夏尾を自動車に乗せる場面さえ目撃されなければ、不審を抱かれるおそれはない。そのように考えた天谷は、一九日の午前中に夏尾のアパートを訪れ、「旅行」の手筈の変更を伝える――。

「しかし、天谷さんが犯人というのは、やっぱりどうも無理筋の感じがするなあ」

龍の口で天谷敬太郎が夏尾裕樹を縦坑に突き落とす場面。影絵のようでありながらひどくリアルに脳裏に描かれる場面に支配された内心とは裏腹な言葉を私は吐いた。

「とにかく問題は動機だよね。その辺は天谷さん本人に訊くのが一番てっとり早い、というか、もし彼が犯人なら、本当のことはいわないだろうけど。天谷さんはしばらく日本へは帰ってこないみたいで、それもたしかに怪しいと疑う根拠になるのかもしれないな」

そういって、もう何杯目になるかわからないハイボールを飲み干したとき、私は酔いを自覚した。窓の空港の灯りが目のなかで滲《にじ》んで流れる。

「とにかく今後の方針としては、十河元三段を捜して、二〇年前のことを訊くのが一番いいだろうね」

私が結論ふうにいうと、向かいで頷いた女流棋士が、そろそろバーは閉店みたいですと教えた。最初からまばらだった客は、もう私たちしか残っていなかった。酔眼であらためて観察すれば、話には興を覚えながらも、玖村麻里奈はやはり疲れている様子だった。無理もない。昼間に対局をして、しかも負けて、夜に北海道まで飛んできたのだ。

私は給仕を呼んで会計をいった。運ばれた伝票の金額をきちんとたしかめぬまま（たしかめるのが怖かったのだ）、私は部屋につけてくれるよういって署名をした。

立ち上がってエレベーターホールへ向かうと、横を歩く玖村麻里奈がごちそうさまと礼を口にしてから、事務的な報告の調子でいった。

「今日の対局、負けたんです」

そうなんだと、つとめて明るく受けた私は、なにかしら慰めの言葉を吐きたいと願ったが、負けた棋士にかけるべき言葉などないことはよくわかっていた。「小さな死」を、棋士はそれぞれがそれぞれの仕方で孤独に受け止め処理するしかないのだ。

「今期一番の大事な対局で、しっかり準備していったんですけど、内容的にも大差でした」

「そんなことないんじゃないかな」と私は即座に応答した。「棋譜は見てないけど、大差のようにみえて、じつは紙一重っていうことが多いと思うよ。ちょっとした手順前後とかね」

内藤國雄九段の名言に「名勝負師は言い訳をする」というものがある。勝ち負けを日常とする棋士は、負けたときは言い訳をすべきである、なぜなら実力で負けたと認めては精神の安定を保てないからだ、といった趣旨だと覚えている。実力では決して負けていない、しかし今回はこれこれの理由で負けてしまったのだと自分を騙《だま》すことは、勝負に生きる者の必須の技術、「小さな死」のダメージを小さく抑える方法だとは私にも理解できた。

内容的にも大差――。この言葉が、正面から自分の実力不足を見据えたうえで、今後の努力の糧にしようとの、前向きな姿勢を指し示すこともあるだろう。だが、蛍光灯の白光に満たされた昇降機《エレベーター》の箱に乗り込んで、酔いにふらつく軀を私に寄せかけてくる女流棋士からたったいま漏れ出た言葉は、剝き出しの疵《きず》の印象をもたらした。疵は、「死神」の振り下ろす鎌の、鈍く凝《こご》る光を放つ刃がつけた疵だ。「小さな死」に彼女は呑み込まれようとしていた。

「もうやめちゃって、実家を手伝おうか、なんて考えたりして」

「実家って、福祉の施設だっけ？」

「そうです。手伝ってくれって父や兄からはいわれてて。そっちの方が向いているのかもしれないな」と玖村麻里奈が必ずしも冗談ではない調子でいうのへ、私は言葉をかけられなかった。

部屋のある階の釦《ボタン》を押して、ふいに鼻を撃った甘いコロンの香のなか、慰めの言葉をどれほど重ねようと、彼女を「死」の痛みから癒すことはできない、棋士が「死」から逃れるにはつまり勝つしかないのだと、酩酊の浮遊感のなかで心淋しく考えたとき、私の肩に寄せられた白い顔のなかで、薄赤い唇が震えた。

「もう少し飲みたいな。北沢さんのお部屋に行ってもいいですか？」

33

ホテルの寝台《ベッド》で目を覚ましたとき、玖村麻里奈の姿は傍らになかった。枕元のスマートフォンを見ると、時刻は午前九時五〇分。私は横になったまま天井を見つめ放心した。
《昨日はありがとうございました。一足先に帰ります。何か進展があったら教えてください》
スマートフォンに玖村麻里奈のメッセージが残されていた。私に同行して「捜査」をするつもりだったはずの彼女が「一足先に帰」ったのは、一夜が明けて、私と過ごすのが気まずいからなのかもしれなかった。昨夜は弾みであういうことになってしまったが、朝になって後悔した、とまでは考えたくなかったけれど、私とまともに顔をあわせにくい心情は想像できる気がした。

私にしても、どんなふうに振る舞ってよいか、正直わからなかった。一度ベッドを共にしたくらいで恋人になりえたと思うほど私は甘くも図々しくもなかった。だから彼女が先に帰ったことには、淋しく、物足らぬ思いはあったものの、しかしどちらかといえばほっとするものがあった。誰もが——少なくとも男性将棋ファンなら誰もが憧れる、といって過言でない女性と一夜をともにしたことの歓びは、たしかにあるはずなのに、藪中の小獣のように捉えることができなかった。昨夜は、酒酔いの不安はあったものの、パートナーとしての役割をそれなりに果たし得たとの満足はあった。性の交わりの充足感を、正しく与え、かつ得たとの感触はあった。唯一の気懸《きがか》りは避妊処置をしなかった点で、しかしこれは女性の側が必要ないと自然に誘導したからで、いまさら心配しても仕方がなかった。憧れの女性との一夜が明けて、しかし私の心は空疎だった。そんなはずはないと、昨夜の出来事を皮膚に残る感触とともに思い起こしてみても、なぜだか空白は埋まらず、由来のわからぬ不安感が背筋を居心地悪く這った。

私は起き上がって、浴室へ入った。熱いシャワーを浴びながらなお思考を追った私は、虚しさの原因は、私への愛情が玖村麻里奈にないことにあると結論した。この期に及んでそんな結論を出すのは間抜けの極みであり、哀しい振る舞いではあったけれど、軀を重ねてみて、その事実を誤解の余地なく感知したというのが正しいだろう。次に将棋会館で会って、素知らぬ顔で挨拶してくる彼女の姿が想像裏にありありと浮かんだ。敗北の痛みから逃れるために、敗者のよるべなさを埋めるために、彼女は手近にあった「駒」に手を伸ばしたにすぎない。そんなことははじめからわかり切っている、むしろ自分が駒台にたまたま載っていた幸運を喜ぶべきである、と、そのように思うのだけれど、心は劣化したゴムみたいに弾まず、気怠《けだる》い侘《わび》しさから逃れられなかった。彼女の「小さな死」が私にまで感染したのではあるまいか。私はそんなふうに考えたりした。

身支度をして部屋を出、フロントでチェックアウトをした私は、ホテル横の駐車場に停めてあった自動車を運転して岩見沢へ向かった。乗り捨てでないレンタカーは店まで返しにいかなければならず、往復の面倒もさることながら、予想通り額の嵩んだホテル代の支払いに、レンタカー料金が加算されるかと思うと気持ちはいよいよ沈んだ。自分は誰もが憧れる美人棋士と枕を交わしたのだ、モノにしたのだと、下卑たいい回しで勝利感をかきたてることで私は単調な道中をやりすごした。

昨夜自分が口にした仮説は、消化されない食べ物のように、胃袋のあたりに残存していた。天谷敬太郎の「秘密」を夏尾裕樹が知るにいたり、発覚を怖れた天谷が夏尾を姥谷へおびき寄せ殺害した。仮説はそのようにまとめられるだろう。昨日の秋晴れから打って変って、湿気を含んだ西風の吹きつける曇天の下、単調に延びる道路に車を走らせながら私は、いまとなっては真実味の感じられない筋をとりとめなく追った。

その場合、なにより問題となるのは「秘密」の中身だ。天谷敬太郎が麻薬取引に携わっている、と考えた根拠は、二〇年前に姥谷で起きた麻薬事件であるが、証拠は何もない。もちろん「秘密」は麻薬とは限らぬわけで、そもそも自分が天谷敬太郎なる人間についてどれほどのことを知っているのかと問いをたてたとき、ほとんど知らぬに等しいといわざるをえなかった。むしろ五月の名人戦の夜、新宿で聞いた不可思議な物語が、天谷敬太郎という人物の像《イメージ》の大きな部分を占めていることに気がつかざるをえず、とりわけ最後に聞いた、暗闇に出現したという十河三段の言葉が、龍の口で遭難した際に見た「神殿」の幻影に重なり、正体の明らかでない「秘密」の放つ重力とともに黒々と渦をなした。

高速道路を降りて岩見沢の市街地に入り、レンタカー店のある交差点に近づいたとき、「雉別」

の案内標識を眼にした私は、ふいに姥谷へ行くことを思い立ち――というより、一種の必然に背を押されるようにして車を右折させた。そうしてみれば、自分は最初からあそこへ行く目的で新千歳空港のホテルを出たのだ、いや、そもそも数日前に東京を出たのだ、とそのようにさえ感じられた。

速い雲の動きとともに吹く風に草木が声をあげて靡《なび》く台地を、黝《あおぐろ》い山並みへ車首を向けて進み行けば、やがて「萱野」のバス停が見えてくる。過ぎ行く刹那《せつな》、そこに立つ人影が目に入り、それが夏尾ではないかと思われて、しかしそんなはずはなく、停車せぬまま通過して、夏尾でないなら誰なのだろうと、わかるはずのない疑問を繰り返し頭に浮かべながらハンドルを操れば、路はやがて道道から林道へ入る。強風に梢が叫びをあげる針葉樹の列を横目に、山腹に拓《ひら》かれた勾配のある砂利路を進んで、片側が崖になった一画を抜ければ、原生林風の雑多な草木の生い茂る森になる。撥ね飛んだ小石が車の底板に打ち当たる嫌な音を聞きながら勾配を上れば、谷の最奥に通じる川筋の口が現れる。

ここでも砂利を盛大に撥ね飛ばし、「桐原土木興業」のプレハブ事務所と廃液貯蔵池のある平地に車を入れた私は、あれれっと声をあげた。自動車が何台か停まっていたからである。秩序なくでたらめに置かれた車は、トラックではなく、バンや乗用車で、なかにはマイクロバスもある。平地奥の桐の木の下に車を停めた私は、見覚えのあるプレハブへ向かった。すると建物の横に立つ「桐原土木興業（有）」となっていたはずの看板が違うものに置き換えられている。

「棋道会『龍の口』神殿案内所」――。

驚いたことに、姥谷はいつのまにか観光スポットのごときものになっていたらしい。プレハブの土台石を踏んで窓を覗くと、なかは薄暗く、硝子の汚れのせいもあって、様子は判然としない。

それでもけっこうな数の人間がいるのは、外に停まった車輌からして当然だろう。ひとりの人が、左手奥の教壇めいた台に立ち、パイプ椅子に座る人たちに何事か説明しているのは、棋道会の由緒のようなことだろうと見当をつけた。どこかに受付のようなものがないかと思い、目を左右に走らせたとき、人々がばらばらと靴を鳴らして動き出した。見つかってはならぬと、なぜだか狼狽えた私は、建物の右側へ回り込んで身を隠し、するとたてつけの悪い戸が耳障りな軋《きし》みをあげて、開いた戸口から人が出てくる。

先頭で出たのは、鼠色のゴム長靴を履き、上下草色の作業衣を着た短髪の男である。なかで説明をしていた人物で、彼が案内人らしい、と見ていると、作業衣の男は姥谷の川筋へ向かって歩き出し、これに見学者らしい人たちがぞろぞろと二列になって続く。プレハブの陰から覗く私は、あっとあげそうになった声をかろうじて呑み込んだ。なかに見知った顔がいくつもあるのを見たと思ったからだ。

一団は渓流に沿って谷の奥へ消えていく。行き先は龍の口以外ではありえない。そう確信した私はいくぶん間をおいて後を追った。つまりこれは一種の観光ツアーのごときものであって、将棋関係者が参加しているのだと思えば、見知った顔があるのはさほど意外ではなかった。

早くも落葉をはじめた樹林を左右に見て、小径の草を踏みゆけば、川岸の岩陰から蛇が現れた。ラピスラズリみたいに真っ青な蛇だ。水流に身を投げた蛇は、サイン曲線を描いて泳いだあと、飛び跳ねるようにして小径にあがるや、するすると這って刺草《いらくさ》の藪に消えた。

曇天から吹寄せる風に葉を散らす樹々のざわめき、これを貫き水音が聞こえてきたのは御倉滝——龍の口の滝だ。落水が飛沫を散らす崖に、前にはなかった頑丈な梯子段が据えられて、人々はこれを順番に上り、鉄蓋の端の隙間から坑道へ吸い込まれていく。彼らの目的は「神殿」だ。

「磐《いわ》」の奥に広がる岩室の、金銀の象嵌《ぞうがん》された金剛床を中心に無辺に広がる将棋盤と、そこに散る異形の駒の立像群。参加者全員が龍の口に消えて、梯子段の下まで歩いた私が鉄扉を見上げていると、どうしたの？　と後ろから出し抜けに声をかけられた。

うわわっと狼狽の声をあげて振り向けば、短髪作業衣の案内人だ。てっきり先頭にたって坑道の奥へ向かったものと思っていたら、ひとり残って物陰にいたらしい。

「おたく、募集できた人？」作業衣が訊いた。

いや、べつにそういうわけじゃないんですがと、狼狽のまま弁解じみた返事をすると、申し込みはした？　と訊くので、いや、まだしていないと答えれば、男は感情のこもらぬ調子でいった。

「入るのは簡単にできるよ。興味とやる気さえあればね。でも、たいがいはすぐに逃げ出すね」

「そうなんですか？」

「そう。好きなだけじゃ続かない。情熱があっても、才能がないとね。おたくにはそれがあるの？」

龍の口を見上げながら、そんなものあるわけがないと、はなはだ冷笑的な調子で男が問うてきたとき、私は作業衣に縫い取られた「十河」の文字を認めて、男の素性について理解を得た。

「あなたは、十河さんですね？」

坊主頭が小さく頷いてみせたとき、ひときわ強い風が吹いて、谷間の樹木が唸りをあげた。いや、いまのは風音ではない。坑道で龍が蠢《うごめ》いたのだ、と、そのように観念すれば、恐怖の蟲が身内でたち騒ぎ、全身の毛という毛が逆立つのを覚えながら龍の口へ目を向けると、鉄蓋の隙間からたくさんの蛇が這い出してくるのが見えた。蛇は互いに縺れ合い、結ばれ合い、混乱した心太《ところてん》みたいに龍の口から溢れ出る。恐怖のあまり、うあああと声をあげ、滝を背に転び走ったとき

――目が覚めた。

ホテルの寝台《ベッド》に玖村麻里奈の姿はなかった。スマートフォンを見ると、時刻は九時五〇分。私は横になったまま天井を見つめ放心した。それからいま見た夢を反芻した。夢に登場した人物の顔は、見知らぬ者を含め、くっきりと脳裏に残存していた。

プレハブの事務所から出て龍の口へ向けて歩く一団の人々、なかに羽生善治三冠の顔があった。普段着らしい水色のサマーセーターを着た羽生三冠がいた。大山康晴十五世名人がいた。焦茶の背広を着た大山十五世名人の眼鏡顔があった。升田幸三実力制第四代名人の髭顔があった。黒髪を七三に分けた中原誠十六世名人の顔も、銀鼠の袴を穿いた米長邦雄永世棋聖の顔も、ネクタイを締めた加藤一二三九段の顔も、谷川浩司九段の顔もあった。ほかにも私がよく知る顔が、写真でしか知らぬ顔を含め、谷筋の小径を進む群のなかにあった。将棋界の重鎮ともいうべきお歴々が、そんなふうに一堂に会するとしたら、これはただ事ではないわけで、しかし私は驚かぬまま、ああ、そうか、みんなで龍の口へ行くんだなと、簡単に納得したあたりは、いかにも夢らしい展開といえた。

最後に現れた「十河」の顔。それも薄明るい夢の映写幕に鮮明に像を結んでいた。ごま塩になった頭の下、小さい目が落ち凹んだ眼窩に沈んで、そのぶん縦横に張り出して存在を主張する鼻と、穴の横についた疣《いぼ》。それは私がはじめて見る顔だった。私は十河元三段の顔を知らない。だから夢に出てきた「十河」が、現実の十河と一致するはずはないが、しかし私はすでに、龍の口の下で私に声をかけてきた男が十河以外の者ではないと考えるのをやめられなかった。

十河元三段の案内で歴代の名棋士たちが龍の口へ向かう。棋道会の「神殿」に詣でる。夢とはいえ、馬鹿馬鹿しくも可笑しくて、しかし寝台《ベッド》に横になった私から笑いは漏れなかった。彼らは坑道の奥、「磐」の向うの無際限に広がる盤上で龍神棋を戦うのだ、とそう思ってみれば、いっそう可笑しいはずなのに、やはり具体的な笑いにはならず、顔は石の仮面に変じたかのごとくに凝固して動かなかった。

私は再度スマートフォンを手にとった。玖村麻里奈からはなにもメッセージは入っていなかった。彼女はどうしているのだろう？　いまごろはもう飛行機に乗っただろうかと考えた私はそのとき、先刻の夢で、龍の口へ向かう一団のなかに玖村麻里奈の姿があったのを思い出した。玖村麻里奈は大山十五世名人のすぐ後ろを俯き加減で歩いていた。ひょっとして玖村麻里奈は姥谷に向かったのではあるまいか？　そう考えた私は夢をさらに想起して、棋界のお歴々とともに蛇のいる渓流沿いの小径を歩き、滝の横の梯子を上った女流棋士が龍の口に消える場面を脳裏に描いたとき、自分がいまいる場所がどこであるか、急に判然としなくなった。

ひょっとして自分はいまなお夢のなかにいるのではないか？　いや、そもそも昨夜、玖村麻里奈が傍らにあったこと自体が夢ではないのか？　あらためて思えば、彼女のような女性と一夜を共にするなどということは、現実にはありえないことのような気がしてくる。昨夜の記憶ははやくも遠ざかり、霞のなかに霧散しようとしていた。

どうしても果たさねばならぬ義務があるのに失念してしまっている。そんな気がした。きっとそれは取り返しのつかぬ厄災をもたらすのだ。私はひどく気がかりだった。けれども気がかりの種がなんであるかは、もどかしく摑めなかった。学生時代に読まされたフランツ・カフカの小説に虫になる男の話があったのを覚えている。あの小説では男が気がかりな夢から覚めると虫になっているのだったが、ひょっとして自分は男が見たのと同じ気がかりな夢を見続けているのではあるまいか？

だとしたら、次に夢から覚めたとき、自分は虫になっているわけだ。仰向けになった寝台《ベッド》で油染みた腹を中空に晒し、か細い脚をひらひらと蠢かせる虫になった自分を想像したとき、すすすと、ようやく歯の隙間から笑いが漏れた。

第四章　仮説と告白

34

北海道から帰って、私はしばらく留守にしていた幡ヶ谷《はたがや》のアパートに戻った。

しぶとい残暑がようやく去ってエアコンがいらぬ季節になり、体調が復したこともあったが、なによりは仕事がたてこんだせいだ。大手新聞社の将棋ネットで配信をする仕事を定期でもらい、若い起業家のインタビューをネット記事にまとめる、これも定期でギャラのよい仕事がはいったほか、将棋関連の書籍の編集校閲もいくつか頼まれて、編集プロダクションをやめた減収が補われる以上の実入りとなったのは、将棋でも一度流れがよくなると次々駒が働き出すことがあるが、仕事も同じらしいのだった。

とはいえ、なんの保証もないフリーの身、軀《からだ》だけが資本である以上、健康には気をつけなければなと、夏以来の不調を体験した私は心を入れ替え節制に励んだ——とは全然ならず、以前同様、夜な夜な飲み歩く生活に後戻りしたのは、棋士と飲むのも仕事のうちである、との言い訳もあったが、なによりは酒でも飲まねば長い夜をやり過ごせそうもない、そぞろ落ち着かぬ気分が底流にあったせいである。

原因のひとつは、玖村麻里奈《くむらまりな》だ。あの日、とは、つまり私が北海道から戻った日、午後にメールがきて、《将棋に負けたからといって甘えてすみません、それが恥ずかしくて先に帰ってしまい、失礼をしました》とそこには書かれていた。誰かに甘えたいときには思いきり甘えていいのではないかと私は返信し、これはいうまでもなく、ぜひとももまた「甘えて」欲しいとの願望の表明に他ならなかった。玖村麻里奈とはしばらく顔をあわせる機会がなく、私は思い切ってメールで食事に誘い、遠回しに断られるかと思いきや、気軽に応じてくれた女流棋士は、下北沢のイタリアンレストランで夕食をともにしたあと、自然な流れで幡ヶ谷の私の部屋へきて泊まった。三週間ばかりのあいだにそうしたことが二度あって、つまり私は玖村麻里奈と「恋人」同士の関係を結んだといってよかった。

私は毎日でも会いたかった。けれどもあまり頻繁に、しつこく誘いの手を伸ばすのは束縛するようでしにくかった。メールでは連絡をとりあっていて、私の方からは、こんな仕事を今日はしたとか、観戦した対局の指し手が素晴らしかったとか、雑談ふうの内容を送ったのに対して、向うからは、お疲れさまでしたの言葉にほんの僅かな修辞のついたメッセージが返ってくることがほとんどで、しかし文面の素っ気なさは彼女らしいともいえた。私は「恋人」の都合や心情をあれこれ忖度《そんたく》しながら、誘いをかける機会を窺い、東京での二度の逢瀬は、結局のところ、ともに玖村麻里奈女流二段が対局に負けた日の夜なのだった。

自分は女流棋士の「小さな死」を癒《いや》す要員なのか？　私は自問せざるをえず、しかし彼女がそのようなことを表明しているわけではないから、自己限定をしていたので、そうなってしまうのは自信がないせいだと結論せざるをえなかった。あのときプロ棋士になれていたらと、私は久しぶりに後悔の苦い汁を飲んだ。それでも次の逢瀬に思いを馳せ、クリスマスにどんなプレゼントをしようかと考えながらデパートの宝飾店や鞄屋を覗く私は十分に幸福だった。

つまり私の夜は「玖村麻里奈と会えない夜」に変じ、時間を持て余した私は居酒屋やバーの椅子に腰を据えることになったわけである。加えてもうひとつ、私が緩々《かんかん》として寛がなかったのは、いうまでもなく、夏尾《なつお》の事件がいまだ宙に浮いていたせいだ。

新千歳空港のホテルのバーで私がたてた天谷敬太郎《あまやけいたろう》犯人説。玖村麻里奈はこれを容《い》れたのではなかったが、ほかに有力な仮説のないことは認め、とにかく天谷氏が日本へ戻るのを待って、直接ぶつかるのが話が早いと、今後の「捜査」方針を示唆した。そうだねと頷きながら、天谷犯人説はやはり仮説の域をでるものではないと私は考えざるをえなかったのは、なにより動機が不明であり、二〇年前の麻薬事件に係わりがありそうだというのも、さして根拠のある話ではないと、時間が経過するにつれいよいよ思えてきたからである。かといって、警察の判断どおり単なる事故で片付けるわけにもいかない気がして、しかしそれも姥谷《うばたに》の放つ妖しい霊気ゆえであるようにも思えた。

どちらにしても天谷氏が海外である以上、いま自分たちにできることがあるとすれば、新千歳のホテルで結論したように、十河《とごう》元三段を捜して話を聞くことであった。夏尾が事故で死んだのだとしても、彼に矢文を与えて、棋道会《きどうかい》への興味を、姥谷までわざわざ足を運ばせるほどにかきたてた人物があったはずで、それが十河元三段である可能性はあると思えた。私は十河樹生《みきお》の発見を目指して動きはじめ、これは事をすっきりさせたいとの思いからでもあったが、それ以上に玖村麻里奈に報告すべき情報を得たいとの願いがあるのは明らかだった。メールでも、直接会ったときでも、「小さな死」に捉えられていない、いわば通常モードの玖村麻里奈と、滑らかに対話が進行する話題を見つけるのに私は苦慮していたのである。

十河樹生を捜す。方策をあれこれ考えはじめた私は、夢で見た、作業衣にゴム長靴を履いた短髪の男を想い、彼がもはやこの世の人ではないとの感覚が自分にあるのを認めた。十河樹生の行方を追うことは、結局は彼の死を確認することになるのだろう。そんな予感があった。

かりにそうだとすれば、夏尾に棋道会を教えたのが十河元三段であるという仮説は消えてしまう。それでもかまわない、というのも変だが、十河樹生がすでにこの世の人でないことは、なぜか動かしがたく思えた。

だが、これは私の願望だったというべきだろう。どうして私がそのような願望を抱いたのか？　それはおそらく棋道会をめぐる謎が封印されることを私が望んでいたからだろう。十河樹生の死で道筋が行き止まりになり、ああ、これではもうどうしようもないなと、諦め顔で引き返すことを私は密かに願っていたのだ。これ以上棋道会に係わるべきではない。警告が、私の軀のなかで、それとわかる形で響きはじめていたのである。

35

十河樹生を捜す。とした場合、茨城の実家に連絡するのが初手だろう。連盟の記録に残っていた電話番号にかけてみると、半ば予想どおりではあったけれど、番号は使われていないとの告知になった。ならば土浦まで出向くしかないと思い、玖村麻里奈を誘ってみたがスケジュールが合わず、私自身の仕事の忙しさもあってつい先延ばしになった。十河樹生の実家には兄がいたと天谷氏はかたっていたが、二〇年以上の時の経過を考えると、無駄足になりそうな予感があることも私を消極的にした。

一方で私は、芸のない話ではあるが、北海新聞の高田聡氏に再び頼り、二〇年前の麻薬事件に係わった者らのその後につき、わかることがあれば教えて欲しいと連絡した。まもなく高田氏から返事があり、所用で上京するというので、時間を作ってもらい、千駄ヶ谷の喫茶店で会った。

元奨励会員のその後の人生といった内容のノンフィクションを書こうと考えている、ついては十河元三段にも会って話を聞いてみたいのだと高田氏には伝えてあって、そういう仕事はぜひやったほうがいい、もし版元が見つからないようだったら自分が助力してもよいと、煙草を手から離さぬ新聞記者がいうのを心苦しく聞いたあと、早速ですがと、私はメールで伝えてあった質問をあらためて口にした。

まずは十河元三段であるが、彼が現在どうしているか、これはわからなかったと応じた高田記者は、老眼鏡をかけた目をメモ帳に落として、十河樹生の保護司は旭川で鉄工業を営む中谷稔《なかたにみのる》という人で、しかし中谷氏はすでに亡くなっていたと教えた。保護司の線が駄目となると、実家の線しかやはりないのかと考えているところへ、実家にはあたってみたの？　と問われて私は弱った。この時点ではまだ土浦へ行っていなかったからである。あたってはいるのだが、はっきりしないのだと私が誤魔化し気味に返答すると、ひとつ頷いてコーヒーを啜《すす》った新聞記者はいった。

「桐原土木にもいちおう問い合わせてみたんだけどね、わからないっていう返事だった。なにせ二〇年も前の話だからね。当時の社長も亡くなっているし」

逮捕時の十河元三段は桐原土木興業の社員であった。なるほどその線もあったかと考えた私は、わざわざ問い合わせてくれた記者の誠実に恐縮しつつ質問した。

「十河元三段はどういう経緯で桐原土木の社員になったんですかね？」

「蜂須賀康二《はちすかこうじ》の父親の紹介だったみたいだね」と答えた記者は、蜂須賀康二の父親は桐原土木の社長と親しく、雉別町《きじべっちょう》にある蜂須賀の農場で働いていた十河元三段は、そのつてで桐原土木に入ったんだろうと述べた。一月ほど前に訪れた蜂須賀の家の、柵も塀もない敷地、突然人が消失してしまったかのようなたたずまいを私が思い起こしているところへ記者がいった。

「あの頃、ぼくは社会部で、将棋界のことはまだあまり知らなくてね。逮捕者のひとりが元奨励会員だって話は聞いたと思うんだけど、あまり気にしなかったんだよね」

そのことが残念でならないとでもいうような含意《がんい》でいって、鼻から煙を吐いた記者に私はまた訊いた。

「主犯格は蜂須賀康二だと思うんですけど、蜂須賀のその後はどうなんですか？」

「蜂須賀康二はだね」といって高田記者は手帳の頁を繰った。「南米に移住したみたいだね」

「南米ですか？」

「そう。ボリビアだね」

ボリビア——。ボリビアといったら、天谷氏がいま滞在している国ではなかったか？　間違いない！　ボリビアに滞在しているという葉書が天谷氏からきたと『将棋界』編集長はいっていた。天谷氏は現地の日本人のところで世話になっているらしいと編集長は話していたが、その日本人が蜂須賀である、とそのように私が読みを進めたのは当然だろう。農園で短期間世話になったあと蜂須賀とは疎遠になったと天谷氏は語っていたが、その後も二人が繋がっていた可能性はある。にわかな緊張に瞼《まぶた》がぴりり痙攣《けいれん》するのを覚えながら、蜂須賀はボリビアで何をしているのかとの質問には、そこまではわからないと返事をして記者は先へ進んだ。

「もう一人の逮捕者は増岡崇和《ますおかたかかず》という男なんだけど」

「桐原土木の社員だった男ですね」

「そう。この男が、当時、姥谷の管理をしていた」

桐原土木興業は、石狩や夕張近辺の、閉山になった炭鉱や鉱山の管理を託されていて、増岡の担当のなかに姥谷があり、十河樹生は増岡の助手をしていたという。

「十河元三段は岩見沢にある会社の寮、といっても、ふつうのアパートなんだと思うけど、そこに入って、働きながら運転免許をとってる。北海道じゃ免許がないとどうにもならないからね」

「それで逮捕されて解雇になった？」

「いや。そのまま桐原土木で雇われた。社長はなかなか偉い人だったんだな。十河三段も、たまたま増岡についたせいで手伝わされただけだったみたいだしね。ところが一年して、保護観察期間が終わってすぐに十河三段はいなくなったらしい。そのあたりの事情は、社長も社長の奥さんも亡くなっているんでよくわからない。いまの社長は前の社長の親戚なんだけど、十河三段のことは全然覚えていなかった。社員もここ数年でずいぶん替わったみたいでね」

なるほどと頷きながら、しかし私はなおボリビアに気をとられていた。天谷氏と蜂須賀がいまなお繋《つな》がりを持っているのなら、やはり天谷氏は麻薬事件に関与したと考えられるのではないだろうか。だとしたら、天谷敬太郎の役割は何だったのか？　読み筋を追いはじめた私の思考は、しかし続く記者の言葉に遮《さえぎ》られた。

「増岡は出所後しばらくして死んでいる」

「そうなんですか？」

「死因は心停止。酔っぱらって真冬の川に落ちた。増岡は六〇歳を越えていたし、一年で一番寒い、零下二〇度になった日だったからね。心臓マヒを起こさなくても助からないよね」

「事故だった？」

「疑えば、誰かに突き落とされたって可能性は零じゃない。しかし警察は事件性なしと判断した。増岡が近所の居酒屋で飲んで、酔っぱらっていたのは間違いないみたいだからね」

コーヒーを口へ運んで少考した私は、ところで姥谷で作られていた麻薬なんですがと、眼鏡のせいで目玉がやけに大きく見える新聞記者に向かってべつな質問を口にした。

「彼らは作った大麻をどこへ売っていたんですか？」

そう私が訊いたのは、天谷氏が大麻を捌《さば》く役割を担ったのではないかと考えたからである。

「作っていたのは大麻樹脂と乾燥大麻なんだけど、札幌で飲食店をしていた男が買っていた」

答えた記者は、飲食店の男は暴力団員ではないものの、その筋の人間と繋がる人物で、蜂須賀たちが摘発されたあと、官憲の手が伸びる前に雲隠れして、いまも行方は知れないのだと教えた。ひょっとすると消されたのかもしれないねと、物騒なことをかるく口にした記者は続けて、しかしそれより面白いのはと、老眼鏡をはずした顔をこちらへ向けた。

「姥谷の事務所が摘発されたとき、アヘン樹脂が一緒に見つかったことだ」

新聞記事には、たしかに大麻取締法とならんで、あへん法の罪状も書かれていた。

「それは大麻とは違うんでしたっけ？」

麻薬に詳しくない私が問うたのへ、そもそも原料が違うし、精製すればヘロインにもなるアヘンは毒性も価格も段違いだと記者は解説したが、アヘンの原料がケシだくらいの知識は私にもあった。

「北海道では昔、アヘンが製造されていた。ケシが栽培されて、品種改良なんかもされていたんだけど、いまはまったくない。しかし、種さえ手にはいれば、栽培はできるからね」

「つまり蜂須賀たちはケシを栽培していた？」

「本人たちは否定した」と答えた記者は、大麻は自生している大麻草を集めたもので、ケシを含め自分たちはなにも栽培していない、アヘン樹脂は拾ったのだと蜂須賀らは供述したと続けた。

「どこで拾ったと？」

「それはわからないけど、姥谷だろうね。ヒロポンなんかもそうだけど、むかしは麻薬が民間に出回っていたみたいだから」

「姥谷の住民が残していったと？」

「そうだね。しかし、大東亜通商が満洲から持ち込んで隠匿《いんとく》した物資のなかにアヘンがあった可能性もある。旧陸軍は中国大陸でアヘンを特務機関を通じて大量に集めていたからね。戦後しばらくして、物資を坑道から掘り出したっていうけど、そのなかにアヘンがあれば、少しくらい残っていてもおかしくはない」

「アヘンはたくさんあったんですか？」

「大東亜通商が持ち込んだアヘンのこと？」

「そうじゃなくて、蜂須賀たちが持っていたのです」

「大東亜通商が何をどれだけ持ち込んだかはまったくわかっていない。なかにアヘンがあったかどうかもね。蜂須賀一味が所持していたのは、小さなかけら程度だったらしい」

警察は蜂須賀たちが隠匿されたアヘン樹脂を探し出し、大麻と一緒に売っていたのではないかと疑ったが、証拠は出なかった。しかしアヘンの所持は間違いないので、あへん法でも送検されたが、こちらは無罪になった。アヘン樹脂がほかにないか、当局は姥谷近辺を調べただろうが、発見された記録はない。記者がそのように話すのを耳に入れながら、しかし私は別筋の読みにすでに没頭していた。

筋とは、すなわち、こうだ。姥谷に巣食う麻薬製造一味は、龍の口の坑道で、かつて大東亜通商が持ち込んだアヘン樹脂――かけら程度ではない大量の――を見つけた。警察の手が入る前に、彼らはアヘン樹脂を隠し、これを秘匿した。大麻製造には直接係わらなかったがゆえに容疑を免れた天谷敬太郎がアヘンを保管し、蜂須賀たちが出所するのを待ってカネに換え山分けした――。

そう考えたとき、一味のひとりだった増岡という男の、出所後の死が、にわかに意味の色彩を帯びてくる。死人に口なし。そして死人に分け前はいらない――。目下の課題は十河樹生の行方であるが、もしこの読み筋が成立するならば、彼もまた「口を封じられた」と考えるのは自然ではないだろうか？

ここまで筋を追ったとき、天谷氏が麻薬のルポルタージュを通じて裏世界の人間と係わりを持つ事実が、高円寺の瀟洒《しょうしゃ》なマンションが、毎年のように「仲間たち」といく海外カジノが、あらためて強い色彩を湛えて眼前に迫るのを私は覚えた。そしてなにより、五月の名人戦の夜、ふいに出現した棋道会の矢文に烈しく顔色を変えた天谷氏の姿もまた思い出された。

だが、かりに十河樹生が死んでいるのなら、夏尾に矢文を与え、姥谷をめぐる「秘密」を教えたのは、いったい誰なのか？

36

私が土浦へ向かったのは、竜王戦が開幕した一〇月一三日。渡辺明竜王に丸山忠久九段が挑戦する第二四期竜王戦第一局が、山形県天童市の「ほほえみの宿　滝の湯」で開催されたこの日、午後から入っていたインタビュー仕事がキャンセルになり、急に軀の空いた私は、果たすべき義務を果たす感覚で常磐線に乗った。玖村麻里奈を誘えればよかったのだが、彼女は現地解説会の聴き手役で、前日から天童へ入っていた。

この日は朝から曇り空だったが、午後になると雲がさらに湧き出して、車窓の風景は時を追うごとに埃っぽい靄《もや》に覆われる具合になり、家並みも畑地も雑木林も昏《くら》い影に沈んで、曇天の圧力に押し潰されるように見えた。

土浦行きの快速電車、夕方には満員になるはずの車輛は、その時刻、閑散としていた。取手駅で、なにかの運動部員らしい、黒いジャージの上下に揃いの大鞄を抱えた坊主頭の一団が乗ってきて、彼らは座席には座らず吊革を摑み、背中あわせに行儀よく二列になって窓へ顔を向ける。転轍点を通過して、人の列が潮に靡《なび》く海藻みたいに揺れたとき、彼らが死人であるとの思いに私は突然捉えられた。車輛は津波に呑まれた棺であり、死者を乗せ光の届かぬ深海へとゆらめき沈んでいく——。

ぴいいんという耳鳴りとともに目の奥が暗くなり、呼吸が浅くなった私は、上体を立てていられず、隣座席が空いていたのを幸い、軀を横に倒した。乗客の視線が集まるのがわかったけれど、どうすることもできぬまま、頭を低くして貧血の去るのを待つしかない。その間にも潮の流れに押され海底を漂い歩く死者たちの像が脳裏で蠢《うごめ》き、ひゅううと長い息を吐いて幻影を払おうとすると、大丈夫ですか？　と声をかけてきた人があって、ええ、と返答した私は、どうにか上体を起こし、重い首を硝子窓に預ける格好になって目をつむった。

その頃には僅かながら頭に血が流れるようになっていたが、車輛の揺れにあわせ頭を窓の硝子にかつんかつん打ち当てる私の周囲に死者の気配は消えず、それどころか新たな死人らが次々と流れ入っては周囲に漂うのを感じた。ここは死体の滞留する場所であり、私は過《あやま》って死者のなかに紛れ込んでしまったのだ、との理解が得られるや、空恐ろしくなった。私が生きた人間であることは絶対に悟られてはならない！　そう念じてなお堅く目をつむっていると、誰かが隣に座った。一瞬間開いた目に鼠色のゴム長靴と草色の作業衣が映れば、誤解の余地はなかった。十河元三段だ！　十河元三段はぶつぶつと何事か呟き、それは現世への未練とおのれの非業へのうらみつらみ、死者の怨嗟《えんさ》の声に違いなかった。そうか、やはり十河樹生は死んでいたのだと、冷静に考える一方で、いまにも十河元三段が、あるいはほかの誰かが、ここに生きた人間がいるぞといいだしそうな気配に怯え、なお息を殺しているところへ肩をいきなり叩かれた。

終点ですよ。告げた人は扉から出て行き、と、いつのまにか電車はホームに停まっているのだった。看板には「つちうら」の文字がある。

車輛から降りてベンチに腰を下ろし、時計を見ると、時刻は午後三時一〇分。体調はよろしくないが、貧血は悪夢とともに去っていた。ここまできて帰るのも馬鹿馬鹿しい。私は貧血には慣れていた。自販機で買った水を二口ほど飲めば、気分は元に復した。暗水に漂う死者の幻影はいぜん私を脅かしていたが、先刻の短い悪夢に十河元三段が登場したことには意味があると思えた。死者の列にあった以上、十河元三段はすでに死んでいるのだ。それが夢の伝えるメッセージではないか。ならばそのことを自分は確認しなければならない。そう思えた。

駅舎を出た私は、乗り場でタクシーを拾い、ここへ行ってくれと住所を示した。一〇分ほど乗って、このあたりだと思うと運転手にいわれて降りたところは、高速道路の高架近く、地震がきたらたちまち倒壊しそうな鼠色の混凝土《コンクリート》塀に囲まれた墓地の前である。塀から覗かれる墓石や卒塔婆の列を眺めつつ、番地を頼りに探したが、それらしい家はない。墓地と地続きの寺の門前に自転車屋があって、人がいたので、声をかけて訊いてみれば、そのあたりの家は寺が買って墓地にしたと、病気らしく、鼻の穴にビニール管を牛よろしく挿した年寄りは教えた。十河家がどこへ越したか知らないかと訊いたのには、知らねえなの言葉が嫌な咳と一緒に吐き出された。

寺を門から覗くと、右手の庫裏《くり》らしい家から割烹着の人がちょうど出てきたので、住職さんに会いたいというと、留守にしているという。どんな用件かと逆に訊かれて、言葉遣いから住職の妻らしいと見当をつけた私は、十河さんについて知りたいのだと答えると、警戒するようでも、ぼんやり放心するようでもある顔になった女が、なにを知りたいのかと問うので、引っ越し先を知りたいのだというと、眼鏡の奥の瞳を独楽《こま》みたいに揺らした女は、自分たちは事情を知らない、仲介業者に聞くといいといって、不動産屋の名称とおよその所在地を教えてくれた。

土浦までバスで戻り、駅近くの不動産屋へ向かえば、いわれたとおりの場所に店はあって、舗道に面した素通し硝子の空間に、スーツ姿の社員が居並ぶ様子にやや気後れしながら尋ねたところ、顧客情報は教えられないと慇懃《いんぎん》に断られた。

とりあえず実家がすでに存在しないことは確かめられた。今日はそれで満足すべきだと思い、せっかくだから居酒屋でも探して飲んで帰ろうと歩き出したとき、いや、投了にはまだ早い、もう一粘りすべきだとの気持ちが生じた。寺の主婦は警戒するふうがあったが、自転車屋の年寄りは、偏屈そうではあったけれど、どうにかなりそうな気がして、私は目に付いた和菓子屋で菓子折を誂《あつら》え、再びバスに乗った。

結論からいえば、粘りは功を奏した。戻った自転車屋には年寄りの娘らしい中年女が一緒にいて、彼女が情報を提供してくれたからである。

十河家はこのあたりでは旧家で、昔は地所もたくさん所有していたが、何代かのあいだに没落した。婿養子だった樹生の父親は出奔して、ほどなく母親も亡くなり、樹生と兄と、彼らの祖父の三人でしばらくは暮らしていたが、樹生が家を出て、祖父も亡くなって、「お兄ちゃん」がひとりで住んでいたところへ、寺から話があって土地を売ったのである、とそのように自転車屋の女は話してくれた。

「もうねえ、十河さんのところは誰もいないのよ。お墓を立派にしたのにねえ。守る人がないんだからね」

油臭い自転車屋には相応《ふさわ》しからざる、黒タイツに金魚みたいな襟飾りのついたピンクのセーターを着て、顔半分を覆い隠すほどのサングラスをかけた赤い髪の女はいい、すると横の机で丸い物を布で磨いていた年寄りが、うちだって似たようなものじゃねえかと口を挟んだ。女は年寄りを無視して、十河家の墓は寺の墓所に昔からあって、古くなっていたものを、土地を売ったときに「お兄ちゃん」が立派に建て直したのだと補足した。

「守る人がない」とはどういうことかと、いくぶん遠回しに訊ねると、なぜ十河家のことをそんなに訊くのか、疑う顔に赤髪サングラスの女ははじめてなり、しかしすぐに、どっちみちもう誰もいないんだから、いっちゃって大丈夫よねと、年寄りに向かって同意を求めるように笑った。年寄りは知らぬ顔で作業を続け、返事の代わりに、と私には聞こえたのだが、ちりりりんと手のなかのものを鳴らしたのは自転車のベルで、鼻に管を挿した老人は自転車のベルをいくつも机に並べて磨いているのだった。

「お兄ちゃんはね、亡くなったのよ」

事務的な報告をするようでも、悼《いた》むようでもある調子で女はいい、「お兄ちゃん」は船橋の方で暮らしていたが、「質《たち》のよくない女」に引っかかり、女に誘われて「へんな宗教」に入ってしまい、家屋敷を売って得た金をぜんぶ巻き上げられたあげく自殺したのだと説明した。すると横から年寄りが、ほんとに死んだのかと、懐疑の声をあげた。

「自殺しかけたって話はきいたけんど、死んではいねんじゃねえの」

「死んだのよ。ていうか、亡くなったってきいたわ。岡部さんがそういってたもの」

「岡部のババアはあてにならねえっぺよ。だいいち骨はどうしたんだ？」

「骨？　骨は、あれじゃないの、女が持ってるんじゃないの。そっちの宗教の方でどうにかするとかいって。骨を返せっていう親戚もいないしね。お兄ちゃんは殺されたようなものよ」

そういったサングラスの女は、今度は私に向かって、「お兄ちゃん」は真面目だが騙《だま》されやすいところがあり、墓も建て直す必要などないのに、住職に誑《たぶら》かされて大枚はたくことになってしまったのだといい、そもそも墓地を拡張しようとしていた寺は、墓石業者や不動産屋と組み、悪辣なやり方で隣接する家々の地上げをやったのだと、寺批判を展開しはじめ、これについては年寄りも異論はないようだった。

古びた自転車屋には客がくる様子がなく、というより、鉄くずに近い中古自転車が並び、包みのビニールが劣化した品物が陳列された店舗には、長らく客がないように見えた。こんなので商売が成り立つのだろうかと疑問を抱きながら、弟の方は、つまり十河樹生はどうしたのだろうかと、私は肝心の問題へ質問を進めた。

「もうずいぶん前に亡くなったらしいわね」

自転車屋の女は応じた。やはりそうかと、安堵するような気持ちで頷いた私がさらに詳しく事情を訊こうとする前に、樹生たち兄弟の母親は一人娘だったから、ほかに係累はなく、最後に残った「お兄ちゃん」が死んだ時点で、十河家の血筋は絶えてしまったのだと、女は悼《いた》む気分がないでもない調子でいい、

「立派なお墓だけが残っちゃって、でも、誰も守る人がないから、いずれは寺にとられちゃうのよね」とまたも寺への憤懣《ふんまん》を滲《にじ》ませて加えた。なるほどと応じた私が、樹生が亡くなったのはいつなのかと問おうとしたとき、作業を続けたまま年寄りが口を開いた。

「ありゃ呪いだっぺよ」

「またそういう非科学的なことをいう」

女が笑って咎めるのにかまわず、鼻にビニール管を挿した年寄りは、私の神経を騒がせるに十分な言葉を吐いた。

「ありゃ間違いねえ。将棋指しの呪いだっぺ」

37

将棋指しの呪い——。

どういうことか？　私が訊ねたのは当然だろう。

大正時代、十河家の数代前の当主、まだ資産があり、近隣に威を張っていた頃の当主が大の将棋好きで、賭け将棋の場を開いたり、旅する将棋指しのパトロンのようなことをしていた——と話し出した年寄りの言葉は、どこか古老が民話をかたる調子があって、たしかに大正時代のこととなれば、かたり手が生まれる以前の話だろうから、伝説ふうにものがたられるのは自然だともいえた。

当時の十河家には娘がいた。その娘が出入の将棋指しと恋仲になった。将棋指しは嫁にと望んだが、当主は許さず、二人は出奔して北海道へ逃げた。激怒した当主は、人を使って将棋指しを捜させ、これを惨殺した。その将棋指しの呪いが十河家に不運と厄災をもたらしたのだ。年寄りはかたり、赤髪サングラスの女——この時点で年寄りの娘だとほぼ理解されていたが——は、ときおり小馬鹿にするように鼻を鳴らしたものの、遮《さえぎ》ることも否定することもしなかった。

北海道の地名に私が反応したのは当然だろう。二人が逃げたのは北海道のどこだろうかとの質問には、知らないと素っ気なく答えた自転車屋の年寄りが強調したのは、将棋好き当主の子孫——つまり樹生が将棋のせいで「おかしくなった」事実で、ここにこそ将棋指しの呪いが最も強く作用したというのであった。

「あそこん家の人間《ち》は、代々将棋や賭け事が好きなんだが、あそこまでおかしくなったのはほかにいねえっぺな」

娘の方も「お兄ちゃん」の「弟」が「おかしくなった」ことについては同感の様子だった。将棋については、最初は「お兄ちゃん」がのめりこんで、近所の腕自慢を寄せ付けないほどだったが、常識のある「お兄ちゃん」が趣味にとどめたのに対して、「弟」――すなわち樹生のほうは、小学校高学年の頃からほとんど学校へ行かず、週に一、二度、土浦の将棋道場へ通うほかは部屋にこもって将棋ばかりやるようになってしまい、そのうち将棋指しになるなどといいだしたのは、将棋指しの呪いというのもあながち的外れではないかもしれないと、ついいましがた非科学的と小馬鹿にしたのを忘れたように評論した。

「あの子はね、昼間は全然外に出ないんだけど、夜中になるとぶつぶつ何かいいながら近所をうろつき回ってたのよね。大根とかを齧《かじ》りながら。なにしてるんだって、誰かが訊いたら、将棋を指してるっていったんだって。大根は頭がよくなるからだっていうんだけど、夜中に歩いて将棋って、まともじゃないわね」

歩いて将棋というのは、指し手を考えながらの意味だろう。将棋もある程度強くなれば、頭のなかの盤で駒を動かせるようになる。しかしそれをいっても仕方がなさそうなので、私は黙っていた。女も年寄りも十河樹生が奨励会の狭き門を通り、正しく将棋指しへの道を歩んでいた事実は知らないようだった。というより、そもそも将棋のことを知らないらしく、「将棋指しを志す」＝「おかしくなる」くらいに考えている様子がみてとれた。

将棋指しになるといって家を出た「弟」が北海道で逮捕され、保護観察処分を受けたことも二人は知らない様子だった。「弟」はその後どうしただろうか？　との質問の答えにそれへの言及がなかったからである。「弟」は漫画喫茶に寝泊まりするような暮らしをして、一時期は「精神病院」に入院していたらしいと赤髪サングラスの娘が教えはしたが、たしかな情報源があるわけではなさそうだった。どちらにしてもこの二〇年間、「弟」が実家に帰っていないのはたしかなようであった。亡くなった、というのは？　と訊けば、「お兄ちゃん」がそういっていたのだと娘は答え、それはオレも聞いたなと、自転車のベルをまたちりりんと鳴らして年寄りも同意した。亡くなったのはいつかの問いには、だいぶ前、一〇年くらい前のことだったかと、はっきりしない返答があった。

自転車屋を出た私は墓地へ向かった。十河樹生が死んだのなら、墓誌に記録があるかもしれないと考えたのである。外は雨が降り出していた。傘はなかったが、びしょ濡れになるほどの降りではないので、私は小走りで墓地の木戸門を潜った。

自転車屋で聞いた将棋指しの呪いについては、どう考えたらいいかよくわからなかった。大正時代の話ならば、姥谷に棋道会はあったはずで、出奔した二人が逃げた先が姥谷ではないかと私が考えたのは自然な流れであったが、根拠のある話でもなかった。かりにそうだったとして、そのことと十河樹生がどう結びつくのか、それこそ「呪い」くらいしか思いつかない。それでも十河元三段の生家に将棋指しを生む土壌のようなものがあったことだけは理解できた。

自転車屋の父娘の話によれば、十河樹生が死んだのがほぼ一〇年前。つまり二〇〇〇年前後。蜂須賀が出所して数年になるわけで、増岡という男が死んだのとも時期が違う。となると、仲間割れ、ないし口封じで殺されたとする説は無理に思える。とはいうものの、姥谷の麻薬事件に係わったと目される人間のうち、二人が死に、大麻を捌いていた札幌の飲食店の男の行方が知れない事実が、なにかしら「出来事」の匂いを放つのは間違いなかった。しかもだ。生き残ったひとりが南米に渡り、そこをべつのひとりが訪れているとするならば——。

鼠色の混凝土《コンクリート》塀に囲われた墓地に人影はなかった。僅かずつ意匠の異なる墓石も、朽ちかけた卒塔婆も、水場の手桶も黒く濡れて、柘植《つげ》や青木の葉に降り落ちる細雨が幽かな音をたてた。

十河家の墓はすぐに見つかった。寺に近い側の列中央、座敷でいえば上座ともいうべき場所の、ひときわ大きな黒御影の墓石に「十河家」の文字が見えたからである。短い参道風になった敷石の左右に、やはり黒御影の灯籠が立ち、そこにも「十河家」の文字がある。畳一畳ほどの、横書きに金文字が彫られた墓石が飾柱のある石室の上に麗々しく据えられた墓は、威を張りあたりを睥睨《へいげい》しているが、いやにものものしい造りは要塞のごとくで、品がよいとはいえない。

墓誌の石板は石灯籠の横にあった。さほど古びていない刻み文字は容易に読み取れる。それぞれに日付と享年が刻まれた一〇ほどの戒名が並ぶ墓誌は、右から古い順になって、一番左に、俗名のまま日付も享年もなく「十河暁生」とあるのが「お兄ちゃん」で間違いないのは、それだけが赤い字になっていたからである。生存者を墓誌に記すとき赤字にするのを私は知っていた。墓を建てた「十河暁生」が自分の名を刻ませたのだろう。しかし自転車屋で聞いた話では、「お兄ちゃん」は数年前に亡くなったわけで、これが赤字のままなのは、やはり自転車屋で聞いたように、彼自身は祀られていないからなのかもしれなかった。立派な墓を建てたのに守る者がない。赤髪の女の言葉が寂寥《せきりょう》の思いとともに甦った。

戒名の一番新しいものは「享年七十九歳　平成四年」とあるから、これが樹生たちの祖父のものだろう。そしてその左、「十河暁生」の右に刻まれた文字列こそが、私の目的のものであった。

「十河樹生　享年三十歳　平成十二年」

戒名はない。しかし「十河暁生」とは違い、赤字ではない。十河樹生はやはり死んでいたのだ。雨中に立つ私は墓誌をしばらく眺めた。

時刻は五時一五分。手を合わせる形になってから私は墓を離れた。とにかくこれでひとつ、たしかめるべきことがたしかめられた。一歩前進だ、とそう考えてバス停に向かいながら、しかし何に向かっての一歩なのかと、疑問が浮かぶのを私は覚えた。つまりは夏尾の事件の解決へ向かっての一歩である。と、そう考えてみて、しかし別筋へ自分が踏み出している気がしてならなかった。

夏尾裕樹が十河元三段と出会い、棋道会や麻薬事件について情報を得たのではないかとの仮説は完全に消えた。そこに寄せの筋はない。それはわかったが、では、ほかにどんな筋がありうるのだろうか？　それこそ解けない詰将棋のように、迷路に嵌《はま》ってしまった感覚があった。

とはいえ、まずは捜査に進展があったと玖村麻里奈に報せて、詳しく話したいので天童から戻ったら会いたいと、メールをしようとしたとき、スマートフォンごと鞄を自転車屋に忘れてきたことに気がついた。急いでとって返し、朽ちかけた看板の下を覗くと、人がいない。灯りも消えて、人がいた気配すらない。不審に思いつつ、すみませんと声をあげて入っていけば、さっきまで自分が座っていた丸椅子の横に鞄はあった。脇ポケットをあけてみればスマートフォンもある。ほっとして店を出ようとしたとき、病気の年寄りが磨いた自転車のベル、薄暗がりのなかで銀色の巻貝のように見えるそれが、螺旋を描く形で机に置かれているのが目についた。

これは何の合図であるのか？　わかるはずのない図形の意味を探りながら、失礼しましたと、油臭い暗がりに声を残して、細雨のなか、混凝土《コンクリート》塀に沿って歩き出し、寺の門とは反対側にある墓地の出入口まできたとき、そこからすいと滑り出てくる人影を私は認めた。

鼠色のゴム長靴に草色の作業衣。服装だけではない。背格好といい、ごま塩の短髪といい、龍の口で案内人をしていた男ではないか？——いや、たしかにあの男だ。十河樹生！

38

——であるはずはなかった。

たったいま十河樹生の死亡を確認したばかりなのだ。そもそも龍の口の案内人は夢に登場した一人物にすぎない。一瞬間とはいえ、驚愕し狼狽した自分に私は苦笑した。

作業衣の男は、私同様傘をささずに、墓地に続く板金工場の塀に沿って歩いていく。少しだけ奇妙なのは、先刻の墓地に人影がなかったことで、もちろん私が忘れ物をとりにいった隙にきたのだろうが、なぜだかふいに涌いて出た印象があって、墓場で涌いて出るといったら幽霊だが、長靴をやや引きずるようにして歩く男は間違いなく生身の人であった。墓所の管理をしている人間だろうと思えば、長靴も作業衣もとくに不自然ではない。

男はクリーニング店の角を左へ曲がり、ぶつかった国道の狭い歩道を進んで行く。後をつけるつもりはなかったが、同じ方向なので追う格好になった。バス停に近づいたとき、ちょうど土浦駅行きのバスがきて、作業衣が乗り込むのを見た私は小走りになってバスの段《ステップ》に足をかけた。

車体中央の扉から入って見ると、作業衣は運転席真後ろの、前向きの座席につくところである。私は最後方の席に座った。ごま塩短髪の四角い後ろ頭を見せた男。気にするのはやめようと思うのだが、玖村麻里奈にメールをうつ最中にも、バスが停まるたびに目を向けるのをやめられない。終点に着くと、作業衣は先頭で前扉から出て、駅へ向かっていく。今度も追う形になり、しかし男が切符を買うあいだに私は交通カードで改札を抜けたので、作業衣は視界から消えた。

電車に乗り、私は座席に腰を下ろした。疲れを覚え、目をつむったが、眠りは訪れず、諦めて目を開けたとき、車輛の端に草色の作業衣があることに気がついた。窓硝子に頭を預け首を捩《ね》じ曲げた男の顔は見えない。電車は上りか下りしかないのだから、男と一緒になったのは不思議ではない。気にはなったけれど、もう気にするのはやめようと考えた私は、スマートフォンで最近の対局の棋譜を眺め出した。

終点の上野に着いて、作業衣が目に入ったのは、気にしないと心に決めながら私が男になお注意していたからだろう。長靴作業衣はホームへ出る。私も扉から出て、今度こそ尾行する形になった。十河樹生であるはずがない。そんなことは考えるのも馬鹿馬鹿しい。わかってはいるのに、顔をたしかめずにはいられないのはなぜか？　自問してみて、答えが出ぬまま、私は後を追った。

男はJRから地下鉄日比谷線に乗り換えた。電車は混み合い、同じ車輛に乗り込んだものの、駅ごとの乗り降りの人波のなかで作業衣は見失われた。半ばほっとした気持ちで茅場町《かやばちょう》で降り、東西線に乗り換えようとしたとき、ホームに草色の作業衣が再び見えた。あっと声を出した私は反射的に後を追い、滑り込んだ車輛に乗る男に続いた。

東西線は日比谷線以上に混み合っていた。満員の乗客に揉まれながら、男の顔を覗こうとするが、見えそうで見えぬのがもどかしい。東西線は下りで、住まいからは遠ざかる方向だったが、こうなったら意地、ではないが、顔をたしかめねばすまぬ感じになってきた。思い切り近くまで寄ってじろり覗いてやろうと思ったものの、門前仲町《もんぜんなかちょう》で人が乗り込んで、車輛の奥へ押し込まれるうちにまたも見失なってしまう。西葛西《にしかさい》で乗客が一塊となってホームへ吐き出された。男が紛れている確信はなかったけれど、息苦しさに耐えきれず私は電車を降り、人波に逆らわず改札を出て、すると北口へ向かう通路に作業衣を見た気がして、急ぎそちらへ向かい駅舎を出れば、すっかり暮れた街路のどこにも作業衣は見当たらない。

駅前の道路を尾灯を赤く光らせた車が行き交い、街路に漏れ出る店明かりのなかを人影が行き過ぎる。オレは何をやっているのだ？　ふいに反省が生じた。だいたいあの男がどうだというのだ？　草色の作業衣などは世間に珍しくない。それを着た男をたまたまみかけただけのことではないか。将棋の対局中、過ぎ去った局面に好手を見つけ、仮想の手順を追ってしまうときに似た虚しさと焦燥を覚えて、駅へ戻ろうとしたとき、あたかも私をからかうかのように、駅前道路の反対側、街路灯に照らされた商店街の口に立つ草色の作業衣が見えた。

信号が青になるのを待って、横断歩道を渡り、作業衣が消えた小路へ入った。左右に飲食店や果物屋、酒屋、薬屋などが並んで、少し行った先はすぐに住宅地になるらしい。香料の匂いが漂うのは、いくつかの店舗が軒を並べるインド料理屋だ。路行く人にも外国人の姿がちらほらとある。古いフィルム画像の人物のような人影を透かして、長くない商店街の、とっつきの四つ辻を右へ折れる作業衣が見えた気がして、小走りに進んで辻に立って覗けば、しかし姿がない。

雨はあがって空は霽《は》れ、建物で区切られた細長い空に白い月が浮かんでいる。塀にねそべる斑《ぶち》猫《ねこ》が黄色い目玉を光らせこちらを見た。

男はどこへ消えたのか？　不審に思った私は、路を入って右手の、四階建てのビル、とも呼べぬほどの箱形の建物に目を向けた。一階は何屋なのか、シャッターの閉まった店舗で、左に狭い階段がある。作業衣が消えたとすればここだろうと思い、覗くと、上り口にひとつ電燈があるだけの階段は暗く、二階には何があるのか、暗くひっそりしている。変哲のない階段にもかかわらず、妖気が充満するのは、こちらの心理を映しているせいなのだろうかと疑い、なお見上げていると、どうしたの？　と後ろから出し抜けに声をかけられた。

「おたく、募集できた人？」

振り向けば作業衣の男だ。不意打ちに、いや、べつにそういうわけじゃないんですがと、狼狽して答えれば、申し込みはした？　と訊くので、まだしていないと答えると、男は感情のこもらぬ声でいった。

「入るのは簡単にできるよ。興味とやる気さえあればね。でも、たいがいはすぐに逃げ出すね」

「そうなんですか？」

「そう。好きなだけじゃ続かない。情熱があっても、才能がないとね。おたくにはそれがあるの？」

冷笑的にいった男が階段口を覗いて、つられるように視線を動かしたとき、階段の壁に「龍」の文字が見え、同時に獣が唸《うな》るがごとき声を私は耳に聞いた気がした。蠢《うごめ》く龍？　――ひょっとしてここは金剛龍神教の「神殿」の入口、すなわち龍の口ではないのか？　龍神棋にはいたるところに入口があるんですよ――誰かがいう声が聞こえた。そうなのだ。蠕動《ぜんどう》をする龍の胃袋のごとく落盤が繰り返される坑道の奥の「磐《いわ》」、その向うにある「神殿」、無辺の将棋盤が広がるあの場所では、いまこのときも、命がけの勝負が、文字通り命を削る将棋対局が繰り広げられているのだ！

そのように観念したとき、階段の暗がりに得体の知れぬ何物かが溢れ出る気配が生じて、恐怖に肝を鷲摑みにされた私は、海老よろしくあとずさりして、歪《いびつ》な月の浮かぶ路地から逃げ出した。

39

翌日、私は将棋会館で十河樹生の顔写真を探した。

西葛西の路地で正対し、言葉を交わしたにもかかわらず、昨日の男の顔が思い出せなかった。夢にでてきた「十河」と似ている気はしたが、夢で見た場面がデジャヴのように再現された結果、そのように思えるだけの気もした。

しかし昨日の体験はデジャヴとは違う。私は考えた。いま体験しつつある場面を以前にも体験したと感じるのがデジャヴだが、その場合、前回の体験がいつの体験であったかわからないのが特徴だ。しかし昨日の場面が、新千歳空港のホテルで見た夢の再現であるのは間違いなかった。

現実の場面をあらかじめ夢で見る。あれはつまり予知夢というものではなかったか？ それに類する話はときに耳にするし、精神分析学とか、脳科学では、なにかしら説明のつく現象なのかもしれない。どちらにしても不安感が軀に貼り付いて離れなかった。

だが、私の不安感は、予知夢の神秘よりむしろ、昨日の男が十河樹生ではなかったかという、まったく馬鹿げた直感が繰り返し脳裏に浮かんでくるせいであった。男が十河樹生である可能性は万にひとつもなかった。十河樹生は平成一二年に死んでいるのだ。墓誌にはっきり刻まれていた。自分に何度もいい聞かせて、しかしなお疼痛に似た気がかりは去らなかった。私は十河樹生の顔を知らない。それが不安の一因かもしれないと思えて、一度顔を確認しておこうと考えたのである。

十河樹生の顔写真は残っていた。奨励会入会時のものと三段昇段時のもの。いずれも正面向きの証明写真である。写真の顔は、証明写真だから当然といえ、いずれも表情を欠いて、カメラの背後に漠然と目を向けている。

写真に残る十河樹生。姥谷の夢で見た「十河」。そうして昨日西葛西の路地で見た男の顔。私は三つを並べてみた。このうち鮮明なのは、当然ながらいま目にする写真だが、それ以上に夢の男は私の記憶のなかで目鼻立ちが異様なまでに明瞭だった。私は写真の顔と夢の顔を比較した。両者が似ている道理はなかった。写真は一番新しいものでも、一七歳の奨励会員。夢の「十河」は額や目尻に疵《きず》のごとき皺を刻んだごま塩頭の中年男。その違いもさることながら、顔立ち自体が異なる。でありながら、同一の人物だと思えば思えるのが不思議だった。もっとも夢は夢であって、はっきり顔を想起できるとはいえ、脳神経の創造物には違いなく、いまこうして自分が十河の写真を眼にした段階で、それを想起される顔に事後的にあてはめただけだとも考えられた。

それでもただひとつ、両者には共通点があった。疣《いぼ》だ。夢の「十河」の鼻の横には大豆くらいの疣があったが、写真の十河樹生にも同じ箇所に、それよりは小さいけれど、疣がたしかにあったのである。そうして思えば、昨日の男にもそれはあった気がした。鼻の横に赤黒い疣、それを結びの糸にすれば、三つの顔は一繋がりの顔だ——とは、いかなる意味か、判然としないが、三つの顔に秘密の暗合があると思えてならなかった。

だが、それがどうしたというのだ？　十河樹生はもうとっくに死んでいるのだ。何度も確認した事柄を私はまたも念じ、それでも十河樹生の写る写真を探すのをやめられなかった。連盟の資料棚にはデジタルデータになる以前の写真が保管してある。年度によっては写真帖に整理されたものもあるが、大半は封筒にまとめて放り込んである。私は「奨励会　１９８７年度、１９８８年度」と表にペン字で書いてある封筒を選び出した。

写真は普段の例会の対局風景をはじめ、タイトル戦の記録係を務める会員の横顔、遠足や親睦会で撮ったスナップなどだ。私が奨励会に入ったのは一九九三年だから、私自身は写っていない。私は十河樹生を探した。証明写真の無表情ではない、動きのある顔を見てみたいと考えたからで、ところが姿がどこにもない。盤を挟んだ会員たちを撮った対局風景にも写り込まず、親睦会の集合写真にも顔がない——いや、一枚だけあった。それはやはり集合写真で、広い部屋に三〇人くらいの人間が三列に並ぶなか、黒いパーカーを着た十河樹生は二列目の中央に立ち、俯き加減に視線を下へ落としている。

だが、私の目はすぐに、十河樹生の前の、椅子に座る人物に吸い寄せられた。賞状らしい紙を捧げ持つ、ベージュのトレーナーに西武ライオンズの青い野球帽を被った子供——それは私だった。

写真の裏にペン字があって、「S63・10・16　小江戸川越こども名人戦　於・川越市中央公民館」とある。私はもちろん覚えていた。小学校五年生の私はこの大会で優勝したのだ。これがおよそ棋戦なるもので優勝した最初で、味をしめたというわけでもないけれど、デパートの将棋祭りをはじめ、次々と将棋大会に参加してそれなりの成績をおさめ、プロ入りを考えるようになったのだ。その意味で、私の人生にとっては大きな意味をもつ大会だった。

私はあらためて写真を検《けみ》した。私の右隣に座るのが梁田《やなだ》八段。当時B級1組に在籍していた梁田八段が審判長だったのは覚えていた。私をはさんで左に佐治《さじ》七段がいた。これは記憶になかったが、手伝いできていたわけで、その繋がりで弟子の十河三段（まだ二段か？）もきたのだろう。そう思って探せば、三列目の一番右端に、ワイシャツにネクタイ姿の天谷敬太郎の姿も当然のようにあった。

前列の椅子は一〇脚ほどで、そこに私をはじめ成績優秀者とプロ棋士が座り、二列目に参加した子供が立ち、三列目がほかの関係者という形になっているから、天谷敬太郎が三列目の端にいるのは自然だったが、十河樹生だけが二列目で子供に混じり、しかも真ん中に立つのが奇妙だった。構図の中央に黒いパーカーの人物はあって、ほかの誰より存在感を放ち目を惹き付ける。十河樹生は頭に被った黒いフードの陰から前に座る人物を注視していた。顔を俯け視線を前の人物に直に向けていた。あたかも目標の人物を至近から見張るべく背後に立ったかのようだ。一方で後ろから視線を浴びた人物は、賞状を広げて持ち、困ったような笑みを浮かべている。その顔は、多くの写真に残る、子供時代の私に特徴的な表情だった。

将棋会館を出た私は、その足で実家へ向かった。池袋から東武東上線に乗り、霞ケ関駅で降りて徒歩一〇分。母親は出かけていて、家に人はいなかった。二階へ上がり、いまは半ば物置になっている、かつての勉強部屋の押し入れから写真帖を取り出した。

私の子供時代の写真はおもに父親が撮ったもので、息子の出場する将棋大会にも一眼レフのカメラを抱えてよく来ていた。目的の写真は、几帳面な父親が整理した写真帖の一冊に、探すまでもなくみつかった。

「1988/10/16　小江戸川越こども名人戦　克弘《かつひろ》優勝！」と書かれた紙片の下、見開きの二頁に貼られた写真を眼にしたとたん、私はうわわっと声を出して、危うく写真帖を放り投げそうになった。なぜなら黒いパーカーがいきなり目に飛び込んできたからだ。

左頁の中央、「いよいよ決勝戦！」の見出しの付された、それだけがサイズの大きい写真は、将棋盤の置かれた机を挟んで、私と準優勝の子が向かい合う構図である。主役は対局者であるはずなのに、机の向う側で盤を覗き込む黒いパーカーが中央に居座り、撮影者の意図を離れて画面を支配していた。顔は見えない。黒いフードを深く被って俯いているからだ。ひとりだけ顔がない、そのことがかえって黒い影の塊に変じた人物の存在感を増し、他を圧倒するように見える。

十河樹生が写真に写り込むのは、会場にいた以上、不思議ではない。だが、驚くべきことには、黒いパーカーは、決勝戦の写真だけでなく、見開きの頁に貼られた写真のほとんど全てに写っているのだ！　そのせいで写真帖の頁に黒い鳥が飛び回るようだ。

戦慄の胆汁が軀に滲み出すのを覚えた私が、しかし心底恐怖に震えたのは、「まずは一回戦」と見出しのある右下の一枚を見たときだ。これも構図は決勝戦と同じ、二人の対局者を真横から捉えた写真で、左側の私が盤に手を伸ばすところをレンズは捉えている。右側は机に載せた両手を組んで盤を見つめる子供。その白い横顔に見覚えがある気がした。

夏尾裕樹ではないか――？

早生まれの夏尾は私より二学年下だから、このとき小学校三年生。大会に参加することは可能だ。しかし夏尾は子供時代は新潟だったはずで、全国大会でもない地方の棋戦に参加したとは考えにくい。にもかかわらず、唇が赤く鼻梁の細い横顔は、どう見ても夏尾のものとしか思えない。いや、私にそう思わせたのは、むしろ机の向うに立つ十河樹生のせいだったかもしれない。黒いパーカーは対局を差配するのは自分だとでもいうように、画面を制圧してそこにあった。十河樹生はここでも黒いフードをすっぽり被って顔を見せていないが、決勝戦の写真とは違って、両手を大きく差し上げる奇怪なポーズをとっている。指し手に驚いて派手なアクションをとった、といちおうは考えられるが、顔を下方の将棋盤に向けたまま腕だけが逆方向へ伸びた格好は不自然きわまりなく、奇怪な形は前衛舞踏の踊り手のようだ。しかしなにより私が戦慄したのは、これがあの場面の再現だったからだ。あの場面とは、すなわち、「磐」の奥の「神殿」、死神の鎌の下での対局の場面だ。そう私が思ったのは、写真の黒いフードの十河樹生が、差し上げた手に鎌を持っていたからだ。

正しく見れば、それは人物背後の壁のオブジェがたまたまそのように見えるだけなのだった。だが、対局する私と夏尾の傍らで首切り鎌を差し上げて立つ「死神」の像、二三年前の写真に画となって現れ出た像は、私の軀を刺貫いて肝を破砕した。私は写真帖を投げ出した。

40

不安神経症というものだと医者はいった。過労やストレスが原因なのだから、ゆっくりするのが一番だ、鬱の症状も少しあるようだから、そちらは薬を処方しようと続けた医者は、とにかく酒の飲みすぎはよくない、仕事も減らしたらどうかと助言し、まあ、なかなかそうもいかないんでしょうけどねと笑った。

たしかに仕事はそうそう休むわけにはいかないわけで、しかし仕事中はむしろ神経は安定して、かえって何もしていないとき、仕事と仕事のあいだに喫茶店でぼんやりしたり、帰宅の電車に乗っているときなどに不安の影は忍び入った。ことに夜がいけなかった。結果、私は医者の助言とは裏腹に、夜毎飲み歩くことになってしまい、正体がなくなるまで酔っぱらうことはそれまであまりなかったのであるが、ときに泥酔して、前夜の記憶のない朝、寝台《ベッド》で目を覚ますと、どこかでぶつけたのか、瞼《まぶた》が腫れていたり、ズボンの膝が擦り切れていたりした。

ある朝、例によって遅くまで飲んで帰った翌朝、目覚めると、敷布が血で汚れていて、左手の親指の付け根が深く切れていた。なにも覚えがないまま、すでに凝血していた傷口を洗うべく流しに立つと、食卓に将棋盤が出ていた。奨励会時代に使っていた盤と駒は実家にあって、これは将棋ライターになったときに買った安物である。記憶には全然なかったけれど、昨夜帰って棚から出したんだろうと思ったとき、盤が血で汚れているのに気がついた。見れば、盤の横に、やはり黒い血のこびりついた果物ナイフがころがっている。これで指を切ったんだろうかと、不審に思ったとき、将棋盤の「5一」の枡目がぎざぎざにささくれているのが目に入った。そこをナイフで抉《えぐ》ろうとして指を切ったのか？　音をたてて血が顔面から流れ去るのを覚え、トイレで嘔吐した私は、うわうわと悲鳴に似た声を喉から漏らしながら、ゴミ袋に血で汚れた将棋盤と駒を投げ入れ、アパートの鉄階段を鳴らしてゴミ置き場まで走り、捨てた。

神経の狂い。それをいまや私は認めないわけには行かなかった。その原因がとりあえず夏尾の事件にあるのは間違いなかった。夏尾の遭難を追うことが一切のはじまりであるのはたしかだった。だが、事件の追及は、十河元三段の死亡が判明した地点で行き止まりになった。夏尾の死の当日、天谷敬太郎が札幌でレンタカーを借りていた事実の発見から導かれた「天谷犯人説」、これをさらに追うには、あとは天谷氏に直接「王手」をかけるしかなく、しかしその天谷氏が海外から戻らぬ現状では続手が難しかった。『将棋界』編集長に訊いたところ、天谷氏の葉書に住所はなく、天谷氏と付き合いのある出版社に問い合わせても、わからないとの返事だったという。天谷氏のルポルタージュ執筆の話を知る編集者はなく、天谷氏が名前を出した大手出版社の人間も聞いていないとの返事だったそうで、「出版とかがはっきり決まって取材に行ったんじゃないみたいだね」と編集長は首をかしげた。

忘れよう。私は心に決めた。夏尾は棋道会に興味を抱き、ちょうど旅をしたいと考えていたこともあって、単身姥谷へ向かい、龍の口を覗くうち、うっかり縦坑に落ちて中毒死した——結局のところ正しいのは、警察が認めたこの筋だ。私は結論した。この場合、誰が夏尾に矢文を与え、棋道会について教えたかの疑問は残るが、逆にいえば問題はそれだけだともいえる。十河元三段ではむろんない。天谷敬太郎が佐治七段のところから矢文を持ち出した可能性はあるが、名人戦の夜、図式を見た驚愕ぶりを思い出せば、彼でもないと思える。とはいえ、棋道会は矢文を方々に投げ込んだというから、佐治七段以外に所持していた人間があっても不思議ではない。そう考えると、私の知らぬ誰かが将棋指しをからかってやろうくらいの気持ちで将棋堂に矢文を残し、それをたまたま夏尾が発見した、とすることもできなくはない。

夏尾はフェリーボートの予約を二人ぶんしていた。夏尾が当初誰かと行くつもりだったのは疑えず、しかしその誰かというのも、私の知らない、たとえば夏尾の仕事先の友人だとしてもおかしくない。つまり夏尾の事故死とは関係ない——。

そうだ。それに違いない。すべて終了だ。

夢で見た、姥谷で案内人をする作業衣の「十河」が気がかりでならないのはたしかだが、しかし夢は夢にすぎない。どれほど目鼻立ちは鮮明でも、現実の十河樹生とは無縁の、十河という名を持つだけの幻影にすぎない。ましてや西葛西で話をした男となれば、ただの行きずりの人間であり、草色の作業衣に神経が過敏になっていた自分がたまたま見かけた人物にすぎない。一〇年以上前に死んで墓に名を刻まれた十河元三段と繋がる理由はまったくない。あるとすれば私自身の不安神経症にしか原因はない。

そもそもあのとき私が西葛西で東西線を下りたのも、夏尾がアルバイトをする会社が西葛西にあると聞いていたからだと思えた。作業衣が下りたとの確信がないまま下車したのは、夏尾と十河の繋がりを思った私が、夏尾と縁のある駅名を見たからだった気がする。四角いビル前にいた作業衣は、最初に土浦の墓地で見かけた男や、電車で後を追った人物とは別人であり、彼が私に話しかけてきたのはまったくの偶然にすぎない。それが予知夢の実現のように思えるのも、病んだ神経の錯誤に違いなかった。

そのように考えれば、自宅の写真アルバムに跳梁する「死神」も、同じ神経の歪みが生み出した幻影だと思えた。パーカーの濃い黒が目を惹いたにすぎず、十河樹生がやたら写っているのも、彼が私の将棋に興味を抱いたからだと考えれば不思議ではなかった。優勝した私は参加者のなかでは棋力が抜きん出ていたから、奨励会員が注目したとしてもおかしくはない。夏尾と見えた対局相手も、他人のそら似と考えるのが自然で、私がそう思ってしまったのも、やはり神経の病的な歪み——酔っぱらって将棋盤を抉ろうとしてしまうがごとき狂いゆえだと考えられそうだった。

夏尾の事件は、車窓を過ぎ行く風景のように、私の傍から離れていくべきであった。私は事件を忘れるべきであった。神経の不安を惹起する一切から逃れるべきであった。そうして仕事のない夜の時間は、不動産鑑定士の資格試験の勉強にあてられるべきであった。いつまでライター仕事を続けられるか、不安を覚える私は、より安定した職を求めようと考えはじめていたのである。

だが、私をして事件の磁場から逃さぬ要因がひとつだけ存した。玖村麻里奈である。玖村麻里奈との「交際」は続いていた。私たちはメールで連絡を取り合い、たまに会ってホテルや私の部屋で時間を過ごした。私たちの付き合いは周囲には知られなかった。狭い業界のこと、これは不思議だともいえたが、周りに人がいるとき、玖村麻里奈が私との関係を仄《ほの》めかすことはもちろん、秘密の合図を送ってくる（それを私はたえず熱望した！）ようなこともなかったし、私のほうも二人の間柄を吹聴するような真似はしなかったからで、二人でいるところを目撃されたにしても、夏尾の事件の絡みだと思われて、つまりいぜんとして私は玖村麻里奈の捜査を助ける「手駒」と見なされていたわけである。そして事実、彼女と会うときの私は、夏尾の事件について熱心にかたることをやめられなかった。なぜならほかに話題がなかったからだ。

付き合いが深まるにつれ、彼女と私のあいだに共通の趣味も関心もないことが明らかになった。酒は飲むものの、食にはともに関心が薄く、酒食を二人で楽しむというふうにはならなかった。音楽でも映画でも小説でも、それぞれ人並みに関心がありはするものの、好みは重ならず、共感の熱を生む媒介にはならなかった。『将棋年鑑』のプロフィールに「山歩き・キャンプ」とあるのを見た私は、寝袋や携帯焜炉《こんろ》などの用品を揃え、アウトドア雑誌で野外活動の勉強をしたりしたが、玖村麻里奈は山歩きにはいまは気が進まぬ様子だった。となると結局のところ、共通の関心事といえば、将棋しかなく、しかしこれは、人生の挫折の因となった私にとっても、このところ負けが込んで自信を失っていると見える玖村麻里奈にとっても、味のよい話題ではなかった。

かくて私は、玖村麻里奈に会うたびに、夏尾の事件について、忘れようとの決意とは裏腹に、熱心にかたることになった。それは私と人気女流棋士を繫ぐ唯一の糸であり続けた。私はかたった。夏尾に棋道会の矢文を与えたXについて。夏尾が将棋会館へ矢文を持ち込んだ意図について。札幌でレンタカーを借りた天谷敬太郎の行動について。夏尾とフェリーボートに乗るはずだったXについて。私は玖村麻里奈に向かって新たな仮説を、そしてそれが導く新たな疑問点を、ますます深まる謎を、次々に現れるXをかたった。そうしてベッドでは、貪るように軀を抱いた。死に瀕した獣が烈しく雌を求めるように、軀に巣食う不安を吐き出すようにして抱いた。

恋する男というものが、いかに狡猾であるか、私は自覚しないわけにはいかなかった。たとえば私は、土浦での「捜査」について、「お兄ちゃん」十河暁生《あきお》の死や十河家に伝わる「将棋指しの呪い」などについては、尾ひれさえつける感じで話したにもかかわらず、肝心の十河樹生の死は、玖村麻里奈には伝えなかった。それどころか、十河樹生は北海道のどこかにいまもいる可能性があると示唆したりした。棋道会に憑かれた十河は、いまも姥谷を訪れ、龍の口の「神殿」を求めて徘徊しているのかもしれないなどと、虚構の物語を編んでみせたりした。なぜそんなことをしたのかといえば、私がもう一度玖村麻里奈とともに北海道へ旅することを熱望したからだ。私は彼女の興味をかきたてるのに腐心した。

私にやや誤算があったのは、二人だけで編んでいるはずの物語を、玖村麻里奈が他に漏らしていたことで、具体的には山木渉《わたる》八段が、夏尾の事件について詳しく教えてもらえないかと私に声をかけてきた。夏尾の兄弟子である山木八段は、彼なりに夏尾の「事故死」に疑問を抱き、独自に調べているところへ、妹弟子の玖村女流二段から「捜査」の話を聞かされて、がぜん興味を抱いたらしい。「謎」が私と玖村麻里奈の独占物だとするのは、私の思い込みにすぎなかった。山木八段は『将棋界』編集長にも「疑惑」について話している様子で、いささかあわてた私は、いろいろ考えてはいるが、どれも仮説の域を出るものではなく、とても公にできるものではないと、懸命にはぐらかした。

その一方で、玖村麻里奈に向かっては、仮説の現実味を、物語の生々しさを、なるだけ濃厚に印象づけるべく私は努力した。将棋の魔に捉えられ、過去の闇に消えた将棋谷を彷徨《さまよ》う男。その像《イメージ》は、夢のなかの作業衣の男、そして西葛西で出会った男と結びついて、私の物語のなかで生気をもって動き出し、その力に押されるようにして私は、いよいよ架空の物語を紡ぐことになった。玖村麻里奈のほうも、彼女の一番の魅力である、アーモンド形の目に興味津々の光を宿して私の話に聞き入った。事件の話は彼女を興奮させるようで、一種の前戯に似た作用をなして、だからますます私は熱心にかたらないわけにはいかなかった。

かくて私の夜は「玖村麻里奈に会えない夜」であり続け、空虚を埋めるには酒に逃げるしかなかった。泥酔と二日酔いの繰り返しのなか、かろうじて仕事はこなしてはいたものの、久しぶりに会う知り合いは誰もが私の顔色の悪さを指摘した。一一月、一二月と、そんな日々が続いた年末、玖村麻里奈が旅行に出た。正月を挟む一二日間の予定で、大学時代の友達と二人、地中海方面を回るのだという。それはいい気分転換になる、ぜひ楽しんできたらいいと口にしながら、友達というのが男ではあるまいかと、猜疑《さいぎ》の獣が腹中で毛を逆立てるのを覚えて、しかし見送りに出向いた新宿の、成田エクスプレスのホームで、大型の旅行鞄を転がす小柄な眼鏡の女性を紹介されて安堵の息をつき、するとその夜、私の神経は久しぶりに落ちつきを取り戻し、深酒することなく読書に時間を費やすことができたのは、つまりそれが「玖村麻里奈に会えない夜」ではないからだった。

彼女が東京にいれば、会える可能性があるのに会えない、その状況が苦しく不安なので、どのみち会えないとなれば、かえってすっきりするのだった。ここにおいて私は、「玖村麻里奈に会えない夜」とはすなわち「玖村麻里奈がほかの男と会っている夜」の意味だと私が密かに考えていたことを知ったのだった。嫉妬と猜疑。魂をなによりも腐らせる毒が、私を不眠に陥れ、深酒に誘っていたのだ。こうなると玖村麻里奈は苦の種でしかないと思わざるをえなかったが、一方で私は彼女が旅から戻る日を心待ちにしているのだった。

大晦日から正月、私は心静かに過ごした。私が天谷氏からのメールを受け取ったのは、四日の午すぎであった。寝台《ベッド》から抜け出てＰＣをたちあげたところ、正月早々いくつか入っていた仕事メールや屑メールに混じって、「天谷より」と件名のついたメールがあったのだ。

差出人　Keitarou Amaya
件名　　天谷より

日時　2012年　1月4日　12:45:23 JST
宛先　北沢克弘

とうとうきたか――。誰も聞く者はないのに、そのように声に出して呟いた私は、メールを開いた。

41

《急なメール、驚いたことと思います。いま私は南米の、標高二千メートルの、ある町にいます。わけあって滞在しているのですが、そうせざるをえない事情は以下のメールを読んでもらえばわかるはずです。当面、否、おそらく永遠に私が日本に帰ることはないと思う。これは夏尾《なつお》三段の事とは直接関係はありません。いわば私の個人的な事情なので、そのことも書きますが、しかしまずは夏尾三段のことです。

夏尾三段の遺体を貴兄が発見したことは聞きました。名人戦の夜、新宿で私の話を聞いた貴兄が、夏尾三段の失踪を受けて、棋道会《きどうかい》につき独自に調べ、姥谷《うばたに》に向かったとは推測できます。しかし龍の口の坑道で貴兄が遺体を発見したと知ったときは驚きました。奨励会同期、人生を賭けた勝負の濃密な時間を共有した貴兄を夏尾三段が呼びよせたのでしょう。人の縁の不思議を感じます。

いまから書く事柄を貴兄に伝えるのが果たしてよいのか、正直、私にはよくわかりません。が、ほかに思いあたる知り合いもなく、貴兄と夏尾三段との縁に思いをいたし、あるいは迷惑かもしれませんが、貴兄にメールすることに決めた次第です。

しかし、どこから書いたらよいのか？　――日頃からメールは簡潔をモットーに、貴兄にもそんな助言をした私としては、なるべく簡略にしたいと思うのですが、事を正確に伝えるには長さが要りそうです。重ねて貴兄には迷惑かもしれないが、我慢してもらえたらありがたい。

そう、名人戦第四局一日目、夏尾三段が将棋会館に図式を持ち込んだ日の、新宿からはじめるのがいいでしょう。あの夜、私が貴兄にした、十河《とごう》三段が見つけた矢文にはじまる物語、二二年前の物語にはいくつかの嘘があります。細かい点は除いて、一番の嘘は矢文の出所です。三段リーグ戦のラス前の日の朝、鳩森神社の将棋堂に刺さっていた矢文は、ほかでもない、私が用意したものなのです。

あの日、早めに千駄ヶ谷に着いた私は、将棋堂の陰で十河を待った。将棋会館に向かう十河が必ず鳩森神社に寄って将棋堂に一礼するのを私は知っていました。十河が鳥居に近づくのを見はからって、例の矢文を将棋堂の戸に刺した。

なぜそんな真似をしたかといえば、十河の気持ちを乱すためです。このことを思うと、いまなお重苦しい痛みが胸に走るのを覚えるのですが、私は告白します。そうなのです。私は十河を陥れるべく、棋道会の矢文をあそこに置いたのです。

じつをいえば、名人戦の夜の新宿で、私は貴兄にこのことをほとんど告白しかかっていた。もう二〇年以上もむかしの話、過去の遠い出来事として、平静にかたれるように思った。ところが実際に話しはじめてみれば、自分でも驚いたのですが、罪悪感はなお肩に重くのしかかって、結局は嘘を吐《つ》くことになってしまいました。しかし、いまは正直に書くつもりです。

三段リーグのラス前、私が昇段のチャンスを迎え、その最大のライバルが十河だったという話はあのときしました。私はそこまで一一勝三敗。十河が一二勝二敗。最終日には十河との対局が組まれて、これに勝てる自信が私にはなかった。あの頃の私は十河との才能の差を感じていました。そのように思うこと自体、負けなのですが、全然勝てる気がしなかった。とするなら、最終日を迎えて十河に対し星ひとつ上回っている必要がある。それなら十河に負けても同星、順位が上の自分があがれる。捕らぬ狸のなんとかではありますが、どちらにしても十河が負けてくれないことにはどうにもならない。

年齢制限ぎりぎりの三段リーグ、手段を選んでいる場合ではないと私は考えた。汚い手に出た。矢文を手にした十河が狙い通り動揺するかどうか、それはわかりませんでしたが、少なくとも強く興味を惹かれることは計算できた。いくぶんなりとも対局への集中を削ぐことができるとは予測できた。というのも、十河はあの当時、棋道会に関心を抱いていたからです。

じつをいえば、私も入門したばかりの頃、師匠から話を聞いて興味を持ったことがありました。師匠から見せてもらった資料のなかに古い和綴本があって、これは例の5一と5九の枡に「磐《いわ》」の文字のある詰将棋の図式集です。奥付には昭和一桁の日付と棋道会の文字があった。旅行した地方の古書店で見つけたと師匠は話していたと思います。図式はどれも「不詰」だと聞いていましたが、自分で確かめてみたくて、また単純に「不詰」ではなく、なにかしら奇抜な趣向があるのかもしれないと考えた私は、師匠から借りてあれこれ考えたりしました。が、まもなく興味を失い、机の抽斗《ひきだし》にしまったままになった。師匠の方も返せとはいわず、つまり私も師匠も忘れていたわけです。

それがあるとき、十河が、棋道会の図式集を持っていないかと訊いてきた。私と十河が退会する前年の秋のことです。十河は師匠の家で資料を見たらしく、棋道会に興味を持ちはじめていた。図式集といわれて、そういえばそんなのがあったなと、探したアパートにはなかった。何年か前に引っ越しをした際、余分な荷物を実家に送ったから、そのなかにあるんだろうと思ったが、とりにいくのも面倒なので、どこかにいっちゃったかもな、くらいに返事をした。

十河は弓矢のことも訊いてきました。矢柄の黒い、紅い鏃《やじり》と羽根のついた弓矢です。それを私は師匠の家で見た記憶がありました。しかし師匠のところにはないと十河はいう。天谷《あまや》さんが持ち出したのではないですかと、十河は訊いてきたのですが、覚えがなく、師匠も記憶がなかったらしい。弓矢の行方は結局わかりませんでした。

ところが年が明けた一月のことです。むかし馴染みの町田の将棋道場に顔を出した帰り、近所の古道具屋を何気なく覗いた私は、そこで偶然、例の弓矢を見つけたのです。それが師匠の家にあったものかどうかはわかりません。棋道会の矢が複数あっても不思議ではないし、あるいはべつの弟弟子が師匠の家から持ち出したと考えることもできました。

私は弓矢を買いました。そうしてアパートへ持ち帰ったときには、計略ができあがっていた。三段リーグの山場を迎えたこのとき、自分がこの矢を入手したことは、神だか天だか悪魔だか知らないが、そんなものの意志だと思えて、だってそうするしかないじゃないかと、眠れぬ夜の寝床で独り呟き、私は逡巡を打ち払いました。

棋道会の図式集は思ったとおり実家にありました。和綴本には二九題の図式が載って、最後の図式の裏には「これを解き得た者は棋道会に馳せ参ぜよ」といったメッセージが書かれていた。私は最後の頁を切り取って畳み、弓矢の先に結んで矢文にしました。あとは書いたとおりです。

いま考えると、そんな子供だましの仕掛けで効果があると思うとは、まったくどうかしています。もっとも半ばは冗談のいたずらだった（半ばは真剣でした）わけで、しかし効果は予想以上でした。結果がどうなったかは貴兄の知るとおりで、ラス前で十河は二連敗、そして例会最終日、十河が姿を見せなかったことに私は大変な衝撃を受けました。なんのことはない、動揺したのは私の方だったわけです。私は自業自得で自滅した。

　退会が決まってしばらくは呆然としていましたが、そのうち十河が心配になってきた。十河の才能を私は疑っていなかった。かりに今期あがれなくても、すぐに四段になるだろうし、いずれはA級まであがってタイトルに手の届く棋士になるだろうと確信していた。それが先輩のつまらないいたずらで挫折するとしたら、こんな不条理はない。十河が奨励会を辞めたと知った私は不安になりました。

　十河の実家で、壁に刺さった弓矢と、抉《えぐ》られた将棋盤を見たときの衝撃と恐怖は想像してもらえるでしょう。北海道へ向かったときも、貴兄には旅を楽しんだふうに話しましたが、そんなゆとりは全然なかった。姥谷に自転車で向かい、野宿して熱を出し、蜂須賀《はちすか》の家で世話になったのは事実です。夜中に十河が現れ、棋道会の話を聞かされたのも本当のことです。

　本当でないのは十河の身の上で、十河は蜂須賀の農園から去って行方がわからなかったと、新宿では話しましたが、十河は岩見沢にある桐原土木という会社に見習いで入っていました。十河は将棋の研究をしつつ、龍の口の「神殿」にあったという『棋道奥義書』を探していました。これは磐城澄人《いわきすみと》が龍神より与えられた龍神棋について、その神秘を明かした書物だというわけで、つまり十河は半ば狂っていました。

　しかし十河が龍神棋にのめりこんだ理由は、じつはほかにも、彼の出自にもありました。元々は資産家だった十河の実家は、十河が物心つく頃には没落していたのですが、先祖に将棋好きの人がいて、将棋指しのパトロンのようなことをしていたそうで、十河は子供の頃に曾祖父から「将棋教」の話を聞いたというのです。おそらく先祖に棋道会と付き合いのある人がいたんでしょう。十河は坑道の奥の神殿や、龍神棋なる神秘の将棋や、棋道会が将棋の真理を追究する団体だというような話を曾祖父から教えられたらしい。十河に将棋の手ほどきをしたのもこの曾祖父で、十歳のときに曾祖父が亡くなって、それきり棋道会のことは忘れてしまい、普通の将棋を続けていたが、なにか物足りない思いを抱いていたところ、師匠の家で棋道会の資料を見つけ、一遍に曾祖父の話を思い出したのだと十河は話してくれました。

十河によれば、棋書や棋譜はもちろん、世のあらゆる哲学書や思想書は将棋教の明かす真理を側面から補強するものだそうで（狂気！）、師匠の家から持ち出した資料以外にもさまざまな書物にあたって「研究」をはじめていた。その一方で、龍の口の「神殿」に到達すべく、桐原土木で働きながら、休みの日に原付バイクで姥谷へ行って探索をしていました。

私が野宿した日も、仕事のあと姥谷へきて、夜通し龍の口の調査にあてるつもりでいたところ、寝袋の私に会ったというわけです。私は十河の狂気を知り、肝を冷やすとともに、十河がこうなったのも自分のせいだと罪悪感に捉えられました。

もっとも十河は周囲には狂気を隠していた。というより彼の狂気は将棋に限られるので、仕事場では真面目に働いていたと想像されます。十河が雇われた経緯はよく知りませんが、蜂須賀の家の人間の推薦があったのは間違いない。農園での働きぶりが評価されたんでしょう。将棋教へののめりこみを十河は隠していた。あの辺りは雪深く、冬場は姥谷には近づけない。夏場でも往復時間を考えると休日にしか行けない。普段は仕事が終われば寮のアパートでひたすら「研究」をして過ごしていたんでしょう。同僚からは、だいぶ偏屈な、しかし害のない男と思われていたはずです。

蜂須賀家で世話になった一週間のあいだに、私は十河ともう一度会い、奨励会に戻るよう説得を試みた。が、無駄でした。十河は将棋教の幻影に頭から呑み込まれていた。「棋道会には選ばれた人しか入ることができない。棋道会の矢文が自分のところへきたことが自分が選ばれた証拠である。気の毒だが天谷さんは選ばれていない。それは天谷さんが普通の人だからだ。しかし自分は違う。自分は棋聖・天野《あまの》宗歩《そうふ》の生まれ変わりなのだ」などと、あたりまえのようにいう十河を前に私は苦しい思いをしました。ほかに胸襟を開ける者がないからなのか、私に向かって棋道会への熱い思いを吐露する十河を前にすると、「あれは自分が作った矢文なのだ」とはいえなくなってしまった。かりにいったとしても十河は信じなかったでしょうが。

　将棋教の「神殿」が龍の口にあったのは事実にしても、とっくに撤去されているか、落盤で埋まったはずだ、だから何かが見つかることはあるまい、そのうち十河の熱も冷めるだろう、諦めるだろう、そんなふうなおざなりな考えを抱いて私は北海道から戻りました。

　厚木の家に帰った私は創作教室へ通いながらミステリを書きはじめ、出版社の新人賞に応募した。罪悪感を心の奥底に封じ込め、十河のことは将棋と一緒に忘れた。その一年半あまりの時間、駒に触れることはもちろん、将棋にまつわる一切を周囲から排除し、それとともに十河も私の視野から消えることになった。私が十河に連絡することも、十河から連絡がくることもなかった。その後、もと奨励会三段の経歴に目をとめた編集者と出会い、私は再び将棋に係わる仕事をはじめたわけですが、その頃には私のなかで十河は過去の人になっていた。

　ところが、その過去の人が、亡霊のように、ふいに私の前に姿を現したのです。

42

私が奨励会を辞めて二年目、当時はまだ厚木の実家にいた私のところへ十河が突然訪ねてきた。

玄関に立った十河を見た私はそれこそ幽霊が現れたのかと思った。十河は作業着にゴム長靴の格好で、仕事からそのままきたといったふうでした。とにかく上がれと、私は十河を自室に導いた。母親は留守でした。すると、お茶を出す間もなく十河は、天谷さんにお願いがあってきたといいだした。なにかと問えば、十河は持参した鞄から赤ん坊の粉ミルクを入れるくらいの缶を三つ取り出し、これを預かってほしいという。なんだろうと訊くと、十河は質問には答えずに、そのうち誰かが引き取りにくるから、それまで預かってほしいと重ねていう。

缶の中身以上に私は十河の様子が気がかりでした。十河が北海道で暮らすようになって二年ちかく、彼の精神状態が心配だったわけです。とりあえず見たところ十河は「狂気」に呑み込まれたふうはなく、作業着からして仕事も続いているようで、私はだいぶ安心しました。

それで缶です。手にとると、ずっしり重い。中身はなんだとさらに訊いても、とにかく預かってくれの一点張り。それでも十河が蜂須賀にいわれてきたことだけはわかりました。

その時点では私は知らなかったのですが、蜂須賀は桐原土木の増岡《ますおか》という男と組んで、自生の大麻を姥谷のプレハブ事務所に集めて大麻樹脂などを作っていました。その一味に十河も加わっていた。これは十河の本意ではなかったと思います。十河が大麻製造などに興味を抱くとは思えません。姥谷の管理を担当していた増岡の助手になった流れで、仲間に引込まれ、蜂須賀の下で動くことになったんでしょう。

蜂須賀とは疎遠になったと新宿では話しましたが、じつはその後、三度ほど会って遊んだことがありました。いずれも上京した蜂須賀が連絡してきたもので、一度目は町田の居酒屋で飲んだだけでしたが、二度目三度目は渋谷に出て一緒に風俗店に行ったりしました。蜂須賀とはなぜかウマが合うところがあり、北海道で世話になった返礼の意味もあって、東京に知り合いのない蜂須賀に付き合ったわけです。私は知りませんでしたが、その頃には十河は大麻製造の仲間になっていたはずで、しかし蜂須賀はなにもいわず、私も十河については触れたくない気持ちが強かった。

缶は蓋がハンダ付けふうになって、簡単には開かないようになっていました。中身のわからないものなど預かれないと私はいいましたが、預かってもらわないと自分が困りますと、強く押されれば、十河に対して負い目のある私は跳ね返せませんでした。

十河が帰り、三つの缶が残りました。仕方なく押入れの奥にしまって、蜂須賀たちが逮捕されたと知ったのはそれからまもなく、その時点で私は缶の中身に見当をつけざるをえなかった。大麻樹脂だろうと私は考え、警察に届けるべきだと思ったものの、すぐには決断できなかった。私はホームセンターで用具を揃え、缶のひとつを開けてみた。

出てきたのはきらきら光る白い粉です。麻薬について知らない私でも、これが大麻樹脂よりもっと「ヤバい」何かだと直感した。先にいってしまえば、ヘロインです。アヘンを精製して純度を高めた麻薬です。あとから段々わかったのですが、これはおそらく大東亜通商という国策会社が集めて、終戦時に姥谷の坑道に隠したものと思われます。具体的にどんな経緯で持ち込まれ隠されたのか、いまとなってはわかりませんが、龍の口は何度か大きな落盤があったといいますから、隠匿物資は埋もれてしまっていたんでしょう。それを将棋教の「神殿」を探していた十河が見つけた。

発見時、ヘロインはやはり缶に入っていたという。缶は腐食して、しかし中身は無事だった。蜂須賀は姥谷で大麻草を集めていたわけですが、いきなり十河がヘロインを見つけてきて、驚きあわてたことは想像に難くありません。あの量は、いわゆる末端価格で数億円ではきかない。とはいえヘロインをさばくのは容易ではないし、命の危険すらともなう。苦慮した蜂須賀はとりあえず新しい缶にブツを移し替えたうえで隠しておいたが、仲間の増岡が逮捕される事件がそのとき起こった。増岡は大麻を所持しているところを職質され、そのまま引っ張られた。増岡が姥谷での大麻製造を自白するのは時間の問題だと知った蜂須賀は覚悟を決め、しかしヘロインだけは隠し通そうと、十河にいって私に預けさせたわけです。ちなみに増岡はヘロインのことは知らなかったらしい。

しかしそれがヘロインかどうか、当時の私には判定できませんでした。ひょっとしたら蜂須賀の悪い冗談で、麻薬でもなんでもないただの粉かもしれないとも思ったが、誰かに鑑定してもらうわけにもいかない。困った私は押入れの天井裏に缶を隠す一方、麻薬について勉強をはじめた。その後、編集者と雑談したおり、私が麻薬の話をすると、彼が麻薬密売について調べてみないかと勧めてきました。私がルポルタージュを書いたのはそうした経緯があったわけです。物書きでやっていきたいと考えていた私に有力編集者の提案を断る理由はありませんでした。

私は、戦時中に旧陸軍が中国大陸で大量のアヘンを集め、資金源にしていた事実を知り、国策会社だった大東亜通商がアヘン取引を担っていたことも調べました。経緯は不明ながら、大東亜通商の関係者が終戦時に麻薬を姥谷に持ち込んで隠匿した可能性があるのもわかった。このことはルポには書きませんでしたが。

もちろん私は蜂須賀たちを注視していました。蜂須賀と増岡が懲役、十河は保護観察処分になった。十河はそのまま北海道にいるようでしたが、私は連絡しなかった。こちらから連絡して目をつけられ、麻薬を預かった件が発覚するのを怖れたからです。十河は前と同じ職場に一年ほどいて、その後どこかへ去ったという話で、しかしそのことを私は知らぬまま二度と十河と連絡をとる機会はありませんでした。

缶の処分には困りましたが、いまさら警察に届けるわけにもいかず、かといって棄てるのもむずかしくて、私は家の庭に穴を掘り、ビニール袋に厳重に包んだ缶を埋めました。そうして五年ほど経った頃、家に蜂須賀が訪ねてきた。忘れていたわけではないが、いや、ずっと気にしていたというべきなのかもしれませんが、玄関に立った蜂須賀を見て呆然となったのを覚えています。預かってもらったものを返してほしいという蜂須賀に、自分は中身が何だかは知らないが、預かってくれというから預かったのだと、そんなふうにいって缶を掘り出して渡しました。

蜂須賀は笑って、手を組まないかと誘ってきた。私は断り、しかし、どうやってさばくつもりなのかと質問したのは、中身を知らないという言葉とは矛盾しているわけですが、この頃には事情にやや通じていた私は、素人が麻薬を扱うむずかしさを理解していたからで、しかし蜂須賀は刑務所で知り合った人脈があると自信ありげにいう。「大丈夫なのか？」と思わず私は心配する調子になった。私は蜂須賀という男が嫌いじゃないのだと思います。悪事に手を染めているのは間違いないが、崩れた感じはなくて、爽やかはいいすぎにしても、何事にも超然としたふうがあるのが好ましかった。人なつこいのに、どこか淋し気なところのある不思議な男でした。それまで数度しか会っていないのに、友情というのも変だが、不思議に親愛の情があって、もし蜂須賀が再度捕まり、自分が連座することになったとしても、それはそれで運命なのかもしれない、とまで私は考えました。それでも自分は缶の中身についてはなにも知らないからと、いまさらながらの念押しをして、缶を抱えて去る蜂須賀の背中を見送りました。

その後しばらくは音沙汰なく、蜂須賀がどうしたという話もなく、しかし半年ほど経った頃、知らない人から宅配便が届いて、開けてみると、伝票の差出人は偽名で、中身は蜂須賀からの荷物でした。「旧い友情の証しとして」といったふうな、ややふざけたメッセージと一緒に入っていたのは札束でした。金額はミステリーの公募新人賞の賞金程度です。一週間の後にまた同じ金額の荷物が届きました。分け前ということなのか、口止め料ということなのか、蜂須賀の意図はわかりませんでしたが、返したくとも蜂須賀の居場所はわからず、畏れながらと、いまさら御上《おかみ》に申し出ることもできません。私は札をビニールに厳重に包んで古いボストンバッグに入れ、ヘロインの缶を埋めたのと同じ場所に埋めました。

カネのことは当然気になっていましたが、それからまた半年ほど経った頃、蜂須賀から葉書がきて、ボリビアに移住したので、よかったら遊びにきて欲しいと書いてありました。呑気な文面に呆れながらも、蜂須賀はうまくやったらしいと思えば、まずは安堵の息をつきました。それから数年、世紀が変わった二〇〇三年、母親が乳癌で亡くなりました。母親はいい歳をして定職につかぬ息子が心配だったらしく、私を受け取り人にした生命保険に入っていて、お陰でけっこうな額のカネを私は手にし、同時に家も売って、姉と分けてもある程度が残りました。このときようやく私はボストンバッグを掘り出し、蜂須賀の「贈り物」を懐に入れました。ヘロインを蜂須賀に渡してから七年以上が経って、必ずしも正確な知識ではありませんでしたが、麻薬関連の犯罪の時効は七年だと考えて安心したこともありました。

蜂須賀はボリビアで農場を経営していて、数年前に会いに行って歓待を受けました。十河とはその後会う機会はなく、消息も知りません。一度だけ棋士たちと飲んだ居酒屋で昔話になり、才能がありながら辞めてしまった奨励会員の話が出たのをきっかけに、私は思い立って十河の実家に連絡してみたことがありました。が、十河の実家はもうなくなっているようで、それ以上は追究しませんでした。追究するのが怖かったのだと思います。十河のことは、棋道会のあれこれと一緒に、それこそ幾重にも封をしたうえで庭に埋めました。
それが再び私の前に姿を現したのが、あの名人戦の夜の、将棋会館だったわけです。

43

夏尾三段（正確には元三段）が棋道会の矢文を持ち込んだと知った私が驚いたのは当然です。悪夢が甦る思いがした。あの夜、私は夏尾三段と連絡を試みる一方で、貴兄を新宿に誘いました。闇に葬ったはずの罪が暴かれるのではあるまいか。不安の渦巻くなか、埋めてあった記憶を掘り起こし、私は貴兄になにもかも告白をしてしまおうと考えた。そうしてすっきりしてしまいたかった。が、できなかった。このことはもう述べました。

矢文の図式は、二二年前、私が十河への矢文に使ったものとは違っていましたが、同じ図式集の一題だとはすぐにわかりました。二九題からなる棋道会の図式集は、師匠が古本屋で手に入れたことからもわかるように、世間に流布していたわけで、それがあること自体は不思議ではなかった。例の赤い羽根の弓矢も同様です。問題は夏尾三段がどうしてそれを手に入れたかです。本人がいうように、鳩森神社の将棋堂でたまたま見つけたのならば、置いたのは誰で、目的は何かと、私は考えないわけにはいかなかった。とにかく夏尾三段の話を聞く必要があると思った。

結局あの夜は連絡がつきませんでした。翌日、夏尾三段と親しい奨励会員から住所を教えてもらい、夏尾三段の早稲田のアパートまで行ってみましたが、留守でした。アルバイト先も教えてもらったので、会社のある西葛西へ回ると、地下鉄駅を出たところでちょうど仕事帰りの夏尾三段と出くわしました。

私は夏尾三段を喫茶店に誘った。それで訊いてみると、矢文は将棋道場で会った人から借りたというから驚いた。その人は将棋は強いのだが、必ず居玉で戦い、それはいいにしても、詰みがある局面でも素直に詰めず、興味を覚えていると、どうやら相手玉を、先手なら５一、後手なら５九、つまりはじめに玉が居る位置に追いつめることにこだわっていると気がついた。最終的に玉を５一、５九に置きたいらしく、自玉は動かさなければいいけど、相手玉はそうはいかないわけで、それで苦労している。

どうして５一、５九にこだわるのか、不思議に思った夏尾三段はその人を呑みに誘い、質問してみた。するとその人は、玉を龍神棋の世界に送り込もうと思ってのことだと、謎めいた返答をよこし、しかし龍神棋に飛び込んだ人はあまりいないというので、龍神棋がなんだかわからぬままに、何人かはいたのかとからかい半分に訊くと、いたよと、その人は頷いて、谷川さん、羽生さん、森内さん、佐藤さん、郷田さん、藤井さん、渡辺さんと、タイトル棋士の名前を並べ、それだけじゃない、木村十四世名人をはじめ、大山、升田、加藤、内藤、米長、中原といった大棋士たちもみなそうなのだと加えて、彼らは龍神棋で真の将棋を戦った、あるいはいまも戦っている、それから較べたら、名人戦も竜王戦も児戯に等しいと、真面目な顔で解説したのだと夏尾三段は笑いました。

頭が少々狂ってはいるものの、話は面白いので、耳を傾けるうち、夏尾三段は棋道会に関心を抱き、調べてみたら、北海道の姥谷というところにそのような団体が本当にあったとわかった。さらにその人から棋道会の図式集を見せてもらったという夏尾三段は、例の矢文のことから、龍神棋という不思議な将棋のこと、姥谷の龍の口にあった「神殿」のことなどを私に話しました。

夏尾三段のいう頭の少々狂った将棋の強い人が十河であるのは明らかでした。私は衝撃のうちにそれを認めました。名前を訊くと、天野さんというのだと夏尾三段が答えるのを聞いていよいよ確信したのは、「自分は天野宗歩の生まれ変わりだ」と十河がいっていたのを覚えていたからです。さらに詳しく訊けば、「天野さん」は普段は北海道に住んでいるという。「天野さん」は真面目な顔でギャグを口にするお笑い芸人みたいでおもしろく、なにより将棋に関する知識が凄いのだと教えた夏尾三段は、持ち前の人なつこさで仲良くなったらしい。まさかの思いに捉えられながら、どうして矢文を将棋会館に持ち込んだのかと私は質《ただ》しました。

夏尾三段は笑って、もし棋道会の矢文が将棋会館に投げ込まれたらとんでもないことになると、「天野さん」がいったからだと答えました。どういうことかと問えば、「天野さん」から矢文を見せて貰う約束をして道場で会ったとき、多くの有力棋士が密かに棋道会で修業している、しかしそのことを誰もが秘密にしている、だからもしこの矢文が公の場に現れたら彼らがパニックになること疑いなしだと「天野さん」がいうので、そのあと将棋会館へ行く用事があった夏尾三段は、矢文をちょっと借りて試してみたのだというのです。「将棋堂に刺さっていたというのは嘘ですけどね」と可笑しそうにいった夏尾三段は、「そうしたら、棋士じゃないけど、将棋ライターがやってきた。天谷さん、パニックになりました？」と笑い、棋道会についてなにか知っているのかと逆に質問してきて、むかしちょっと調べてみたことがあるのだと誤魔化した私の顔は強張っていたと思います。

仕事の内容はわかりませんでしたが、とにかく十河が元気で、ときに東京へ出張するような堅気の仕事に就いていることに私は安堵――とは違う、なんともいいようのない感情を抱いて、しかし彼がなお将棋教の幻影に捉えられた様子があると知らされては、自分がどんな反応を示すのが正しいのかわかりませんでした。つまり私は呆然としてしまったわけです。

すると夏尾三段が気になることをいいだした。というのは、バイト先に休みをもらって北海道旅行をするついでに、棋道会の本拠があった姥谷へ行ってみようと思うのだけれど、ついては北海道へ帰る「天野さん」が案内してくれる予定だというのです。

矢文を借りた際、もし姥谷に行く気があるならいつでも案内すると「天野さん」がいうので、かねがね北海道へ旅したいと考えていた夏尾三段がその場で頼んだらしい。いつ行くのかと訊ねると、明日の木曜日からだという。東京港から苫小牧行きのフェリーに「天野さん」と一緒に乗るのだともいう。「それにしてもずいぶんと親しくなったものだね」と私がいうと、とくに親しいわけではないが、「天野さん」に興味を持ったのは事実で、彼がいまも姥谷をしばしば訪れていると聞いて、ちょっと覗いてみたい気持ちになった、それに将棋の相手があると道中退屈しなくてすむということもあると夏尾三段はいい、「姥谷で棋道会の神殿が見つかったら、天谷さんに真っ先に教えますよ。なにしろそこでは歴代の大棋士たちが、いまもきびしい対局をしてるっていうんですからね」といってまた嬉しそうに笑いました。

十河と夏尾三段が二人で姥谷へ行く。私は混乱しました。夏尾三段の物好きはわかりましたが、十河の考えがわからない。いや、そもそも「天野さん」は本当にあの十河なのか？　かりにそうだとして、いまも姥谷を訪れているという十河は、棋道会の「神殿」をなお探し続けているのだろうか？　疑念が次から次へ浮かんで消えませんでした。

家に帰って調べると、東京―苫小牧のフェリー便がなるほどいまもある。「天野さん」は時間に余裕があれば必ず船を使うらしいとも夏尾三段は教えてくれました。フェリーボートは木曜日の一三時〇〇分に有明埠頭を出て、翌日の一六時四五分に苫小牧につく便がある。これだなと私はたしかめ、が、それ以上どうするつもりもなかった。ところが木曜日に『将棋界』の編集長から翌日の札幌での取材を頼まれて、仕事を終えてホテルに一泊した土曜日の朝、十河と夏尾三段が姥谷へ行くのが今日かもしれないと気がつきました。

　金曜日の一六時四五分に苫小牧に着いて、電車とバスではその日のうちに姥谷までは行けない。バスを使うなら、むかしの自分がそうしたように、岩見沢に一泊して、次の日の朝に向かうしかない。レンタカーを使うような話は夏尾三段はしていませんでした。もっとも「天野さん」が車を持っていれば話は違ってしまう、というか、バス停から歩くのは大変なので、彼が夏尾を案内するといった以上、自動車が自然です。

　私は何という目的もなく、気がかりに胸を押されるまま、レンタカーを借りて姥谷へ向かいました。「天野さん」が本当に十河なのか、たしかめたい気持ちはあったかもしれません。もっとも十河に会える可能性は、二人が金曜日に自動車で行ったとも考えられるから、五分五分だとは思いましたが、とにかく姥谷をもう一度見てみたいという気持ちはあった。

　岩見沢を過ぎて、蜂須賀の農園のあった萱野《かやの》に着いたのは午前一〇時過ぎだったと思います。私はそのまま姥谷へ通じる道道《どうどう》を進んで、すると路肩を歩く人がいた。夏尾三段です。私は車を止めました。

　小型のリュックサックを背負った夏尾三段はひとりで、聞けば、「天野さん」がこられなくなり、とりあえずひとりで姥谷まで行くつもりで歩いているのだといい、こちらは札幌での仕事ついでに、ちょっと思いついてきてみたのだというと、天谷さん、ナイスタイミングですと、夏尾は嬉しそうに笑って助手席に座りました。

　夏尾三段とは顔見知りではありましたが、まとまって話をしたのは先日の喫茶店がはじめてで、気詰まりかと思いきや、夏尾三段は持ち前の人なつこさでいろいろと話題を提供してくれました。話は互いに趣味にしている競輪競馬からギャンブル一般に進んで、夏尾三段が裏カジノや高額レートのマンション麻雀に手を出しているという話をはじめ、じつはかなりの借金があるのだといい出しました。闇金融からもけっこうな額を借りていて、裏世界の事情にいくぶん通じている私からみて、だいぶマズい状況に思えました。するとふいに夏尾三段が、少々融通してもらうことはできないですかねと、冗談めかした調子で頼んできた。人に貸すほどのカネはないよと、ごくあたりまえの返答をすると、そんなことないはずですと、顔では笑いながら、しかし冗談でもない調子で夏尾三段はこういいました。

「天谷さんがクスリで儲けた話、聞きましたよ」

44

ヘロインのことを夏尾三段が聞いたとすれば、十河から以外ではありえない。廃坑道で麻薬を見つけ、売ったカネを仲間で山分けした、その仲間に天谷さんが入っていたと聞きましたと、正確とはいえぬ情報を夏尾三段は口にしました。「天野さん」も仲間だったが、分け前に与《あずか》れなくて不満を覚えていたところ、仲間のひとりが殺されて、怖くて何もいえなかったと話していたともいいました。殺された仲間とは増岡のことでしょう。なんのことだと私ははぐらかしましたが、夏尾三段は蜂須賀の名前まで出し、私が蜂須賀と親しいことを指摘し、必ずしも脅迫する調子ではない、冗談めかしたふうではありましたが、融通してくれないとバラしてもいいんですよと仄めかしてきました。

かりに夏尾三段がそうしたとして、時効ゆえに官憲から追及される恐れはない。つまり脅迫にはならない。ところがひとつだけ私には懸念がありました。というのは警察以上に怖い筋からの追及です。

蜂須賀がヘロインをどう捌《さば》いたのか、私は知りませんでしたが、ルポルタージュのために調べるなかで、「香港筋」と通称される密売ルートに蜂須賀がブツを流したと見当がついてきました。その際、あれだけの量のヘロインがいったいどこから出たのかと、裏世界では驚きが走って、どうやら大東亜通商の隠匿物資らしいとなったとき、それに対して権利があると主張する組織が現れ、蜂須賀が組んだ筋との間に抗争があったとは、蜂須賀からあとで聞いた話です。ヘロインを「盗んだ」のは誰か？　組織は追及し、蜂須賀はだいぶ危なかったところ、かろうじて手打ちがなったのだと明かしたうえで、ヘロインを預かったことは絶対に秘密にした方がいい、さもないと組織の追及の手が伸びる恐れがあると蜂須賀は助言しました。このことは麻薬密売組織について一定の知識を持つ私にはリアリティーがあった。

じつは現在、私がボリビアにいるのもこのことと関係があります。私の麻薬密売ルートの調査は、まだ書いて発表はしていませんが、「ヤバい」領域にまで踏み込んでしまい、身の危険を感じて蜂須賀を頼ったというわけです。夏尾三段と姥谷へ行った五月、あのときすでに私はそうした不安を抱いていました。したがって、私がヘロイン密売の一味だったこと（正確には違いますが）が明らかにされた場合、まずいことになる。ジャーナリストが「外部の人間」だからこそ、その筋の者は許容するのだといえます。私が夏尾三段の脅しを怖れる理由はありました。

だからといって、私が直ちに殺意を抱いたのではない――いや、じつは抱いていたのか？　いまとなってはよくわかりません。私は、ヘロインのことはあくまで否定したうえで、少しくらいだったら融通してもよいと応じました。本当ですかと、夏尾三段は素直に喜んで、廃坑道でまた麻薬が見つかったりしませんかね、一緒にちょっと探してみませんか、などといってはしゃいでいました。

姥谷に着いてみると、駐車場の平地も、桐原土木のプレハブ小屋も、むかしのとおりにありました。二二年前とまるで変わっていないのに驚いたくらいです。龍の口に至る小径《こみち》もほとんど変わっていなかった。車を降りた私たちは雪解け水が滔々と流れる川辺の小径を進んでいきました。すると見覚えのある滝が見えて、そちらへ向かえば、崖に坑道の口がある。龍の口は管理会社が封鎖を続けているはずだから、なかへ入れるとは思っていませんでしたが、身軽に崖を這い上った夏尾三段がここから入れそうですと、鉄蓋の腐食した部分の隙間を示し、私たちは坑道のなかへ潜り込みました。

本気で麻薬を探そうと考えたのではないでしょうが、夏尾三段は懐中電灯を用意していました。前方へ延びる隧道《ずいどう》には脇道がいくつもあって、奥へは行かないほうがいいと私は注意しましたが、少しくらいなら大丈夫ですよと夏尾三段は平気で進んでいく。私は入口から漏れる光をたしかめながらそろそろと歩いて、結果、夏尾三段の懐中電灯とは離れてしまい、するとまもなく隧道が湾曲して背後の光が届かなくなり、危険を感じた私が、もうよしたほうがいいと、何度目かの声をかけて入口に戻りかけたとき、あっと叫ぶような声が聞こえた気がして、振り向けば懐中電灯の光がない。夏尾くんと名前を呼んで、呻くような声が聞こえた感じはあったものの、はっきりした返事がない。なお名前を呼んで、やはり返事はなく、変事が生じたのはもはや間違いありませんでした。

スマートフォンの灯りを頼りに、恐る恐る足下をたしかめながら奥へ進んでいくと、右手の横穴に光が見えた。懐中電灯の光です。私はそちらへ向かい、すると前方に縦穴があって、光は底から漏れ出ている。いっそう注意しつつ近づいて、縁から覗くと、穴の底に夏尾三段がうつぶせに倒れ、横に点いたままの懐中電灯が転がっている。名前を呼んでも反応がない。穴はこちら側はほぼ垂直だが、懐中電灯の灯りに照らされた右側は傾斜になっていて、そこからなら下りていけそうである。

私は穴に下り、倒れた男の様子を窺いました。夏尾三段は死んでいるようでした。穴はそれほど深くなく、その時点では二酸化炭素中毒のことを知らなかったから、よほど打ちどころが悪かったのだろうと考えた私は穴底に立ちすくんだ。救急に連絡すべきなのはわかっていました。が、もはや手遅れだと思うと、素早い計算が頭を駆け巡った。私が姥谷に来たことは誰も知らない。夏尾三段をレンタカーに乗せるのを見た人もいない。逆にいま警察と救急を呼んで、どうして姥谷くんだりまできて、廃坑道に入ったのかと問われた場合、返答に窮すると思えた。

私は夏尾三段をそのままにして、懐中電灯を拾い、夏尾三段のポケットからスマートフォンを出して電源を入れ、それを傍に置いてから穴を上り、坑道を出て、自動車まで戻りました。その間、人には会わず、姥谷から道道へ出る林道で車にも会わぬまま、まっすぐ新千歳空港へ向かいました。

以上が夏尾三段の死の真相です。私が夏尾三段を殺害したのではありませんが、夏尾三段が死んで私がほっとしたのもたしかです。龍の口の坑道の奥ともなれば、夏尾三段の遺体は当面――ひょっとしたら永遠に発見されない可能性があるとも計算した。

私が彼を穴に突き落として殺害したといわれても仕方がないとは自覚しています。しかし、右に述べたことが真実だと、私はいうほかありません。あとは貴兄の判断に任せたいと思います。はじめにも書きましたが、私が日本へ帰ることはおそらくないと思います。必要あって一時的に戻ることはあるにしても、もはや私にとって日本は安心して居られる場所ではなくなってしまいました。それはどこに居ても同じなのかもしれませんが。私は長くは生きられない、そんな予感もいまは強くあります。
長くなりました。繰り返しになりますが、このメールを読んだ貴兄がどうするか、すべて貴兄にお任せします。ただ私が真実を告白したことだけは信じてもらいたい。それだけはお願いします。

天谷敬太郎《けいたろう》》

第五章　死神の棋譜

45

　「とりあえず辻褄は合っているよね」

　私が口を開くと、流し前の食卓に向かってノートパソコンを見つめていた玖村麻里奈《くむらまりな》は、将棋の読み筋を確かめるときのように、首を二度三度と小刻みに上下させた。

　一月八日の夜、旅行から戻ったとメールをくれた玖村麻里奈と私は新宿で待ち合わせ、しばらく洋食ばかりだったから居酒屋が嬉しいとの玖村麻里奈の要望で荒木町の店に収まった。高級ブランデーを彼女は土産にくれて、となれば旅のあれこれの話を聞くのが自然であったが、天谷《あまや》氏からのメールのことを私が口にすれば、もはや土産話どころではなく、早く当のメールを読みたいとの女流棋士の意を受けて、酒食も早々に幡《はた》ヶ谷《や》の私のアパートへ向かったのだった。

　「パソコンのアドレスにこれはきたんですね？」

　途中コンビニエンスストアに寄って買った缶酎ハイを手に玖村麻里奈は確認した。そうだと応じた私は、天谷氏は私のPCのメールアドレスを知っていると教えてから、「天谷さんのメールのアドレスは Gmail だけど、彼が書いたとみて間違いないと思うよ。天谷さんじゃなきゃ書けない内容だしね。ボリビアから出したのもたぶん間違いない」と加えたのは、Gmail を使った場合、差出人が本人であるかどうか原理的にはわからないからである。

　「ほかの人じゃたしかにこれは書けないですね」と玖村麻里奈も同意し、またしばらく文面を読み直す時間があって、それからふううと息を吐いて缶に口をつけてから、で、どう思いますか？と卓の向かいで、ウイスキーを飲む私に質問した。

「天谷さんは本当のことを書いてると思います？」

「大筋ではね」しばらくぶりに見るアーモンド形の目、いくぶん茶色がかって見える眸《ひとみ》を覗いて私は答えた。「一番の急所は、天谷さんが夏尾《なつお》を突き落としたかどうかだけど」

「そこですね。そこはどう思います？」

「読み切れないな。疑えばいくらでも疑えるけど、客観的な証拠は何もないしね」

ですねと、頷いた玖村麻里奈はまたモニターに目を据えて、矢文はどうしたのかな？と呟き、どういうこと？と訊くと、夏尾先輩の早稲田のアパートに残った荷物は、同門の棋士らで片付けたのだけれど、なかに矢文はなかったと思うと女流棋士はいい、なるほどと頷いた私は、返したんじゃないかなと応じた。

夏尾は五月一九日に「天野《あまの》さん」と姥谷へ行く約束をしていた。それでフェリーの切符を二枚予約し、しかし「天野さん」が急に行けなくなって一枚をキャンセルした。

「一九日の午前に二人はもう一度会った。矢文を返す約束になっていたんじゃないかな。で、そのときに、天野さんが行けなくなったと話して、夏尾がキャンセルした」

「なるほど、それなら辻褄は合うな」玖村麻里奈は頷き、氷を入れたウイスキーに口を付けた私も頷いてみせたが、天谷氏からの長文メールの「辻褄」については、ある一点において、根本的な疑念を抱かざるをえなかったのは当然だ。

私はこの数日間、メールの文章を繰り返し読んだ。モニターの電子文字だけでは見落としがある気がして、プリントアウトして読んだ。論理の齟齬《そご》や矛盾の穴がないか、詰みを確信しながらどこかに読み抜けがないか、何度も確認するときと同じく、文字の奥の奥まで透かし見るように精査した。たしかに穴はあった。しかしそれらはどれも、恢復する裂傷のように、論理の肉芽でたちまち埋められた。たとえば玖村麻里奈が指摘した矢文の行方についても私はすでに考えていて、いま口にした合理の筋を引き出していた。

だが、ひとつだけ、どうしても埋まらぬ穴があった。いうまでもなく「十河《とごう》」の存在だ。十河樹生《みきお》は死んでいる。であるならば、ここに登場する「十河」とは誰なのか？　注意深く読めば、夏尾は将棋道場で出会い、矢文を借りた人物を「天野さん」としか呼んでいない。「天野さん」が棋聖・天野宗歩に由来する「十河」の偽名だと推測したのは天谷敬太郎である。天谷敬太郎は十河樹生の死を知らないのだろう。だが、どちらにしても、十河樹生がすでに存在しない以上、導かれる結論はただひとつ。すなわち「天野さん」は十河樹生ではない。

たしかに棋道会に魅入られた人間が十河樹生のほかに存在する可能性がないとはいえない。誰かがどこかで矢文を入手することもありえる。だが、麻薬のことはどうか？　十河が廃坑道でヘロイン缶を見つけ、それを天谷敬太郎が預かった事実を知る者は、蜂須賀、十河、天谷の三人しかいないはずだ。にもかかわらず、夏尾はそのことを「天野さん」から教えられている。そればかりか「天野さん」は自分が仲間のひとりだったとも明かしている。

あくまで論理の筋を追えば、蜂須賀、天谷、十河のほかに、ヘロインの取得・保管・売却に係わった者として、「天野さん」という第四の人物がいた、ということになるだろう。「天野さん」が棋道会に詳しく、矢文を所持していたところからすれば、「天野さん」は十河樹生に近い人物で、十河から棋道会の話を聞いて影響をこうむり、矢文もまた譲り受けた。と、こう考えれば辻褄は合わなくもない。穴は埋まらなくもない——。

だが、だとすれば、「天野さん」とは誰なのか？

天谷氏の文章に登場する夏尾の言によれば、「天野さん」は姥谷をたびたび訪れているようで、私はそれを夢で見た龍の口の案内人に、さらには西葛西で会った作業衣の男に自分が結びつけていることに気がついて、あわてて像《イメージ》を打ち消した。

「これ読んで思ったんですけど」玖村麻里奈が缶に口をつけていった。「天谷さんがひとつ隠していることがあるように思うんですけど」

彼女もまた「天野さん」に疑問を抱いたのだろうと思いながら、先を促すと、意外な言葉が返ってきた。

「この蜂須賀さんという人なんですけど、この人と天谷さん、ＢＬ的な関係があるんじゃないかな」

ＢＬ的とは、つまり男色的な関係があるというわけで、虚を衝かれた私が、どうしてかと訊ねると、文章中では「ウマが合う」とか「不思議に親愛の情がある」とかいっているが、二、三回あっただけの人間にヘロインを預けたり、おカネを送ってきたりするだろうかと女流棋士は疑問点をあげ、さらにいまも天谷氏が蜂須賀を頼ってボリビアにいる事実を指摘したうえで、二人のあいだには単なる友情を超えた「強い結びつき」があるように感じられると解説した。

「それに、天谷さんが男の子が好きだっていうのは、会ってるとなんとなくわかるし」

「そうなの？」と私はいよいよ驚いたが、たしかに天谷氏と蜂須賀の不思議な親密さは、それで説明がつくようにも思えた。

「それはいいとして、で、どうしますか？」と玖村麻里奈はＢＬ問題はあっさり置き去りにして問うた。

「どう、というのは？」

「警察に報せるとかなんとかです」

かりに事態が天谷氏のメールどおりだったとして、夏尾の死に天谷氏の責任がないとはいえない。天谷氏が縦坑に下りた時点で夏尾が絶命していたとしても、死体を放置した行為はなにかしらの罪にはなるだろう。少なくとも道義的な責任は免れない。まして天谷氏に殺害の動機があったとするならば、言葉を額面通りには受け止めにくい。が、逆に考えるなら、もし天谷氏が無実を装うのなら、動機があったなどとわざわざ告白しないとも思える。またかりに警察が動いて再捜査となった場合でも、龍の口で新しい証拠が見つかる可能性は少ない。以上の点を私はすでに何度も考えていた。

「判断はむずかしいな。麻里奈ちゃんはどう思うの？」

私が水を向けたのは、兄弟子である夏尾の無念を晴らしたいと、玖村麻里奈が誰より強く考えているに違いないからで、じつは私は最初から彼女に下駄を預けるつもりでいた。そうですねと、顔を横へ向けて少考する女流棋士の視線の先に隣室の寝台《ベッド》があった。１ＬＤＫの部屋は、夕刻に玖村麻里奈からメールを貰って掃除をしたから、いつになく整頓されていた。先刻換えた真新しいシーツが蛍光灯の下で白々と光っている。

あの場所へ、目の前で鼻梁の高い横顔を見せる女性をどのようなタイミングで誘うか、そのことにしか関心を持っていない自分に私は気がついた。同時に夏尾の死が、私のなかですでにどうでもよいことになっている事実にも気づかされた。死神の鎌の下、盤を挟んで対峙したあの時間、夏尾の息遣いや鼓動、感情の起伏や神経の震えを間近に感じる濃密な時間に較べたら、夏尾の生死など、たいしたことではないとすら思える。

私と夏尾は奨励会《しょうれいかい》で対戦した。二人とも夢中で指した。そのときはあたりまえの時間を過ごしたとしか思わなかったが、奨励会を離れて意味は少しずつ変わり、ついに龍の口で見た幻影において、あの時間の意味は強烈な輪郭を獲得した。あのとき私たちは生以上の生をともに生き、死以上の死をともに死んだのだ！

そんな思いが急速に浮かび上がって、幻影にすぎぬものが日常を圧する現実性を持ち続けていることに、戦慄と、わずかながら歓喜に似た感情が浮かぶのを覚えたとき、向かいの玖村麻里奈が口を開いた。

「夏尾先輩が、ギャンブルで借金を作っていたっていうのは、本当のことだと思います」

「そうなんだ」私は頷いてグラスを口へ運んだ。夏尾が麻雀や競輪を好んでいるのは知っていたが、彼の私生活について、私はほとんど何も知らない。玖村麻里奈はしばらく考えるようにしてからまた口を開き、

「そういう意味では、なんていうのかな、自業自得、というのはちょっと可哀想だけど」といって黙ってしまう。

しかしいいたいことは理解できた。自業自得はいい過ぎだけれど、かりに夏尾が殺されたのだとしても、彼の側がまったくの無辜《むこ》だったわけではない。そういいたいのだろう。

「天谷さんのメールなんですけど」玖村麻里奈は語を継いだ。「わたしも信用していい気がします」

頷いた私に向かって女流棋士はさらにいった。

「これを読んで、うまくいえないんですけど、夏尾先輩が納得しているっていうか、なんだかそんな気がするんです」

玖村麻里奈の目から一筋涙がこぼれた。涙を拭わぬまま、ジーパンに黒いセーターの女流棋士は語を継いだ。

「わたしは、天谷さんのメールを信じます」

泣き声を抑えつけた決然の調子で口にされた言葉を聞いた私は立ち上がり、電気ストーブを跨《また》ぎ越えて、彼女を背後から抱きしめた。髪の匂いを鼻が嗅ぎ、目の粗い毛糸の感触を通して熱を放つ軀《からだ》の輪郭を腕が捉えた。

「それでいいんですよね？」

私の腕に抱かれながら、急に甘えの色の滲《にじ》んだ言葉に、いいと思うよと同じく甘い声で返しながら、違う！と身内で烈しく叫ぶ声を私は聞いていた。天谷敬太郎《けいたろう》のメールを信じることなどできない！　文中の「天野さん」はどう読んでも十河でしかない。だが、十河は存在しない。この矛盾がある限り、メールは根本的に虚偽ではないのか？

私の腕から柔らかく逃れるようにした玖村麻里奈がまた口を開いた。

「このメール、山木さんに送ってもいいですか？」

「山木八段に？」

「ええ。山木さんは、事件のことといろいろ心配してて。教えてあげたほうがいいと思うんです」

「しかし、これを読んだ山木八段はどう思うかな？」

「山木さんが警察に伝えたほうがいいと思うかもしれないってこととかですか？」

「たとえばね」

「それは大丈夫じゃないかと思います。世間から変なふうに騒がれるのを、山木さんは望まないと思います。真相さえわかれば、それで納得するっていうか。ほかの人もみんなそうだと思います」

　私は「真相」を二人の秘密にしておきたかった。が、そうもいえず、連盟で理事をつとめる山木八段に「真相」を委ねるのがいいのではないかとの正論に抗うことはできなかった。私は天谷氏のメールを、前後の経緯をふくめた簡単なメッセージを付したうえで、玖村麻里奈が教えてくれた山木八段のアドレスに送信した。

　作業をしながら、自分が天谷氏のメールを否定しようとしているのは、身内に巣食う不安ゆえであると私は理解していた。不安とは、すなわち、玖村麻里奈との関係が終わってしまう不安である。「天谷さんのメールを信じる」との言葉は、事件解決の宣言にほかならなかった。ましてやそれが山木八段に伝えられ、公の場に持ち出されるならば、素人探偵の「捜査」は完全終了であった。そのことに安堵の思いを抱きながら、私は玖村麻里奈と自分を繋《つな》ぐ糸が切れてしまうのを怖れた。夏尾の事件だけが自分と彼女を結ぶ糸なのだと、いまさらながらに思わぬわけにはいかなかった。すると私の不安そのままに、今日は帰りますと、玖村麻里奈が立ち上がった。

「年賀状とか見てないし、家にも連絡しないといけないから」

　いかにもおざなりないい訳は私の耳に虚ろに響き、違うだろう？　男に会いに行くんだろう？と、腹中で猜疑《さいぎ》の獣が唸《うな》るのを聞きながら、そうなんだ、それじゃあ仕方がないねと、なんでもないように応じた私が駅まで送るべく外套を手にすると、首にマフラーを巻いた玖村麻里奈は、タクシーで帰りますから大丈夫ですと断り、皮革の長靴《ブーツ》を履いて沓脱ぎに立った。

「地中海はとってもよかったです」

　扉を背にした玖村麻里奈が急に話し出した。

「とくにギリシアが素晴らしくて、元日の朝にエーゲ海を見てたらいろんなことがふっきれました」

「それはよかった」

とってつけたような言葉に戸惑いながら相づちを打つと、旅の報告と同じ調子のまま、わたし、北沢さんとはしばらく会わないようにしたいんですと、言葉が吐かれた。

「どうして？」

かろうじて声を絞り出した私に、白いダウンジャケットを腕に抱えた玖村麻里奈は顔を俯かせた。

「わたし、今年が勝負だと思うんです。今年だめなら、もうやめるつもりです」

潤みを含んで震えていながら、強い芯のある声を聞いた私は、それだけで相手のいいたいことを摑《つか》んでいた。今年は将棋にとことん打ち込みたい、それで成績があがらなければ棋士をやめるくらいの、不退転の覚悟で臨みたい。年頭にあたってそう決意したのだろう。彼女の旅行がそもそもいろいろな事柄を「ふっきる」ためのものだったことも私は理解していた。黙っている私に向かって玖村麻里奈は言葉を継いだ。

「夏尾先輩のこともあったけれど、わたし、ちょっと甘えていたんだと思うんです。もっと厳しいところでやらないと駄目だと思って」

将棋に打ち込む自分には恋愛などしている閑《ひま》はない。無駄や脂肪や水分を削ぎ落とせるだけ削ぎ取って、自分を徹底的に追い込んだところで勝負をしたい。玖村麻里奈の決意を私が理解しすぎるほどに理解したのは、かつてプロ棋士を目指していた時代、自分も同じように考えた経験があったからだ。

「将棋に負けて、北沢さんに会って癒《いや》されて。でも、それじゃ駄目なんだと思うんです」

「たしかにそういう面はあるかもね」と応じた私の声は、それとわかるほどに潤み震えていた。玖村麻里奈は顔をあげ、アーモンド形の目で私をまっすぐに見詰めて、いろいろとありがとうございましたと頭を下げてから、ドアノブを摑んだ。

「頑張ってね」かろうじて私が声をかけると、戸口から半身を出していた玖村麻里奈は顔を振り向かせて、はい、頑張りますと、白い歯の覗かれる笑顔で応え、そのまま外へ出て扉を閉めた。「これからも、ずっと応援してる」私の言葉は合板の扉に跳ね返って、外へは届かなかった。

46

私は飲みに出た。拾ったタクシーに乗りこんだとき、電気ストーブを消したかどうか心配になったが、かまうもんかと、新宿の行き先を告げた。五丁目交差点の手前で車を降り、三丁目の方へ歩いて、目に付いた居酒屋のカウンター席に座った。店内に流れる昭和歌謡を聴き、スマートフォンをいじりながら刺身や湯豆腐をあてに日本酒を飲んだ。燗の銚子からぐい呑みに酒を注ぐたび、ぜんぶ忘れよう、すっぱり切り替えようと、自分に強くいいきかせて、銚子を何本も空けた。それでも酔う気配はなく、注文して出てきた柳川鍋に箸をつけぬまま店を飛び出して新宿駅から総武線に乗ったのは、つまるところ未練のせいであった。

まだ投了はできない。棋勢は不利であるにしても、粘る余地はある。独り飲むうちにそう思えてきた。酒は未練を洗い流すのでなく、むしろ闘志の燃料になった。天谷氏のメールになお残る謎。死んだはずの十河が「天野さん」として登場する謎。これが解かれぬかぎり、「天谷さんのメールを信じます」などと安易にはいえないはずだ。かりに「天野さん」が十河とは別人だとして、ではなぜ彼がそこまで事情に詳しいのか、その点が明らかにならなければ「詰み」とはいえない。まずは「天野さん」なる人物を捜し出すことが新たな「捜査方針」にならなければならない。

　私はメールを読んだ段階で、「天野さん」の正体を明らかにする手段として、夏尾が「天野さん」と出会った将棋道場を探す筋があるとは思っていた。天谷氏のメールには道場の情報がないが、夏尾の行動範囲からして都内近郊は間違いなく、虱潰《しらみつぶ》しにすれば、「天野さん」が現れる道場は探せるはずである。

　とはいえ、そんなことをする気持ちには全然なれなかった。夏尾の事件から、そしてなにより棋道会から、自分は離れるべきであった。一切を忘れるべきであった。かつて棋道会に魅入られた有望な若手が精神に変調をきたし、道を踏み外したというが、いまの自分がまさにそれだと、私は自嘲しないわけにはいかなかった。もうやめよう。何度もした決意を私はパソコンのモニター前で繰り返した。

　だが、いまこうして玖村麻里奈の絵姿を、歓び、驚き、悲嘆、疲労、怒り、さまざまな機会にさまざまに変転する玖村麻里奈の表情を、薄暗がりのなかで驚くほど伸びやかに感じられる姿態を、ひやり冷たい肌の感触を、匂いを、色を、繰り返し思い返すうちに、彼女を失わずにいるためには、どうしても「捜査」が必要なのだと、苦しい認識が頭を占めた。

　玖村麻里奈は十河樹生の死の事実を知らない。このことは機をみて報せるとして、まずは少しでも「捜査」を先に進めておきたいと思えば、一刻も待てぬ気がした。居酒屋で無為に飲んではいられなくなった。活発に運動したい気持ちを私は抑えきれず、時刻を顧みずに新宿駅に向かったのだった。

　玖村麻里奈との関係をつなぎ止める。それはまだ可能だ。自分は嫌われたわけではない。関係は決定的に断たれたわけではない。もう一度糸を結び直すことはできるはずだ。空いた座席には座らず、扉前に立ち過ぎ行く街灯りを目に映した私は考え、しかし目的に向かって動き出した心の底で、陰々とした猜疑の獣が絶望の唸り声をあげるのを認めざるをえなかった。

玖村麻里奈の地中海方面への旅行。それを私は密かに疑い出していた。彼女は地中海ではなく、どこかべつの場所へ向かったのではないか？　新宿駅で成田エクスプレスに一緒に乗り込んだ眼鏡の女性、彼女と玖村麻里奈の旅行先は別々だったのではないか？

疑念が生まれたのは、荒木町の居酒屋からアパートに着いて、土産に貰ったブランデーの瓶を箱から出して書棚に飾ったときだ。箱に免税店の小冊子が入っていた。何気なく手にして眺めた私はそこに、Los Angeles International Airport の文字を見たのだ。モニターに目を向けた玖村麻里奈は天谷氏のメールに集中していた。私はとっさに冊子を棚の抽斗《ひきだし》に隠した。

成田からの往復はパリだと玖村麻里奈はいっていた。ならば土産は帰路のパリの空港で買うのが自然だ。たしかにブランデーはコニャック。しかしフランスの有名銘柄であるそれは世界各地の空港免税店にあるだろう。もちろんロサンジェルス空港にも。

彼女はロサンジェルスへ行っていたのだろうか？　ひとりで？――それとも誰かと？　疑惑の火が青白く燃え上がり、冷たい炎に焼かれ猜疑の獣に変じた私は、彼女がトイレに入った隙をとらえ、椅子に置かれたトートバッグを素早く覗いた。ハンドタオル、化粧ポーチ、文庫本などに混じって、スマートフォンと赤革の手帳がある。そして女性が持つにはややごつい紺色の財布。

己の卑劣と醜悪に歪みそうになる顔を能面の無表情で抑えながら、私は手帳を手にとった。スケジュールや知人の連絡先を玖村麻里奈はスマートフォンで管理している。だから手帳にはたいした情報はないとは思ったが、年が変わって新しくしたばかりだからだろう、流し見た頁にはほとんど何も書かれていない。手帳を戻し、次に財布に手を伸ばした。札入れに数枚の札、カード入れに数枚のカード。猜疑の獣の餌になるような発見はない。が、小銭入れを開けたとき、百円玉や十円玉に混じったあるものが、違和の手触りを指先に伝えてきた。

これはいったい何だ？　猜疑の獣が唸りをあげ、疑惑の炎が眼前で烈しくゆらめくのを覚えて、しかし精査している時間はなかった。トイレの扉が開いたとき、冷蔵庫から氷をグラスにとる格好になっていた私は、缶酎ハイを取り出し、もう一本を飲む？　とトイレから出た女性に訊いたのだった。

私に嘘をつき、彼女は旅行をしていたのだ。私の知らぬどこかへ。私の知らぬ誰かと！「不実」の言葉が浮かべば、悪い嗤《わら》いとともに、ふつふつと毒の気泡をあげる嫉妬の液が体中に滲み出して――いや、しかしまだ決定的な証拠があがったわけではない。私は暴れ出す疑心を檻に無理矢理閉じ込めた。まだなにひとつ明瞭にはなっていないのだ。彼女について自分は読み切れているわけではない。そうなのだ！　将棋だって、読み切れぬまま指さざるをえないことは多い。というより、ほとんどの局面がそうだ。相手玉は寄っているのか、いないのか、自玉は詰んでいるのか、いないのか、わからぬまま、それでも次の手を指すしかないのだ。自分に見えている唯一の筋は「捜査」の継続、具体的には「天野さん」を捜す線、いまはそれしかない。

私は飯田橋で総武線を降りた。「天野さん」の現れる道場を探す。ならば東西線沿線からはじめるのが理にかなうだろう。なぜなら夏尾のアルバイト先が西葛西《にしかさい》で、住居が早稲田、たとえば仕事帰りに道場へ寄るとして、両駅を繋ぐ東西線沿線が自然だからだ。沿線の将棋道場は、九段下、神楽坂、飯田橋、浦安、南行徳にあるとネットには表示された。

飯田橋からはじめたのは、虱潰しの言葉が頭にあったせいだろう。とはいえ「捜査」には時間が遅すぎた。駅から出たのが一一時すぎ、地図アプリの表示地点まで行ってみたが、当然ながら道場は閉まっていた。しかし私は落胆しなかった。素人探偵の「捜査」はそう容易に進みはしないのだ。「捜査」を阻む壁や障害が現れては、それを迂回し、あるいは機知でもって乗り越え真相へ近づいていく二人。二人というのは、もちろん私と玖村麻里奈だ。私たち二人は手に手を携えて、ときに命の危険すらともなう妨害や困難にもめげず、ついに真相を手にする——と、そんな物語を夢想しながら、身の裡《うち》から湧き出る活動力を抑えられぬまま、東西線に乗った私の向かうべき場所はすでに決まっていた。

西葛西——。草色の作業衣の男と会った路地の、四角い建物の階段を上がった二階、あそこは将棋道場ではないか？　直感の早鐘が打ち鳴らされる感覚があった。ネット情報では西葛西に道場はなく、しかしネットに記載されない、碁会所を兼ねた小さな町道場も世の中にはけっこうある。夏尾の働く会社の正確な住所は知らぬが、最寄り駅が西葛西であるなら、仕事帰りに寄るのは自然だ。

私はまっすぐに西葛西へ向かうべきであった。私がそうせず、飯田橋で降りたのは、まずは焦らず一つずつ地道にやっていこうとの理屈はついてはいたけれど、私があの場所を密かに懼《おそ》れているせいなのかもしれなかった。しかし活動力を持て余した私が、この時刻に「捜査」に向かうとしたら、あの場所しかもはや残されていないと思えた。自分と恋人が立ち向かうべき謎の凝集点があそこである。いま恋人は傍らにいないけれど、彼女はきっと自分の行動を遠くから見守り、励ましてくれているはずだと、傍からみれば妙に芝居がかって滑稽な、主観においては悲壮な決意を固めた私は東西線を下った。たしかに懼れはあった。しかしすでに玉が詰んでいるかもしれない自分にもはや失うものは何もない、であるなら、王手王手で迫り続けるしかないのだ、とそう念じれば、蛮勇とはまた違う、自分を虐《いじ》めて泣き喜ぶような気持ちが動き出した。

西葛西の駅に降りたときには、午前零時を過ぎていた。駅前の道路を渡り、商店街に入れば、ほとんどが店を閉めるなか、居酒屋やインド料理の看板を出した数軒に明かりがある。縄のれんを揺らし出てきた職場の仲間らしいスーツの一団とすれ違ったあとは、すっかり疎《まば》らになった人通りのなか、商店街を抜けて、住宅地との境になった辻に立てば、街灯の白光の下、角の家のブロック塀に斑《ぶち》の猫がいた。前にも見かけた猫だ。近づくと、猫は黄色い目玉を光らせ、身を翻して闇に消えた。

四つ辻を右へ入ってすぐの例の建物は、のっぺりした灰白の外壁を夜闇に晒《さら》している。前と同様、一階の店舗は鎧戸《シャッター》が下りて、脇の階段にだけ暗い灯がある。前回は気づかなかったが、二階に厚い遮蔽幕《カーテン》のかかった窓があって、隙間からわずかに光が漏れている。階段口に近づき、上の様子を窺った私はそのとき、なにかが唸るような音を聴いた。たちまち恐怖の冷水が体中に溢れて、引きかえそうよ、引きかえして寝台《ベッド》で丸くなろうよと、裸鼠みたいになった肝が怯《おび》え声を漏らしたけれど、恋人が励ましてくれているのだと、我ながら滑稽な仕方で、しかし涙ぐましい悲壮感のなか、勇気をかきたて、むしろ乱暴に脚を動かした。

混凝土《コンクリート》の階段を上がり、前回見た「龍」の文字を探せば、階段途中の壁にそれはあった。銀色の金属板に「龍騎」と黒く書かれて、その下に小さく「麻雀荘」の文字と電話番号がある。麻雀屋？　――と思ったときには、階段を上がりきっていて、すると横に延びた通路に三つ並んだ扉の、右端の扉が開いて人が出てくる。

作業衣を着た中年男――は間違いない、先日会って話をした、ごま塩頭の鼻疣《はないぼ》の男だ。

「もしかして、予約の人？」

問うてきた男の言葉に私は応じなかった。応じられなかった。男の言葉は耳朶《じだ》に滞留して意味を成さぬまま、両の目だけが作業衣の胸に吸い寄せられた。

「十河」の縫い取りがそこにはあったのである。

47

「あなたは十河《とごう》さんなんですか？」

扉を入ってすぐの、待ち合い室ふうになった小空間の応接椅子に導かれた私は、奥の流し場から茶碗を運んできた男にいった。ほかにいうべきことは膨大にあるはずだったが、すぐには言葉にならず、右の質問になった。そうだけど、と応じた男は、前にもきたっけ？ と逆に問い、どう答えるべきか迷ううち、しばらくは打てないけど、あっちの卓が割れるかもしれないから、少し待ってみる？ という男に私は頷いた。

八卓が置かれた麻雀荘は、奥の一卓が埋まって、最小限に抑えた照明の下、そこだけ別世界のように光を浴びた四人の男が卓を囲んでいる。電燈の色のせいか、隠居老人ふう、勤め人ふう、学生ふうが入り混じる四つの顔は血を浴びたように赤い。卓の牌《パイ》が機械の穴にがらがらと落とし込まれて、すると新たな牌山がぬるりと現れ、男らはまた黙々と牌に手を伸ばす。階段下で聞いた唸り声の正体が自動麻雀卓が牌をかき混ぜる音だと私は知った。わかってみれば謎めいたところなどひとつもない、ごく平凡な街の麻雀荘にすぎないのだった。

麻雀荘は営業時間が法律で定められている。それで窓を遮蔽幕《カーテン》で覆い、明かりを落としているのだろう。そんな観察をする一方、十河樹生《みきお》が生きていた事実——謎の凝集点ともいうべき人物が眼前たしかに存在する事実が認識されるにつれ、かえってぼんやりしてしまった私は、流し場に立った男に向かってなにをどう話すべきか、いよいよわからなくなり、すると男が客から買い物を頼まれ外へ出ていったので、猶予の時間が得られた。

私はぬるく味のない茶を啜《すす》った。それからスマートフォンを出してニュースサイトを眺めた。「無為な時間をやりすごす人」を架空の観客に向かって演じながら、思考を烈しく回転させた私は、十河＝鼻疣《はないぼ》の男はアルバイトふうに麻雀屋で働く者で、本業は工事関係だとの推測をまずした。作業衣の縫い取りには、名前の上に「間宮《まみや》工務店」の文字があって、同じ看板が麻雀屋の隣の扉にあるのを先刻見たからである。そしてまた、前回会ったとき自分が「十河」の縫い取りに気づかなかったのは、男が手拭いを首からかけて胸元が隠れていたからであることも理解した。

しかし肝心の、十河樹生が生きていたという事実の意味するところが、散らばる風船を摑んで箱に収める具合で、うまく認識の枠に嵌《は》まらない。驚き自体は意外になくて、しかしそのことがかえって不思議に思われれば、十河の名前の種子から謎の蔓草がみるみる生い茂って胸中にあふれ、どこが根元でどこが枝先かわからぬ混乱のなか、私はいよいよ呆然となった。

コンビニエンスストアから戻った男は、カレーやら珈琲やらを客に配って、茶を淹れ直しながら、ソファーの私に向かって、ちょっと今日は無理かもしれないねと、告げる言葉を遮《さえぎ》るようにして私はいった。

「あなたは十河さんですよね？」

アルミ盆を持って立つ男は今度は明らかに訝《いぶか》し気な顔になり、そうだけど、なにか？　と問うてくる。放つべき言葉がまとまらぬまま、私は馬鹿のように繰り返した。

「十河樹生さんですよね？」

「違うよ」

「違う？」

「違うよ」

違うとは、いかなる意味か。名前は捨てたということなのだろうか？　目まぐるしく頭を回転させる私に男はいった。

「樹生は弟だ」

弟？——とは、つまり、目の前にいるのは？

「お兄さんですか？」

作業衣の男は警戒の棘《とげ》を全身に生やして、濁り目でこちらを窺う格好になった。

「あんた誰？　保険の人？」

違いますと答えた私は、財布から名刺を出して渡し、元奨励会員の十河樹生さんに話を聞きたくてきたといい、羽生善治二冠と同世代の人たちを追うルポのための取材だと、咄嗟《とっさ》に組みたてた嘘を口にした。フリーライターの肩書きのある名刺に目を落とした男は、なお警戒を解かぬままいった。

「樹生は死んだよ」

目の前の男は「お兄ちゃん」、つまり十河暁生《あきお》である。土浦の寺の墓誌に刻まれた赤い文字と、「お兄ちゃん」は死んだとの言葉に懐疑的だった年寄りの、鼻に挿したビニール管を思い出して私は問うた。

「あなたは、お兄さんの暁生さん？」

「そうだけど、弟とはあまり関係がないからね。オレにいわれてもわかんないよ」

「樹生さんは亡くなったんですね？」

「そうだよ。去年死んだ」

去年？——は平成二三年。しかし墓誌には平成十二年と刻まれていなかったか。年を間違えたのだろうか。いや、たしか享年三十歳ともあった。平成二三年ならば十河樹生は四〇歳に近いはずだ。そのことを問うと、

「墓まで行ったんだ」と十河暁生は、感情を押し隠すかのように、顔をそっぽに向けていった。

「行きました。お線香をあげさせてもらいました」

私がなかば嘘をいうと、そりゃどうもといって、十河暁生は流し場の冷蔵庫から缶麦酒《ビール》を出してきて、あんたも飲むなら三百円、というので、頂きますと私は答えた。

ソファー椅子に向かい合わせに座って麦酒《ビール》を一口飲んだ十河暁生が、弟の何を調べて書くのかとあらためて訊くので、羽生二冠と同世代の棋士や元奨励会員たちが、羽生善治という棋士をどう思っているのか、またかつてどう思っていたのか、調べて書きたいのだと、でたらめを口にした私を、眠たそうな目で眺めた十河暁生が何もいわないので、仕方なく私はもう一度樹生の死について質問した。

「あんまり変なこと、書かれちゃ困るんだよね」と渋るのへ、実際に書くときには変名にするので迷惑はかけないというと、あとはさして隠す様子なく、墓に平成一二年とあるのは、その年に失踪宣告をしたからだと、缶麦酒《ビール》を飲む男は話した。以前から十河樹生は行方が知れなくなっていて、家の相続の際に弁護士からそうした方がいいといわれてしたという。

「墓は寺が勝手にやったんだよね」

失踪宣告が、七年以上生死不明の失踪者を死亡したものとみなし、法律関係を解除する制度だと私は知っていた。

「でも、じつは亡くなっていなかった？」私が水を向けると、缶麦酒《ビール》に口をつけて十河暁生は、そうだと頷いた。

「一昨年だったかの年末に、千葉競輪でばったり会った。飯屋で失踪宣告のことをいったら、そのまんまでべつにいいっていうから、それじゃ困るだろうと思ったんだが、また連絡がとれなくなった。それで年が明けて、警察から連絡があって、身元の確認をさせられた」

「亡くなってた？」

「江戸川に浮かんでたって。千葉競輪で会ったとき、こっちの連絡先を渡してあったから、それで警察から連絡がきたんだな」

「死因は？」と私は訊かざるをえない。

「川に落ちて溺れたって。酔っぱらってはいなかったみたいだけどね。川っぺりにホームレスの巣があって、そこに住んでたらしい。顔でも洗おうとして落ちたんじゃねえかなんて、警官はいってたね。なんか病気があったんだろうね。弟は法律上ではすでに死んでるわけだから、そんなやつがいまさら死んだって、誰も気にしないよね」

十河暁生は嘲笑するようでも、悼《いた》むようでも、憤然とするようでもある調子でいい、麦酒《ビール》を飲み干してアルミ缶を掌で潰した。もう一本どうかと勧めて私は財布から五百円玉を出した。いいの？　悪いね、といって新しい麦酒《ビール》缶を出してきた男の言葉がたしかならば、十河樹生が死んだのが去年の一月。夏尾が「天野さん」と北海道行きを約束したのが五月。とすれば、ここにおいて完全に「天野さん」＝十河樹生の線は消えたことになる。

「弟さんは、ずっとホームレスみたいな感じだったんですかね？」重ねた私の問いに十河暁生は、知らねえ、と即答した。

「オレのほうもいろいろあって、人のことを心配してる場合じゃなかったからね」

十河家の「お兄ちゃん」の「不運」をかたる自転車屋の父娘の話を思い出した私が頷くと、麦酒《ビール》を一口飲んだ男は続けた。

「競輪場で会ったとき聞いた話じゃ、方々をうろついていたみたいだったね。どこにいたか、本人もよくわかってなかったんじゃねえかな」

「といいますと？」

「なんか病気だったらしいよ。というか、ずっと病気だったんじゃねえかな。奨励会をやめたあたりから。記憶もはっきりしてねえみたいで。いっときは病院みたいなところにいたらしい」

「病院――ですか？」

「たぶん病院じゃねえな。でも病院みたいなところ。頭がおかしくなって保護されて、しばらく新潟の施設にいたといってた」

新潟――は夏尾の出身地だ。ぴくり神経の震えを感じた私は、新潟のどこかと質問すると、十河暁生は尻ポケットから長財布を出して、紙片を引き出して示した。見ると、カードだ。そこには福祉施設の名称と、新潟県長岡市の住所と電話番号、メールやＨＰのアドレスなどが印刷されている。

「弟の所持品のなかにあった。ねぐらに荷物が残ってたみたいでね。ここに聞くといろいろわかるんじゃないかな」

またもう一本追加した麦酒《ビール》が効いたのかどうか、十河暁生は「取材」に積極的に協力する姿勢を示していった。私は恐縮しながら、意外に汚れていないカードから住所その他を手帳に書き写した。

「会ったときに聞いた話じゃ、ここにはずいぶんと世話になったみたいでね。死んだって報せたほうがいいかと思ったんだけど、結局まだ報せてねえんだよな」といった十河暁生は自嘲するような笑いを浮かべ、よかったら、あんたが報せてくれない？　というのへ、私はいいですよと請け合った。

「所持品といったってなにもなくて、カネも小銭がちょっと。なにしてたんだかな」と今度は明らかに追悼の色の滲む調子でいう十河暁生に、弟さんはどうして新潟にいたのだろうかと質問すると、父親の出身地が魚沼で、子供時分に遊びに行ったことがあったからではないかと十河暁生は答えた。

「しかし、よくわかんねえな。あっちには付き合ってるような親戚もいまはいないしね」

　いずれにしても十河樹生が新潟にいたのは間違いなく、そこで夏尾との接点を持った可能性はある。おそらくは夏尾の通う将棋道場に十河が立ち寄ったのだろう。奨励会へ入る前の、しかし町道場ではほぼ無敵だったはずの夏尾は、ふらり現れた男の強さに驚愕したことだろう。夏尾と十河にはやはり繋がりがあったのだ。とはいえ十河樹生が去年の一月に死んでいるとすると、五月の夏尾の死とは、少なくとも直接の関係はない。そう結論づけた私は質問を変えた。

「天野さんという人を知らないですか？」

「天野？　天野、なに？」

「天野しかわからないんですが、弟さんとなにか関係があった人だと思うんですが」私がいうと、目の前の顔に再び警戒の色が濃く浮かんだ。

「なんであんたが天野を知ってるの？」猜疑《さいぎ》に濁った声で訊いた男は続けた。

「というかさ、そもそもここがどうしてわかったの？　オレがここにいるってこと、誰から聞いたわけ？」

土浦で偶然見かけ、後を追ってきたのだとはいいにくかった。そもそも東西線まで追ってきた人物が、土浦の墓地から出てきたのと同じ人物だとの確信はなく、つまりここで十河暁生と会ったのは偶然――としてよいのかもよくわからなかったが、説明に窮した私は、あのとき西葛西で自分が電車を下りたのは、夏尾のアルバイト先が西葛西にあるのを知っていたせいなのだと、あらためて思いながら、近所で働く夏尾という元奨励会員からちょっと聞いた気がするのだという と、十河暁生はぎょっとしたように表情を動かして、夏尾と知り合いなのかと問うてきた。どうやら夏尾を知っているらしい。今度はこちらが警戒をする番だった。

「知り合い、というか、ちょっと係わりがあったんですけどね」

用心した私が手探りするようにして答えると、缶の麦酒《ビール》を飲み干した作業衣の男はいった。

「だから夏尾っていう男が天野だよ。天野は偽名っていうの、そんなやつ」

48

麻雀荘を出た私は深夜の街路を歩いた。

卓はほどなく割れて、客が揃って帰ったので、店を閉めた十河暁生は事務所で寝るからと、「間宮工務店」の扉に消えた。見送った私は、どこへ向かうあてなく冬空の下を歩き出し、荒川にぶつかると、この時刻にも車の途切れぬ首都高を左手に見ながら、川沿いの路をさらに歩いた。暗い空から寒風が吹き寄せ、マフラーをしない外套の首筋から冷気が差し込んだが、思考や像《イメージ》の断片が渦をなす頭の熱は消えなかった。

天野が夏尾の偽名である。とは、つまり、西葛西の麻雀荘「龍騎」にくるとき、夏尾は天野という偽名を使っていたのだと十河暁生は教えた。高校生になって新潟から東京へ出てきた夏尾が、麻雀荘に出入りしていたのは私も知っていた。未成年で雀荘はマズいと、偽名を使い、その後も外で麻雀を打つときは同じ名前を使い続けたのだろう。十河暁生が六、七年前に間宮工務店で働き出し、事務所の隣にある「龍騎」に出入りしはじめたときにはすでに、天野＝夏尾は常連だったという。

天野は死んだらしいね、といった十河暁生は、いまのマスター、というのは十河が働く工務店の社長なのだが、彼が新聞記事を示して、この死んだ夏尾というのが「天野」だと教えてくれたのだと話した。麦酒《ビール》から缶酎ハイに替えて飲む十河暁生は、酔ったふうには見えなかったが、弟のことから話が逸れたせいか、警戒が緩んでだいぶ饒舌になっていた。

「社長は、死んでもしょうがない、なんていってたね」

「どういうことですか？」緊張に縮む胃袋をそっと両手で押さえて私は質問した。

「ヤクザ相手かどうか知らないけど、なんかイカサマみたいなことしてたっていうからね」

「イカサマ？」

「そう。前のマスターは、ここはべつに、東陽町のマンションで場を開いてたんだよね。こっちとは全然違うレートのやつ」

「夏尾はそっちでも打ってた？」

「たぶんね。でも、打つだけじゃなくて、なんかしてたみたいでね」

「なんかとは？」

「天野は機械関係に詳しいらしくてね」と応じた十河暁生が話したところでは、麻雀卓に小型カメラを仕込んで、全員の手牌を隣室のモニターに映し出す仕掛けを「天野」が作ったのだという。

全自動卓になってもイカサマはなくならない。元来は不正を監視する目的だったが、メンバーが足らずマスターが卓に加わるとき、隣室でモニターを見た「天野」がマスターに「通し」――ほかの者の手牌を教えることにも使った。極小のスピーカーを耳の穴に貼り、隣室からの指示を聞くのだという。

「そんなに小さいのがあるんだね。しかもふつうの携帯電話から連絡できるっていうからすごいよ。まあ、盗聴とか盗撮とか、そういうのは、いまはすごいみたいだからね」

「それを夏尾が作った?」

「そう。でも、マスターは勝とうとしたんじゃなくて、大負けしないようにするっていうか、場をほどほどな感じで回すために使ったんだろうね。ほかにもいろいろ仕掛けを作ったみたいで、それがバレたのかな?」といった十河暁生は、しかしそれ以上の詳しい事情は知らなかった。どちらにしても、先代のマスターは「龍騎」を間宮工務店の社長に譲り、「天野」も姿を見せなくなった。

「マスターはどっかに消えちゃって、天野が変なふうに死んだってことを考えると、イカサマがバレるかなんかして、マズいことになったのかもしれないね」

廃坑に死体があったとの新聞記事から、ああいう手口は裏世界の人間に特有のやり方だという社長の見解を紹介した十河暁生は、先代マスターもすでにこの世の人ではないかもしれないと加え、マスターはあれでなかなかいい人だったんだけどねと、懐かしむ風情に彼の人のよさが垣間見えた。

街の灯を切り裂くひときわ強い風が、暗い川面を渡って吹き寄せた。額の熱を冷風が一時奪ったものの、風が静まればまた火照りは還ってくる。川縁であること以外、自分がどこにいるのか知らぬまま、私はあてなく歩いた。

夏尾は麻雀のイカサマをめぐるいざこざに巻き込まれて殺されたのである。十河暁生の意見、というほどでもない憶測は、考察に値するようにも思えたが、いまはそのことへ思考は向かわなかった。新潟で十河樹生と夏尾に接点があったと思われること。十河樹生が本当に死んだのが去年の一月であること。夏尾が「天野」を名乗っていたこと——。思いがけず話を聞けた十河暁生から明らかにされた諸点も、いまはただ頭に浮遊するばかりで、思考の筋にまるで掛ってこない。

私の頭を占領したのは二つのこと。ひとつは、たったいまの出来事、すなわち十河暁生との邂逅《かい》《こう》だ。そもそも十河暁生と遭遇したのは、土浦の墓地から出てきた作業衣の男を十河樹生と思いなし、バスから電車へと後を追ったあげくのことであるが、想起すればするほど不可解に思える。あのとき見かけたのはたしかに十河暁生であり、それを追って西葛西へ辿り着いたとする解釈がいちばん理にかなうが、最近土浦へ行ったかと、それとなく質問してみたのへ、実家の近所は行きにくい事情があるんだよね、と十河暁生は応じながら、しかし行かなかったとはいわなかった。とすれば、あれはやはり十河暁生であったと考えるのが理にかなうだろう。私が土浦を訪れたときたまたま十河暁生が墓へ来ていた偶然、および夏尾と十河暁生が西葛西の麻雀荘でたまたま繫がっていた偶然は措くにしても——。

しかし、いまとなっては、合理性などに拘泥しても仕方がないのかもしれなかった。玖村麻里奈《くむらまりな》との一夜が明けた新千歳空港のホテルで、姥谷《うばたに》の管理人をする「十河樹生」の夢を見たときから、大勢の棋士たちに混じって龍の口へ消えていく「玖村麻里奈」の夢を見たときから、自分は異形の世界に彷徨《さまよ》いこんでしまったのではあるまいか。思えば、玖村麻里奈との、世間でいう深い関係が生じたこと自体が夢のようであり、あの一夜以来、自分は夢幻の異境にあり続けているのではあるまいか。いや、そもそもは玖村麻里奈とともに入り込んだ龍の口の坑道で、「磐《いわ》」の奥に広がる「神殿」の幻を見たのがはじまりだ。無辺に広がる盤を前にしたあのときから、自分は現実の将棋盤からこぼれてしまったのではあるまいか。駒台から落ちてそのまま行方知れずになる駒のように。

ひときわ強い風に押されるようにして、私は倉庫風の建物の下に立ちどまった。そうして、錆《さび》のついた鎧戸《シャッター》に寄りかかったままスマートフォンを取り出した。周囲の世界がふいに溶け消えてしまうような不安感のなか、もうひとつの気がかりが私の頭に烈しく渦巻いていた。十河暁生が話した、夏尾が作ったという電子機器――。

かつて奨励会時代の雑談中、TVで放映された盗聴器の話になったことがある。そのとき夏尾が、コンセントや電話機に仕込む盗聴器くらいなら自分でも簡単に作れると話していたのを私は覚えていた。かつて大学の工学部に在籍し、電子機器の会社で働く夏尾ならば、小型のスピーカーやカメラの類を作ることはできるだろう。もっとも麻雀卓に仕込んだ仕掛けがばれて殺されたとの十河暁生の推測は的外れに思えた。かりにそうなら、二酸化炭素中毒などという半端な方法はとられないだろうし、夏尾がひとりでバスを使い姥谷まで行こうとするはずもない。

そう断じながら、夏尾が工夫したという電子機器のことが心から離れないのは、「極小のスピーカーを耳の穴に貼り、隣室からの指示を聞く」方法が、麻雀以外にも応用が効く事実に思い至ったからである。麻雀以外とは、つまり将棋だ。対局中の棋士が同じ仕掛けを使うことは可能ではないか――？

長机の将棋盤で駒があれこれと動かされ、半畳まじりの意見や批評を交差させながら、対局中の将棋につき熱を帯びた検討の続く「桂の間」。検討陣の輪のなかからふと立ち上がり、会館の外へ出て、道ばたで携帯電話をかける夏尾裕樹《ゆうき》――。脳裏に浮かんだ像《イメージ》は、虚構ではなかった。たしかに私はそれを見た。あまり何度も電話をかけに出入りするので、ずいぶん忙しいんだねと、私がからかい半分にいったのへ、バイト先でいろいろあって連絡をしなきゃならないんですよと夏尾裕樹は笑った。あのとき――いや、一回ではなく、繰り返されたあれらのとき、夏尾は誰かに「指示」を出していたのではなかったか。耳に超小型のスピーカーを貼った誰かに。

鎧戸《シャッター》の閉まった倉庫脇の街灯の下、手帳とスマートフォンをポケットから出した私は、急迫する不安感と戦慄のなかで、先刻十河暁生から教えられた、十河樹生が一時いたという施設を検索した。名称は「障害者福祉施設・サンライズ清光園」。画面にＨＰが表示されたときにはすでに予感があった。だから予感が的中したとき、自分はそのことを最初から知っていた気がして、どこか既視感に似た感覚を抱いた。

――玖村勝之《かつゆき》

代表者の欄にあった名前はこれだ。思えば、新潟と聞いた時点で、夏尾ではなく、べつの人物を思わなかったのは不思議だった。少なくとも十河暁生からカードを見せられ、手帳に引き写した時点で気がつくべきだった。夏尾ではなく、実家が福祉施設を運営するべつの人物が、十河樹生と出会い、棋道会の話を聞いたとしたらどうだろう。そしてその人物が十河樹生から彼の所持していた矢文を貰い受けていたとしたら――。

自明と思えていた風景がじつはモザイク画であり、リアルな文様をなす無数のタイルが次々と剝がれ落ちていくように感じられて、愕然としながら崩壊する風景の奥から現れ出るものを凝視しようとしたとき、マナーモードのスマートフォンが掌のなかで地虫みたいに震えた。

《訃報》の表題は『将棋界』編集長からのメールだ。

《天谷《あまや》敬太郎《けいたろう》氏が亡くなりました。ボリビアの日本大使館からお姉さんに連絡があったそうです。状況ははっきりしませんが、なにかの事件に巻き込まれたようです。小生とお姉さんで明日か明後日、現地へ向かうつもりです。詳しい事がわかったら報せます。まずは御連絡まで。》

49

見上げた将棋会館の窓には明かりがあった。持ち時間の長い対局があったのか、いずれこの時間まで人が残っているのは珍しくない。

《訃報》メールを受け取ってすぐ、私はタクシーを拾い、千駄ヶ谷へ向かった。『将棋界』編集長のメールはパソコンからで、だとしたらまだ編集部に残っている可能性があると思えた。もっともタクシーのなかでかけた電話は、「いまは電話にでられない」のメッセージになって、編集部にいれば出るのが自然だから、摑《つか》まえられる可能性は小さかったが、さらなる情報が欲しいと願う状況下、ほかに行くべき場所が思い当たらなかった。

通用口で入館カードを守衛に示した私は四階へ上がった。昇降機《エレベーター》を出て、ホールに近い控え室の「桂の間」を覗くと、明かりは煌々としているのに人はいない。対局の検討がされれば出ているはずの盤駒も片付いている。数ヶ月前、夏尾が持ち込んだという図式を棋士と奨励会員が解こうとしていた場面を頭に浮かべながら部屋に入った私は、畳に座って、もう一度、スマートフォンのメールを見た。

天谷敬太郎が死んだ。そのことの意味が判然とは摑めぬまま、天谷氏がボリビアにいたと知って驚く自分を認めて、彼が南米にいるとは信じていなかった事実に私は気がついた。だが、いまや疑えなかった。天谷氏はボリビアにいたのだ。根拠は、しかし編集長のメールではなかった。電子情報には虚構の紛れ込む余地がある。いくらでも改竄《かいざん》ができる。根拠はジャケットのポケットのなかにあった。よるべなくうつろう液晶の文字などではない、手で触れられるたしかなもの。トートバッグに入った紺色の財布から抜き出し、咄嗟にポケットに入れたあるもの。それはコインだ。ユーロでもドルでもない貨幣。

麻雀荘で作業衣の男の話を聞きながら、道々歩きながら、あるいはタクシーの座席で、私はたびたびポケットに手を入れてそれを弄《もてあそ》び、いまも同じ感触が掌にあった。幡ヶ谷《はたがや》のアパートを出てから、私はずっとそれに気をとられていた。が、取り出してたしかめる気になれなかったのは――懼《おそ》れゆえだった。だが、ことここに至っては、もはやさきのばしにはできない。

私はふうううと大きく息を吐いてコインをとり出し、駒を指す手つきでぱちりと音をたてて机に置いた。「50 CENTAVOS」と打刻のある銀色の貨幣。裏に返す。そこには「REPUBLICA DE BOLIVIA」の文字がある。財布から出したとき一瞬目に映った文字だ。ボリビアの貨幣――。

机に置かれた銀色のコイン。それを前にした私は、投了直後に局面を凝視する棋士のように、頭に無数の像《イメージ》や思考の断片が渦巻くに任せて、畳に胡座《あぐら》になったままでいた。渦の中核にあるのは、ほとんど暗記するほどまで繰り返し読んだ天谷氏のメールだ。死んだはずの十河がなぜ登場するのか？――これが疑問の中心だと、先刻までは考えていたが、じつはそれは中心でもなんでもないのだった。むしろメールに記された「物語」全体に、木板に塗られた仮漆《ニス》のように、まんべんなく虚構の色が滲むのを私は見た。「とりあえず辻褄は合っているよね」――辻褄が合うのは当然だ。なぜなら、その辻褄は私自身が発明したのだから！

大東亜通商が終戦時に隠匿《いんとく》した麻薬を姥谷の麻薬製造の一味が見つけたこと。それに天谷氏が関与していたこと。一味のひとりだった十河樹生から夏尾が話を聞き、天谷氏を脅迫したこと。これらは、十河樹生がいまも生きて、姥谷に引き寄せられるまま北海道に暮らしているらしいこと——いや、なにより、私自身が考え、ありうべき「現実」として創り、かたった物語ではなかったか？　いや、いかと、その可能性を興奮の口調でかたったのはこの私ではなかったか？　二人並んだ居酒屋のカウンターで。ときおり上京する十河樹生がどこかの将棋道場に現れ、偶然夏尾と出会ったのではなカウンターで。二人向かい合うアパートのダイニング卓で。薄灯りが点る添い寝の寝台《ベッド》で。私は熱をこめてかたったのではなかったか？　謎の燠火《おきび》をかきたてるために。素人探偵たちの未来を拓《ひら》くために。ちぎれかけた糸をつなぐために。そうなのだ。天谷氏のメールは、私自身がつくり出した物語なのだ！

外套のポケットでスマートフォンが震えた。はっと我に返って、ポケットを探って取り出せば、仕事の連絡メールだ。若い起業家にインタビューするシリーズ企画の日程、《一月二三日一四時に先方からスケジュールを貰ったのですが、大丈夫でしょうか？》——先方のスケジュール？　そんなものが自分になんの関係があるのか。一月二三日一四時？　その時間といまの時間は果たして繋がっているのだろうか。

立ち上がって室を離れ、とりあえず廊下の対戦ボードを確認しようとしたとき、私は妙なことに気がついた。廊下がやけにうす暗いのだ。見れば照明はいつもと変わらずに点っている。にもかかわらず建物ごと海底に沈んだかのように暗いのが不可解だ。

おかしいなと呟いて、あたりを見回していると、男性トイレから空咳が聞こえた。と、声の主らしい人が出てきて、特別対局室に入るのが見えた。はっきりとはわからなかったが、佐藤康光九段らしく思え、対局中なのだなと考えて、いや、そんなはずはないと直ちに否定した。今日は王将戦七番勝負の第一局初日、佐藤康光九段は久保利明王将とともに静岡県の掛川で対局だからである。後手番久保王将の中飛車に対して、挑戦者の佐藤九段から「５七玉」という驚愕の一手が飛び出したのを、先刻の居酒屋でいじったスマートフォンで知ったばかりである。

見間違いとわかって、ならば誰が対局しているんだろうと思い、対戦ボードを見ると、本日の対局はひとつもない。そういえば今日は日曜日、対局は通常ほとんど組まれない。とすると先刻の人影はなぜ対局室に入ったのか。その佇まいは、深夜に及ぶ対局のさなか、洗面所で顔を洗ったり気を鎮めたりする、よく見かける棋士の姿だったと思えた。

私は特別対局室の様子を襖越しに窺った。物音はしないが、対局に特有の静謐な緊張感ともいうべき気配が伝わってくる。やはり誰かが対局しているのだ。珍しいことだが、何かの事情で急に対局がついたのだろう。この深い時刻、局面は緊迫しているはずで、いくら顔なじみでも、直接の関係のない人間が部屋へ立ち入るのは憚《はばか》られた。誰かが出てくるのをしばらく待ってみたが、動きはなく、私は我慢できずに襖をそろそろと開け、なかを覗いてみた。

誰もいない。明かりもない。常夜灯の光を映す窓障子が白々と光り、暗色に沈んだ畳とするどい対照をなしている。私は靴を脱ぎ、ひやり冷たい畳を踏んで、あまたの名勝負が繰り広げられてきた部屋の中央に立った。すると床の間が目にとまった。そこには普段、軸が掛けられ、花活けが置かれている。が、いまはなぜか真っ黒だ。ぎょっとするほどの漆黒は、光線の加減でそう見えるのではなく、壁が黒く塗られているのでもない。改装工事のために資材で覆われているのかと、はじめは思ったが、それでもなく、壁自体が黒く染められた水銀のように揺らめいているのが妖しい。

私は床の間に近づいた。顔を近づけ観察すると、壁から黒い水が溢れ出ようとしながら、表面張力のごとき力が働いて、ふるふるとふるえながらとどまる。私は手を伸ばして黒い「壁」に触れ、するとはじめは抵抗がありながら、わずかに力をこめればするり突き抜ける感触を得たとき、「5九」の枡へ玉を押し込んだ感覚が甦った。龍の口の奥、将棋教の「神殿」での夏尾三段との対局、自玉を「5九」から盤の「下」へ逃したあの感覚だ。

そう思った瞬間、眼前の黒い水銀が「磐」である、その認識が頭にぽっかり浮かんだ。あのとき龍の口をさまよった私は誰かに手を引かれて「磐」をすり抜けた。「磐」が硬い鉱物なら生身の人間が抜けることはできない。しかしそれがいま目にするような状態なら、通り抜けは可能であると、妙に理屈っぽく考える一方、あのときの、「磐」を抜けて「神殿」に至った体感が生々しく還ってくる。

私は両手を前に突き出す形になり、「磐」に向かって進んだ。

50

金銀の象嵌《ぞうがん》された金剛床を中心に、無辺の、黒艶を帯びた石肌に描かれた将棋盤、そこに長い影を曳《ひ》く数多《あまた》の立像の群れる地下洞の、物理的に限られるはずの空間が縁辺を越えて涯なく広がると見えるのは、遠近法の錯視を利用したパノラマだと知っているのに、無限の駒の連なりが息を呑むほどの迫真性をともなって目に飛び込んでくるのに圧倒される。定まらぬ揺光に照らされて、濃い陰翳の衣を纏う岩窟の、巨龍の胃袋とも幻想される巨大な冥暗に覆われた空間、金剛龍神教――将棋教の「神殿」は、前回と同じ姿でそこにあった。

重なり合う多角形からなる金剛床を挟み向かい合う、石床から突き出た二つの岩塊に設《しつら》えられた祭壇には、駒の形に切られた九つの龕《がん》が――いや、それらは奥行きのない岩窪ではなく、御簾《みす》の奥に畳敷の対局室があるのを自分は知っている、と、そう考えたとき、ひとつだけ御簾の引き上げられた室で、将棋盤の前に正座し、一心不乱に読みふける人が目に入った。亀よろしく突き出された首の先、そこについた白い横顔は夏尾裕樹だ。驚愕しながら、というより、これは驚くべき事態なのだから驚かなければならないと、半ば義務のようにして驚愕しながら、ああ、そうなのだ、結局のところ自分はここへ戻ってくるしかなかったのだ、夏尾の事件を追ってきた自分は、このときの到来を密かに待ちわびていたのだとの観念に捉えられ、昂揚に似た心の震えに背中を押されるまま、私は祭壇へ一直線に向かい、畳にあがって盤の前に正座した。

目の前にあるのはあの局面だ。奨励会平成一五年度前期三段リーグ、例会最終日第二局、七六手目、後手「5二玉」の局面。「5四飛」とすれば先手勝ちの局面だ。あのときはそれを確信していながら、ふいに危ない筋が、後手「3五馬」が見えてしまい、文字通り魔が差すように「5七香」と指して負けた。しかし、いまは違う。「5四飛」以下の手順は、あらゆる枝道が読み切られている。そのことはわかりすぎるほどわかっているのに、いままた同じ局面を前にして、どこかに読み抜けがあるのではないかと、疑心の蟲《むし》が湧き出し、あらためて腰を据えて読まぬわけにはいかない。先々に出現すべき局面を、かつて何万回となく見た駒の配置を、写真機の閃光に切りとられた景色のように読みの映写幕に映し出す。

時間が切れた。秒読みだ。三〇秒。四〇秒。指し手は決まっている。にもかかわらず、この期に及んでなお後手「3五馬」が光って見えてしまい、不安と猜疑に翳《かげ》る己の弱さが嗤《わら》えてくる。五〇秒の声を聴いて、「5四」の敵銀をつまんで駒台に置き、同じ場所へ飛車を進める。後手「同歩」。先手「5三銀」。「5一玉」「7二金」「5二飛」「同銀成」「同銀」「7一飛」「6一歩」

「５三桂成」。これで後手玉は「必至」。先手に詰みはない。

後手「投了」――いや、違う。ここまでただの幕前、龍神棋への導入にすぎないのだ。後手はすかさず「５一」直下の「磐」を動かし玉の逃げ道を作る。最初からわかっていたのに、ああ、そうか、と出す必要のない声が口から漏れる。だが、そうなのだ。ここからが真の戦い、いまから龍神棋がはじまるのだ！

無辺の盤に散った異形の駒たちが動き出す。

「美蛾」「銀蝮《ぎんふく》」「凶雲」「娜蹶《なけつ》」「炎蛇《えんだ》」「血蟲《けっちゅう》」「巍仙《ぎせん》」「海神」「瑞鳥」「夜叉」「羯僧《かっそう》」「砂塵」「巍塊」「叡羊《えいよう》」「魍魎」「赤魔」「陣狐」「怜犀《れいさい》」「疾風」「蝗王《こうおう》」「蝦蟇」「丹菊」「雷虎」――。

「大鼠」「迷牛」「蚕女《さんじょ》」「牢鬼」「赤舌」「梅翁」「老亀」「漣花《れんか》」「暁門」「幽月」「流鶯《りゅうおう》」「銀牙」「彩刀」「羌矛《きょうぼう》」「氷筐《ひょうきょう》」「鰐王《がくおう》」「髑髏」「妖鯨」「虚兵」――。

地平線の彼方にまで列をなす見知らぬ駒たちが交錯しはじめる。

畳のうえ、箱眼鏡で海底を覗く漁夫の形で榧《かや》の将棋盤を見つめ、水槽に手を漬ける人のように、腕を盤の「奥」へと伸ばし駒を動かせば、大鐘を突くがごとき音が鳴る――いや、その響きは「神殿」に立ったときから耳を聾していた音響、立像が動く「駒音」だ。轟と鳴る音は殷々《いんいん》と尾を曳き、岩窟に渦を巻いて響き渡る。

捨て鉢な笑いを浮かべた夏尾が駒をつまんだ。「死神」だ。「死神」が影のように玉に寄り添い、すると瀝青《れきせい》のごとき黒い衣を纏い、三日月形の大鎌を手にした立像が、青銅の長靴で畳に上がってき、わが背後に立った。「死神」なるものの思惟像を、これ以上ないほど陳腐かつ馬鹿馬鹿しく表象した、しかし重量だけは畳を凹ませるに十分な動く立像。その姿に痙攣《けいれん》的な笑いを誘われ、げらげらと笑いながら、こちらも「死神」を動かして、同じ像が夏尾の背後の位置につけば、龍神棋はここからが真の戦いとなる。

　大鐘の響きが交錯するなか、また十数手、しかし局面は膠着《こうちゃく》して、さらに何手か進んだところで、わずかに余裕を得て――いや、「死神」の鎌の下で余裕などあるはずもないのだけれど、ふと視線を盤から外すと、左手の、チェスクロックの置かれた机の向う側に、もうひと組みの将棋盤と記録机が置かれ、対局が行われていることに気がついた。

「神殿」での将棋は自分たちの一局だけではないらしい。驚きのなかで認識したとき、室の奥に床の間があるのが見え、掛けられた軸が目に入ったとたん、もうひとつの驚愕の事実が頭に飛び込んできた。ここは特別対局室なのだ！　富士の山水画の軸に見覚えがあった。間違いない、ここは将棋会館四階の特別対局室である。と、そう理解されるや、さらに驚くべき認識が大岩塊となって頭上に降り落ちた。

「神殿」の中核をなす岩の祭壇、金剛床を挟んだ二つの岩塊に抉《えぐ》られた九つの室は、そのまま将棋会館の対局室なのだ！　御簾のかかる九つの室のうち、一番端のここが「特別対局室」、隣が「高雄」、続いて「棋峰」と「雲鶴」、向かいの岩塊に抉られた室が順番に「飛燕」「銀沙」「桂」、二層になった上層の二つが「歩月の間」と「香雲の間」。この配置は偶然ではありえない。なぜなら自分は将棋会館の特別対局室を抜けてここへ来たのだから、では、まるで理屈になっていないけれど、燃え上がる直感の炎のなか誤解の余地はなかった。

　そうして右の確信は、先刻「神殿」に足を踏み入れたとき目に映じた、もうひとつの岩塊の姿を脳裏に浮かびあがらせた。それは地下洞の左奥にあって、遠方ゆえに小さく見えたが、天井にまで届く規模の、金属鉱を含んで電光を放つがごとき、蒼々として輝く岩山が、滑らかな石床を突き破るようにしてそそり立っているのだった。棋士たちが、あるいは棋士を目指す者たちが命を削る場所は東京の将棋会館だけではない。と、そう考えたとき、迅速な理解が生まれた。あの遠方の岩塊は関西将棋会館に違いない。大阪はJR福島駅の近くにあるそれの写し、というべきか、影というべきか、あるいはパロディーとみなすべきか、どのように呼んでよいかわからぬが、それと緊密に、内的な秘密の暗合で、夢の論理で繋がる構造物なのだ。たしかめる術はまったくないけれど、一度生じた確信の樹は心の岩盤に根を張り動かし難くなった。

そして、そうなのだ！　龍神棋は「特別対局室」ばかりでなく、隣の「高雄」や向かいの「飛燕」でも、あるいは遠く関西将棋会館の「御上段の間」や「御下段の間」でも同じく行われているのだ。

幽暗の地下世界に存する東西将棋会館での一斉対局！

笑いが爆発した。なにが可笑しいのか、わからぬままに私は哄笑し、すると誰かがシッと制止の声をあげて、はっと恐縮したときにはすでに、べつの事象に私は心を奪われていた。それは同じ「特別対局室」の、隣の盤で向かい合う二人の対局者である。浅葱《あさぎ》色の和服に銀鼠《ぎんねず》の袴を穿いた丸眼鏡の人は大山康晴十五世名人。そして盤を挟んで向かい合う髪の長い髭面は、升田幸三実力制第四代名人だ。

大山―升田戦！　思わず覗いた盤面の、先手の飛車と角が「2八」「1八」に並ぶ形に見覚えがあった。昭和四一年、大山名人に升田九段が挑戦した第二五期名人戦第二局、升田の銀矢倉に大山が右玉で対抗した将棋、先手が「1八」の自陣に角を打った、「升田の遠見の角」で知られる局面だ。このあと後手の大山は角筋から玉を逃し、その間に先手は中央に銀を繰り出し、右桂を活用して攻撃を継続する。後手も巧みな受けと反撃で応戦して、中終盤のねじり合いが続くが、最後は先手が、つまり升田九段が勝利する。が、これは龍神棋なのだ。万事に周到な大山名人が玉の早逃げの筋を逃すはずもない。終盤の入口で早くも後手は「５一」直下の「磐」を動かし、玉を「下」へ逃す。となれば、先手も対抗上同じくせざるをえない。たちまち龍神棋がはじまり、間髪を入れずに両者ともに「死神」に手を伸ばして、すると立像が二体、畳をきしませ対局場に上がってくる。

死神の鎌の下での大山―升田戦！　あまりに奇怪かつグロテスクな場面に笑いの蟲がまた身内に湧き出して、ぐふふふと喉から声が漏れ出るのを防げない。

なにが可笑しいの？

突然頭上から声が聞こえ、ぎょっとなって振り仰げば、死神の抱えた鎌の刃が鈍く光るのが見えた。

なにが笑えるの？

再び声がして、と、それはたしかに死神から発せられている。黒い頭巾の下を覗いてみれば、知った人物だ。

十河樹生――。自宅の写真帖で見た、黒いパーカーのフードのなかにあった貌《かお》、それに違いなかった。

51

差出人　那古田健一（『将棋界』）
件名　天谷さん
日時　２０１２年　１月13日　22:38:50 JST
宛先　北沢克弘　Cc　山木渉〈yamaki-shogi@gmail.com〉

《北沢克弘様

さきほどボリビアから戻りました。成田からボリビアは、ロサンジェルス、マイアミを経由してラパスまで、なかなかに遠かったです。連絡をくれたラパスの日本大使館へ行くと、天谷さんはすでに荼毘《だび》にふされていました。現地の仏教団体の方々が世話をしてくださったそうです。

天谷さんが亡くなったのは転落による事故だそうです。天谷さんは年末からウユニ塩湖という観光地のホテルに滞在していて、一月四日の朝に外出したまま夜になっても帰らず、二日後、付近の山中で発見されたとのこと。崖道で滑落した模様です。

知り合いの編集者から聞いたのですが、天谷さんは麻薬組織の取材をする過程で、少々あぶない領域へ踏み込んでいたとのこと。そのあたりを現地できいてみたのですが、詳しい事は分かりませんでした。状況からみて、天谷さんが殺害された証拠はなく、地元警察は事故と判断したようです。もし疑問があるなら、正月から同じホテルに泊まっていた日本人ツアー客がいて、その人たちが何か知っていることがあるかもしれないので、連絡をとってみてはどうかと、大使館の人がホテルの宿泊者名簿を調べてくれました。名簿は添付します。

少し気になる話としては、ホテル従業員から聞いたと大使館の人が教えてくれたのですが、年末から天谷さんの部屋に若い女性が入り浸って、一月四日の朝も、天谷さんと前後してホテルを出たというのです。その人は日本人か中国人か、東洋系の顔立ちで、麻薬組織と関係があるのかどうか分かりませんが、その人が何かを知っている可能性はあるかもしれません。

天谷さんの遺骨は、八王子にある天谷さんの御両親の墓に埋葬することになるとのこと。お別れの会は、『将棋界』の方でなにか考えますが、その際にはご協力をよろしくおねがいします。

ホテルに残っていた遺品は小生が預かりました。なかにノートパソコンがあって持ち帰りました。遺稿のようなものがあれば、整理してみようかと思うのですが、パスワードがわからないので開けません。北沢くんがパスワードを知っている、なんてことはないですよね。以上、もろもろよろしくお願いします。

那古田》

差出人　山木渉
件名　Re：天谷さん
日時　２０１２年　１月14日 1:45:36 JST
宛先　那古田健一（『将棋界』） Cc 北沢克弘〈k_kitazawa@maildoc.or.jp〉

《那古田健一様
遠路ご苦労様でした。天谷さんが亡くなった件、驚きましたが、じつは正月明けに、天谷さんから北沢くんあてに長文のメールがきて、小生のところへ転送してもらったのですが、それを読むと、天谷さんが危険な領域に足を踏み入れていたのは事実のようです。そう考えると、事故というのは疑わしく思えてきます。しかし現地警察に再捜査を求めるのはむずかしいんでしょうね。
パソコンについては、知り合いに詳しい人間がいるので、なんとかなると思います。それから遺品のなかに天谷さんのケータイはなかったのでしょうか？　ケータイを見るといろいろと分かることがあるかもしれないので。
明日は編集部にいらっしゃいますか？　小生は午過ぎに顔を出します。今日（すでに昨日だが）の順位戦、なんとか拾えました。昇級の目はありませんが、残留が決まってまずは一安心というところです。

山木渉》

差出人　那古田健一（『将棋界』）
件名　Re：天谷さん
日時　２０１２年　１月14日　1:47:25 JST
宛先　山木渉　Cc 北沢克弘〈k_kitazawa@maildoc.or.jp〉
《那古田です。明日は編集部に一日います。天谷さんのパソコンを持っていきますので、よろしくお願いします。携帯電話はホテルの部屋にはなかったようです。向うでは天谷さんはケータイは使っていなかったのかもしれません。では、明日。よろしくお願いします。》

差出人　山木渉
件名　天谷氏メールの件
日時　２０１２年　１月14日 2:33:02 JST
宛先　北沢克弘
《北沢克弘様
メールをいただいておきながら、返事が遅れて失礼しました。順位戦があったりして、メールをじっくり読む時間がありませんでした。メールの内容には、非常に驚いています。もちろん天谷さんが亡くなったことも。天谷さんが身の危険を感じて南米に逃げていたのだとすれば、事故というのは怪しく思えてきませんか。
天谷さんが頼った蜂須賀《はちすか》という人がいろいろ知っている可能性はあると思いますが、連絡先はわかりますか？　もしわかるなら、教えていただけると助かります。北海新聞の高田《たかだ》さんが知っている可能性もあると思うので、そちらにも問い合わせてみます。

天谷さんのメールにはとにかく驚かされました。これがどこまで本当のことなのか、貴兄は信用していいと判断したとのことでしたが、どうしてそう思うのか、詳しくきかせてください。それまでは「天谷メール」は私のところに留めておく方がいいと思うので、貴兄も絶対内密にお願いします。

山木渉》

差出人　山木渉
件名　報告
日時　2012年　1月15日 22:36:11 JST
宛先　那古田健一（『将棋界』） Cc 北沢克弘〈k_kitazawa@maildoc.or.jp〉
《那古田健一様
お疲れさまです。預かったパソコンですが、知り合いにロックを解くように頼んでみます。念のためですが、天谷さんのお姉さんの許可はもらっていますよね？　場合によると、デリケートな内容が含まれているかもしれないので。遺稿のようなものがあれば、ということでしたが、こちらで確認してお送りします。もう少々おまちください。
それから送っていただいたホテルの宿泊者名簿の件ですが、なかに東武ツアーサービスの添乗員の名前があったので、今日連絡をとってみました。
その人（小林さんという女性の方）の話によると、一月五日にホテルを出発してしまったので、事件のことは直接は知らないとのことでした。

天谷さんについては、自分たちのグループではない日本人がひとりで宿泊しているのには気づいていたそうで、四日の朝も食堂で一緒になり、観光に行くときも一緒にホテルを出て、しかしその後は別々だったとのこと。

天谷さんの部屋にいた女性のことですが、ツアーに若い女性は何人かいたけれど、その人たちが天谷さんと接触した可能性はないとしたうえで、自分たちのグループではない、日本人らしい女性をホテル内で見かけたことはたしかにあって、宿泊客ではなさそうだったので、何か用があってきた人だと思ったそうです。ホテルは近所にほかに何軒かあって、そこに泊まっている人かもしれないとも思ったそうです。

若い日本人女性という点からして、麻薬組織とは関係はないと思いますが、その人が何か知っている可能性はあるかもしれません。出入国の記録や付近のホテルにあたれば、身元はわかるかもしれませんが、現地までいかないことにはむずかしいでしょうね。三月に家族でオーストラリアへ旅行しようと考えていたのですが、南米方面に行くこともちょっと考えてみたいと思います。

それから昨日、北海新聞の高田さんに用件があって連絡したのですが、高田さんは年末に脳出血で倒れられ、入院中だそうですね。ご存知でしたか？　小生は全然知りませんでした。

ここからは、北沢くんに。北沢くん、メールを読んだなら、すぐに返事を下さい。今日会館で聞いたら、しばらく姿が見えないとのこと。電話にも出ないので、ちょっと心配しています。

山木》

差出人　那古田健一（『将棋界』）
件名　Re：報告
日時　２０１２年　１月15日　22:43:11 JST
宛先　山木渉
《那古田です。パソコンの件、了解です。天谷さんの遺品については、預金通帳や有価証券などを除いて、こちらにすべてお任せすると、お姉さんからは了解をいただいています。遺稿については、あまり期待はできないかもしれませんが、よろしくお願いします。ボリビアはいまさら行っても、という気がしますが、もし行かれる場合はお知らせください。北沢くんには、こちらも連絡をとってみます。
高田さんのことは私も聞きました。くも膜下出血だそうで、札幌の札幌医大病院に入院しているそうです。容態はあまりよくないらしいですが、回復を祈りたいと思います。》

差出人　山木渉
件名　山木です
日時　２０１２年　１月17日　21:10:23 JST
宛先　那古田健一（『将棋界』）　Cc　北沢克弘〈k_kitazawa@maildoc.or.jp〉
《山木です。高田さんは心配ですね。天谷さんのパソコンのロック解けました。内容を確認して送りますので、しばらくお待ちください》

差出人　山木渉

件名　天谷さんのメール
日時　２０１２年　１月17日 22:15:08 JST
宛先　北沢克弘

《北沢克弘様
山木です。連絡がないので心配しています。これを読んだら返信をお願いします。

さきほどのメールにも書いたのですが、天谷さんのパソコンが開いて、中身を見たところ、例の「告白文」もたしかにありました。あれにはまったく驚いてしまいましたが、天谷さんが小説家でもあることを考えると、そのまま受け取ってよいのかどうか。

文中に登場する十河三段のことは私も覚えています。奨励会で何度か対戦しましたし、研究会でも顔をあわせて、非常に才気あふれる将棋だった印象があります。

当時、十河三段が奨励会を退会したと聞いて、驚いたことも覚えています。理由は知りませんでしたが、天谷さんの「告白文」を読んで、事情が分かったかというと、かえって分からなくなりました。詰将棋を解いて宗教にのめりこむ、などということが本当にあるんでしょうか？　将棋教の話はむかし師匠から聞いたことがあります。おかしな宗教に引っ張られてしまう人が世の中にいるのもたしかですが、しかしあらためて考えてみると、いくらなんでも将棋教というのは馬鹿馬鹿しい気がします。将棋教というのがあったのは事実にしても、これはほとんどが天谷さんの創作なのではないでしょうか？

とはいえ、夏尾が死んで、今度また天谷さんが亡くなったのはたしかな事実なので、「告白文」をただの小説だとして退けるわけにはいかない気もします。いろいろたしかめるには、十河元三段に話を聞くのがいいと思うのですが、十河元三段の消息について、貴兄はなにかご存知ですか？　知っていることがあれば教えていただけると助かります。「告白文」には十河元三段の住居は北海道とありましたが、北海道のどこなのでしょうか？　十河元三段はいまどこにいるのでしょうか？》

52

十河樹生はここにいたのだ。

ここ——とは、つまり、坑道の奥、岩室深くの「神殿」に、漆黒の頭巾を被り重い鎌をかつい だ姿となっていたのだ。と、そう得心されれば、そのことを自分ははじめから知っていたようで、彼が死神であることも自然と腑に落ち、しかし簡単に了解できたことをかえって不思議に思う頭上で、

「笑う気持ちは、でも、わかるよ」と死神である十河樹生は大鎌を構えた格好のまま話し出した。

「たしかに可笑しいものね。大山―升田戦の隣で、しかも特別対局室で、奨励会員が対局するなんてことは普通はありえない。でも、龍神棋ではそんなことは関係ない。実績や地位なんていっさい関係ないからね。年齢とかそんなことも関係ない」

蠢《うごめ》く立像のたてる重量感ある響きを貫き届く声は、死神の姿にはまるでそぐわない、喫茶店で友達と話すような調子なのがむしろ異様だ。

「たとえばいま棋峰の間で木村十四世名人と対局しているのは、小学校三年生の子供だからね。その子は愛知県の出身で、いまは東海研修会にいるんだけど、来年くらいには奨励会に入るだろうね。プロになるのもすぐだ。龍神棋で木村名人と対局することを思えば四段なんて屁でもない。名人にだってすぐ手が届く。彼が逃げるか死ぬかしない限りはね」

逃げるか死ぬか——？　逃げる、の意味はわかる。死神の鎌の下から逃げ出すことだろう。だが、死ぬ、とはなんだろう。時間が気密室の気体みたいに充満し圧縮されたここに、生も死もないことは、幻想の論理にしたがって理解されていた。でなければ、大山名人や木村名人が指しているはずがない。死の痛みはある。死神の鎌が振り下ろされる瞬間の恐怖と、魂の消失の取りかえしのつかぬ絶望感は、一度それを体験した者にはわかり過ぎるほどにわかる。繰り返される死の恐怖と苦痛、それはまさしく地獄と呼ばれるにふさわしい。無限の反復こそが地獄の本質である以上、死は、ここでは反復される何かである。であるならば、死神のいう死ぬ、とは、いったい何を意味するのか？

「死は、ここにだってあるよ」死神はこちらの内心を見透かしていった。

「しかし、たいがいの人は、死ぬ前に逃げ出す。逃げてしまえば楽だからね。逃げ出す人は多いよ。師匠もそうだった」

「師匠って、佐治《さじ》七段のこと？」私は思わず声をあげた。

「そう。師匠は一度ここにきた。でも、すぐに逃げ出した。そういう人は将棋指しにはいっぱいいる。逃げ出した人たちは、ここでの体験を抑圧して、心の奥底に閉じ込めて二度と出てこれないようにしてしまう。それこそ『磐』で蓋《ふた》をしてしまう。そうしてここのことは忘れてしまう。あとはときどき悪夢で見るくらいでね」

選ばれた人間だけがここへこられるのではなかったか？　それを主張していたのはほかならぬ十河樹生ではなかったか？　いや、しかし、だとすれば、どうして自分が対局しているのだろう。奨励会で挫折したこの私が？　死神がまた口を開いた。

「選ばれた人間だけがこられるというのは間違い。はじめは自分もそう思ってたんだけど、違ってた。龍神棋への入口はいくつもあって、本気で将棋を指そうとする人間には、つまり将棋の真理を求める人間には、誰にでも開かれているんだよ。だけどここで指し続けることは難しい。選ばれる、というのは、だから、それからあとの話だ。好きなだけじゃ駄目だし、情熱だけでも駄目。才能が、それも本物の才能がないと、ここにはいられない。たいがいの人は、真理どころか、ちょっと覗いてみただけで、一目散に逃げてしまう。逃げ出して、入口を厳重に封印してしまう」

将棋盤のなかへ手を伸ばして指し続けながら、果てのない将棋の大海をほとんど溺れるようにして泳ぎながら、私は死神である十河樹生の言葉に耳を傾けぬわけにはいかない。

「ここは、ある意味、将棋指しなら誰でも知っている場所なんだよ。指していて、読みに読んで、深くまで読み過ぎて、戻ってこられなくなるんじゃないかと思ったことはない？　このことを素潜りに喩《たと》えた人があったけれど、いい比喩だと思う。それ以上潜ったら、二度と浮上できなくなる危険な深さがある。ここはそんな深みにある場所なんだ。将棋指しが全身全霊を賭けて読みに没頭するとき、彼らはこの近くまできているんだよ。光の届かぬ深海みたいなこの場所に。少なくともこの場所をかいま見てはいるはずだ。けれども普通は死ぬことを怖れて浮上していく。そうして二度と近づかない。ごく少数の選ばれた人間だけが、ここに留まって龍神棋を指し続ける。何度も何度も潜ってきて龍神棋を指す。九かける九枡の盤の奥に広がる龍神棋の海に潜ってくる」

将棋指しはときに長考する。もっともその時間、絶え間なく手を読んでいるわけではない。迷っている時間も長い。しかし、ときに読みの深みにまで沈潜することはあって、これ以上進んだら戻れなくなる、すなわち狂気の世界へ踏み込んでしまうと感じた経験は、ささやかながら私にもあるし、多くの棋士が持つものだろう。羽生二冠も詩人との対談のなかで、正気と狂気の一線を越えることについて話をしていたはずだ。

「羽生さんはもちろん知っているよ。なにしろいまだってここで対局しているんだからね。羽生さんだけじゃない。一流の棋士はみんなここで指している。彼らは深く深く潜って、しかし死なずにいられる。それが一流の証し、才能の証しなんだ。情熱を持ち続けることも才能の一部というけど、情熱だけではどうにもならない才能の壁はあるんだよ。才能の壁に阻まれながら情熱の火が消し難く、深みへ無謀に潜って、戻れなくなる人間もある。死ぬっていうのはそういうことだ」

「つまり、狂う、ということ？」

死神＝十河は沈黙する。だが、それは肯定を示すものと感じられた。繰り返される死の恐怖のなかで精神が破綻《はたん》し、神経が壊れ、狂気の穴底に転げ落ちる人の姿には強い現実性がある。恐怖から逃げ、体験を抑圧し、記憶を封印するのがむしろ自然だろう。とすると、この暗い場所で龍神棋を指す人々は、まったく不自然な奇矯人《ききょうじん》というほかない。狂気の魔に捉えられることのない、恐ろしいまでの神経の図太さと、恐怖や痛みへの耐性、鈍さと呼んでよい精神の重量を持った、しかし同時に繊細で鋭敏な読みの力を備えた、まさしく才能としか呼びようのない何かを与えられた人間たちなのだ。

隣の対局者を見よ！　背筋を伸ばし座布団に端座する大山康晴十五世名人は、丸い茶縁の眼鏡の奥から将棋盤の底を覗き込み、向かいの升田幸三実力制第四代名人は、獲物を襲う獣の姿勢で、ひっきりなしに両切りの煙草をふかし、煙の奥で目玉を炯々《けいけい》と光らせる。両者の姿は、数々の名勝負のおり撮影された対局風景そのままだが、それら画像と異なって奇怪きわまるのは、対局者らの背後に立つ二体の像の存在だ。敗者の首を刎《は》ねるべく大鎌を構え、深く頭巾を被って待機する死神は、恐るべき威圧の衣を纏って室中にある。だが、二人の対局者の放つ存在感は、死神をむしろ圧するように思えるから驚きだ。この将棋には必ず勝つ。目の前の敵を倒す。烈しい気迫の電光を全身から放ちながら読みに集中する姿は、背後の存在など歯牙にもかけていないかのようだ。むしろ死神は彼らの忠実な従者のようにすら見える。魔神――の言葉が浮かんだ。そうなのだ。彼らはまさしく将棋の魔神。常人ならざる怪物なのだ。

新しい恐怖の水に全身を浸された私は、溺れかけた人間が水を吐き出すようにして言葉を吐いた。

「でも、大山先生も升田先生ももう亡くなっている。だいぶ前に亡くなっているよ」

その言葉は、いま自分が目にするこの場面が、虚構のもの、幻影の砂丘に浮かぶ蜃気楼のごときもの、夢にすぎぬものだと考えたいという、絶望的な願いゆえであっただろう。それが絶望的であるのは、すでに自分がこの場所の現実性《リアリティー》を打ち消し難いと考えていたからだ。

「亡くなっているかどうかなんて、そんなことは全然関係ない」死神である十河樹生が断じれば、私の口から吐かれた言葉はストーブに落ちた雪片より容易に解け消えてしまう。

「大山先生も升田先生も霊の軀で指し続けている」死神が続けた。「霊というのはあくまで比喩的ないいかただけどね。とにかくこっちが本当の、本物の世界なんだよ、将棋指しにとっては。それは君だってよく知っているだろう?」

私は知っていた。奨励会時代には勉強で、将棋記者になってからは本の編集のために、大山―升田戦の棋譜を幾度も並べてきた私は、彼らがいまも生きてあることを、その都度実感した。棋譜に記された一手一手に彼らの生は刻印されていた。思考の道筋や感情の起伏、生理の律動までもが、棋譜には生々しく息づいていた。それはつまり将棋指しとしての彼らがいまも生きている証しにほかならない。しかも棋譜を並べた自分は、九×九枡の将棋盤の奥に宏大な世界があるのを実感してはいなかっただろうか？　無辺の将棋盤上で好敵手同士が鎬《しのぎ》を削り、生命力の限界ぎりぎりにまで己を拡張し、死闘を繰り広げているのを実感してはいなかっただろうか？

いや、そうなのだ。棋譜という海面に現れ出たものは氷山の一角。その背後には、それこそ深海にまで届くような、鉱物の巨大な結晶のごとき構造物が存するのを私は知っていたのだ！　それが、つまり、ここだ。であるならば――。

「ここはぼくのいるべき場所じゃない！」

そう叫んだとき、蛇になった髪を炎のように逆立てた「娜蹶《なけつ》」が正面から襲いかかって、かろうじてこれを躱《かわ》せば、血塗《ちまみ》れの包帯を全身に巻いた「血蟲《けっちゅう》」が右手から現れ、「虚兵」を犠牲にして攻撃を防ぐ。いつのまにか私は自身が駒になって大理石の盤上にあるのだった。私が将棋を指すのではなく、私が将棋に指されているのだった。しかも局面は敗勢、瀬戸際まで追い込まれている。そうと知られれば、いよいよここが自分のあるべき場所ではないとの確信に灼《や》かれる。

「こんなのに意味はないよ」私は苦し紛れに叫んだ。「本当の、本物の将棋だって？　はは。本物もなにも、将棋なんてもう終わってるよ。ＡＩに勝てない将棋指しは用なしだ。龍神棋もなにも、ぜんぶ意味がない！」

「ここへはＡＩはこられない」

私の八つ当たりめいた言葉をいなすような、しごく落ち着いた調子で死神が応じた。

「ＡＩは読むわけじゃないからね。ただ計算するだけ。だから深みに潜るなんてこともない。かりに潜ってきたとしても、この無際限に広がる世界では何もできない。計算するだけのＡＩは、そもそも無限を理解できないからね。ＡＩは勝負ということがわからないし、なにより死を知らない。死を知らない存在はこことは無縁だよ。龍神棋について、ＡＩはなにひとつ明らかにできない、というより、かかわることができない。無限を知り、死を知る存在だけが、ここに居場所を持つ」

「ぼくは死にたくない！」

「だから勝てばいいんだよ」背後に付きしたがう死神が諭《さと》すようにいった。

「君はこの対局に勝ちたくないの？　君がここにいるべきかどうかは知らないけど、君は勝ちたくないの？」

勝ちたい。絶対に勝ちたい。いや、あの一局は勝てた。「5四飛」とすれば勝っていた。勝っていた将棋を、ほんの一瞬の気の迷いから台無しにしてしまった。後悔が、巨大な質量を持つ天体のように、己のなかにあるのを自分は認めた。勝ちたい！　この一局にだけはどうしても勝ちたい！　強く嚙み締めれば奥歯がぎりりと鳴り、首筋を掠《かす》める刃の凍える感触が生じて、再び恐怖の叫びが漏れ出た。

「負けたくないよ。負けたくないけど、負けちゃうかもしれない」

「そうしたら、また指せばいいよ」

死神が皮肉な口調でいう。また指す——？　いまのこの局面をどう打開するか、死神の鎌からのがれるにはどうすればいいのか、それしか考えられぬ現況下において、「また」などはありえない。

「でも、また君は指すよ。何度も何度もここへきて指す。そうしてここから逃れられなくなる。ここで死ぬことになる。自分みたいにね」といった死神の声には自嘲の響きがある。

「あなたは、死んだんですか？」

問いに対し、死神は少し黙ってから、死んだよと、素っ気ない調子で答えた。それから続けた。

「自分は死んだ。ここで死んだ。死んでこんな姿になった。気がついたら、こんなふうになっていた。逃げることはできたよ。いつだって逃げることはできたよ。でも、どこへ逃げたらいい？逃げて、逃げて、でも、行く場所はどこにある？　どこにもない。将棋に勝ちたいと願って、将棋の真理に少しでも近づきたいと思うなら、ここにいるしかないんだ。ここ以外は、虚ろな、陽炎みたいに実体のない、まがいものの世界でしかない。薄っぺらな書き割りに囲まれた田舎の芝居小屋にすぎない。本当の、本物の将棋を指したいなら、ここへくるしかないんだ。自分には将棋しかないよ。自分には将棋のほかにはなんにもない。そんな人間には、ここへくる以外の選択肢はないんだ。何度も死んだよ。自分は何度も何度も死んで、気がついてみたら、こんなふうになっていた」

死神は泣いているようだった。しかし、その心情の森に分け入る余裕は私にはない。機織《はたお》りの杼《ひ》を持つ「蚕女《さんじょ》」と、蓑笠をつけた石地蔵に似た「羯僧《かっそう》」に行く手を阻まれながら、長衣に百合の扇子を持つ「漣花《れんか》」に背後から襲われて、これを青龍刀を構える「羌矛《きょうぼう》」で倒せば、鎧を纏った鰐顔の将士「鰐王《がくおう》」が斜め後方から突進してくる。これはかろうじて躱したものの、私はじりじりと追いつめられていく。

「ここで死んだ人間は将棋の駒になり変わる。自分が将棋を指すんじゃなくて、将棋から指される者になる。一度そうなれば、二度ともとへは戻れない。戻りたくても、戻るところがないしね。子供の頃、将棋を覚えて、兄貴と指して、でも全然勝てなくて、口惜しくて、口惜しくて、戦法の本を読んだり、詰将棋をやったりして、そうしたら、はじめて兄貴に勝てて、あのときはすごく嬉しかったよ。あれより嬉しかったことは人生でほかにない。それで少し強くなったら、もっと強い人と指したくて、夢中で指して、夢中で勉強して——ああ、戻りたいよ。戻れるなら戻りたい。あの頃に戻りたい」夢見る色あいの潤み声で死神は述懐する。

「はじめて兄貴に勝った将棋はね、一五手詰めを自分は発見したんだ。持ち駒の銀をいきなり捨てて、龍も切り飛ばして、いま思っても鮮やかな詰みだった。プロなら一目なんだけどね。でも自分は、詰みを見つけたとき、軀のなかに熱い熱い血が溢れ出して、安物の折り畳み将棋盤が黄金の宝物のように光り輝いて見えた。あの日は梅雨の雨降りで、仏壇のある座敷で指してたんだけど、庭の紫陽花が、この世のものとはおもえないくらい真っ青だったのを覚えている。幽鬼みたいに青かったのを覚えている。震えたよ。興奮なんて言葉じゃ収まらないくらいに心が震えた。銀を歩の頭に打ったときは手も震えてた。『なんだそりゃ、ただじゃねえか』っていいながら、兄貴がさっと銀をとった瞬間のこともよく覚えている。ああ、あそこに戻れたら、どんなにいいだろう！」

自分が戻るべき場所——玖村麻里奈の顔を、肢体を、声を、匂いを、息遣いを私は想い、しかしそれは決定的に失われてしまったのだと、あらためて認めるならば、自分が戻るべき場所はもはやどこにもないのだとの思いに烈しく撃たれた。玖村麻里奈は最初から自分を利用するつもりだったのだ。否定に否定を重ね、あるいは希望の火を必死にかきたてて、絶対に認めまいとしてきたそのことを、私はついに言葉にした。自分にはもうなにもない。自分はなにもかも失ってしまった。

「そんなことはないよ。君がここへ来ていること、そのこと自体が君がまだ将棋を失っていないことの証拠だ」

なだめるような調子でいう死神の言葉が、心中で渦を巻くのを覚えながら、しかし、どこへ行くにせよ戻るにせよ、この一局にはどうしても勝たねばならぬのだとの思いが切迫する。だが、棋勢は絶望的だ。夏尾は彼方に去って姿は捉えがたい。一方の私は連携する立像の群に追いつめられ、ついに逃げ場を失う。

ここまでだ。かっと燃えるように熱くなった軀に、諦念の冷液がじわり滲み出すなか、負けましたの言葉を喉の奥から絞り出そうとしたときには、私はもとの畳の対局場で将棋盤を覗き込んでいるのだった。

一瞬間目に入った大山―升田戦は続いていた。死神の鎌の下で、泰然と、しかし恐ろしいまでの気迫を放って対峙する二人の棋士。彼らは、ここを、岩室の奥に広がるこの場所を故郷にしているのだ。この龍神棋の世界を。この異形の世界を。しかし自分は違う！　違うはずだ。が、だとしたら、自分が戻るべき場所はどこにあるのだろう？　自分の棲んでいた世界が生彩を失い、なにもかもが希薄になって、どこもかしこもが殺風景な、それこそ津波跡の瓦礫の集積にしか思えぬ自分には、ここ以外に、この地獄――恐ろしくも充溢した地獄以外に、いるべき場所はあるんだろうか？

自分はついにここにいるほかないのではあるまいか？　自らが駒に成り変わり、石像の群に紛れてしまうのだとしても。ただひたすら将棋に指される者となり果てるのだとしても。

結局のところ将棋にしか自分の場所はないのだと、そう考えた次の刹那、死神の大鎌が振り落ちた。

差出人　山木渉
件名　心配しています
日時　２０１２年　１月18日 23:46:01 JST
宛先　北沢克弘

《北沢克弘様
連絡がとれず、心配しています。元気でしょうか？

例の天谷さんの「告白文」について、あらためてききたいことがあって急ぎメールしました。前にも書きましたが、棋道会《きどうかい》の矢文だとか、廃坑からみつかったヘロインだとか、全体に小説っぽくないですか？　天谷さんは作家でもあるわけで。貴兄は、信用していいということでしたが、なにか根拠があるのでしょうか。ぜひとも意見をききたいと思います。

しかし、それとはべつに、この文章が隠している事実があるような感じがしませんか。じつは今日、師匠の梁田《やなだ》に会って話してきたのですが、師匠の話を聞いて、いろいろと疑問が生じてきました。

そもそも私には天谷さんの「告白文」を疑う根拠が少しだけあります。天谷さんの文章にもあった、夏尾三段が亡くなった前日、五月二〇日の札幌のチャリティー将棋大会、あれには私も参加していたのです。最初は予定がなかったのですが、前日に師匠の梁田から連絡があって、ブッキングしていた棋士の都合が悪くなってしまったので、玖村女流二段と一緒に行ってくれないかといわれ、急遽行くことになりました。大会にはたしかに天谷さんもきて取材をしていました。大会のあとは、札幌駅近くのビジネスホテルに一泊して私は帰りましたが、玖村女流二段はせっかくなので少し観光していくといって、飛行機の予約を変更していました。

それで早朝、私はいつもの習慣で、ホテルから出て大通公園の方へウォーキングに出たのですが、そのとき天谷さんと連れ立って歩く玖村女流二段を見かけたのです。玖村女流二段は私より先にホテルを出て、べつのホテルに泊まっていた天谷さんと待ち合わせたんでしょう。二人は駅のコンコースを反対側へ歩いて行きました。これは意外だったかというと、じつは意外ではなかった。なぜなら玖村女流二段と天谷さんが付き合っているのを私は察していたからです。このことは誰も知らないと思います。私が知ったのもちょっとした偶然からでした。年齢差はあるけれど、二人が独身である以上、もちろん問題になるようなことではない。北海道に来たついでに一緒に観光する相談をしたんだろうと思っただけで、夏尾三段の事件と結びつけては考えませんでした。

しかし、貴兄から送られた天谷さんの「告白文」を読んで、局面の捉え方が変わりました。あの日、天谷さんがレンタカーで姥谷というところへ向かったのだとすれば、玖村女流二段も一緒だったのではないか？

以下は貴兄に明かしてよいものやら、わからないのですが、とりあえず絶対に内密にお願いします。そのうえで貴兄の意見をぜひ聞かせていただきたいと思います。

今日、師匠に会って、「告白文」のことはいいませんでしたが、夏尾の事件についてあらためて話していると、逆に師匠が教えてくれたことがありました。師匠は夏尾三段から悩みを相談されていたというのです。悩みというのは、自分はしばらく前から玖村女流二段と付き合っていて、結婚したいと思っているのだが、彼女にはほかに付き合う男性がいるらしく、真意がわからず困っているという内容だったそうです。その男が誰であるか、夏尾は知らないようだったと師匠はいっていましたが、私はそれが天谷さんだと知っていました。つまり天谷さんと夏尾は玖村女流二段をめぐって三角関係にあったわけです。だからといって直ちに殺人に結びつくわけではないでしょうが、事件のあった日、玖村女流二段が天谷さんと一緒に姥谷へ行ったとすると、三角関係にある三人が現場にいたことになるわけで、いろいろと憶測を呼ぶのは仕方がない。

しかし、これとはべつに、もう一つ気になる点があります。これは書こうかどうか迷いがあったのですが、ここまで書いた以上、貴兄を信頼して書くことにします。くどいようですが、くれぐれも内密にお願いします。

師匠が夏尾から相談された悩みは、じつはもう一つあって、夏尾が不正に係わったというのです。詳しいことは分りませんが、対局中の棋士にこっそり通信する装置を作り、それを使ったというので、ちょっと信じられないような話ですが、工学部にいた夏尾がそっち方面の会社でバイトをしていて、電子機器に詳しいのは知っていると思います。夏尾は疚《やま》しさに耐えきれず、師匠に相談したようです。夏尾はいい加減なところはありましたが、将棋に対してだけは真面目でしたから、不正に耐えられなかったのでしょう。師匠は、どの対局で、どんなふうな不正があったのか、詳しく教えるようにいったのですが、夏尾は少し考えさせてほしいといって、そうこうしているうちに夏尾があういうことになってしまったわけです。

師匠は夏尾が亡くなってしまった以上、いまさら不正について調べても仕方がないという考えで、私も同意したのですが、どうしてもあることが気になるのです。

ここから書くことは、あくまで私の仮説です。たしかな証拠のある話ではまったくない。その点をくれぐれも承知のうえで読んでいただきたい。

夏尾が玖村女流二段と付き合いはじめたのは三年ほど前、二〇〇九年の春頃らしいのですが、そのあたりから玖村女流二段の成績が急上昇したのは偶然なのかと、どうしても思ってしまうわけです。夏尾は師匠に、不正をしていたのは去年の三月までで、新年度になってからは一切やっていないと話したそうなのですが、今年度の玖村女流二段の成績が上がっていないことは貴兄もご存知だと思います。玖村女流二段は妹弟子でもありますし、こんな想像はしたくないのですが、しかし、どうしてもそんなふうに想像してしまう。

想像ついでにいうと、天谷さんの「告白文」に、玖村女流二段の名前がでてこないことにも疑問が残る。メールの文章が隠している事実があるというのは、この点です。天谷さんの「告白文」は、むしろ玖村女流二段の存在を隠すために書かれたのではないか。もっというと玖村女流二段があれを天谷さんに書かせたのではないか？　目的はもちろん事件の真相を追う貴兄を納得させるためにです。

妄想だとは思います。しかし、さまざまな情報を勘案すると、そんな筋が見えてきてしまう。貴兄はどう考えますか？　私ひとりではなかなか判断ができず、ぜひ意見を聞かせて欲しいのです。

そもそも貴兄が玖村女流二段と姥谷へ行ったのはどういういきさつだったのですか？　ひょっとして彼女は夏尾の死体があることを知っていて、それを貴兄に発見させるために姥谷へ行ったのではないか。その可能性はないでしょうか？　夏尾が坑道に溜ったガスの中毒で死んだと聞いたとき、大学で火山学の勉強をしたという玖村女流二段が、前に火山性ガスのことを話していたのを私は思い出したのです。貴兄らが発見しなければ、夏尾の死体はいまも廃坑に放置されたままになっていたかもしれず、それは寝覚めが悪いと考えるのは自然な気もします。貴兄は彼女に誘導されて、死体の発見に至ったのではないですか？

思いつくままいろいろ書きましたが、私の読みにはきっと抜けがあるはずです。それがしかしどこなのか、自分ではわからず、ぜひ貴兄の意見を聞きたいのです。よろしくお願いします。くどいようですが、以上述べたことは絶対に内密にするようお願いします。返事を待っています。

山木渉》

差出人　那古田健一（『将棋界』）
件名　Re：報告
日時　２０１２年　１月21日 22:06:19 JST
宛先　山木渉

《山木渉さま
お世話になります。
電話でも少し話しましたが、北沢くんとはいまのところ連絡がとれていません。実家にもきいてみましたが、しばらく連絡がなく、年末年始も帰ってきていないとのことでした。北沢くんの仕事先の編集者からも問い合わせがあって、そちらも連絡がとれずに困っているとのこと。北沢くんは仕事をすっぽかすような人ではないので、だいぶ心配です。貴兄が北沢くんからメールをもらったのは一月の何日でしょうか。それがもしかすると、彼からの最後の連絡なのかもしれないので。
それから、天谷氏のパソコンのことですが、中身に少し気になることがあるという話でしたが、なにか問題がありましたか？　基本的にプライベートなものなので、扱いは慎重にすべきとは思いますが、お姉さんに報告する必要もあり、事情を教えていただけると助かります。北沢くんについては、明日、彼の幡ヶ谷のアパートに行ってみようかと思います。那古田》

差出人　山木渉
件名　少しお待ち下さい
日時　２０１２年　1月21日　22:42:33 JST
宛先　那古田健一（『将棋界』）

《北沢くんのこと、心配です。彼からメールをもらったのは八日です。若い独身男性であれば、一〇日間くらいの音信不通はどうということもない気もしますが、仕事を手ぬくというのは、ちょっと変ですね。

天谷さんのパソコンですが、もう少しだけ待っていただけますか。じつは明日、ある人に会う予定で、その人から話を聞けば、だいぶ事情が明らかになるかと思います。というか、明らかにするつもりですので。よろしくお願いします。

山木渉》

東都新聞夕刊　２０１２・１・２３
《23日午前1時30分頃、さいたま市岩槻区の路上で乗用車が燃えているとの通報があり、かけつけた消防が消火にあたったところ、男性の焼死体が車内から発見された。車内には灯油をまいた形跡があった。警察は男性を、この車の持ち主で現在連絡の取れなくなっているさいたま市北区在住の将棋棋士、山木渉さん（41）とみて、身元の確認を急いでいる。》

北海新聞　２０１２・４・１６

《先週、雉別町《きじべつちょう》姥谷の廃坑で保護された男性は、岩見沢のすずらん厚生病院に入院していたが、昨日になって意識を回復し、話ができるようになりつつあると、病院側から説明があった。男性はしばらく前に姥谷へ入ったと見られ、しかし豪雪のなか、いったいどのようにして姥谷へ向かい、またすごしていたのか、謎を呼んでいた。男性は30歳〜40歳くらい。発見時には黒いコートを着ていたが、身元を示すような所持品はなかった。岩見沢警察署では引き続き男性の身元を各方面に照会している。男性は医師や警察官に事情を少しずつ話しはじめているという。》

謝辞

一一七頁の棋譜は、日本将棋連盟の藤森哲也五段に作成をお願いし、指し手の解説を懇切にしていただきました。深く感謝いたします。またお世話になった『将棋世界』の田名後健吾編集長、および実名で登場する棋士の方々にも感謝いたします。もちろんこの小説はフィクションです。

初出「小説新潮」二〇一九年二月号～二〇二〇年一月号

装画　信濃八太郎
装幀　新潮社装幀室

著者略歴

1956年山形県生まれ。国際基督教大学教養学部卒、同大学院修士課程修了。作家、近畿大学教授。1993年『ノヴァーリスの引用』で野間文芸新人賞、瞠目反文学賞、1994年『石の来歴』で芥川賞、2009年『神器—軍艦「橿原」殺人事件—』で野間文芸賞、2014年『東京自叙伝』で谷崎潤一郎賞、2018年『雪の階』で毎日出版文化賞、柴田錬三郎賞を受賞。主な作品に、『葦と百合』『バナールな現象』『「吾輩は猫である」殺人事件』『シューマンの指』『桑潟幸一准教授のスタイリッシュな生活』『ビビビ・ビ・バップ』などがある。

死神《しにがみ》の棋譜《きふ》

発　行……2020年 8 月25日
3　刷……2020年 10 月20日

著　者……奥泉光《おくいずみひかる》
発行者……佐藤隆信
発行所……株式会社新潮社
〒162-8711　東京都新宿区矢来町71
電話　編集部（03）3266-5411
　　　読者係（03）3266-5111
https://www.shinchosha.co.jp
印刷所……大日本印刷株式会社
製本所……大口製本印刷株式会社
乱丁・落丁本は、ご面倒ですが小社読者係宛お送り下さい。
送料小社負担にてお取替えいたします。
価格はカバーに表示してあります。

© Hikaru Okuizumi 2020, Printed in Japan

ISBN978-4-10-391204-0　C0093